Arturo Pérez-Reverte est né à Carthagène, Espagne, en 1951. Licencié en sciences politiques et en journalisme, il a travaillé longtemps comme grand reporter et correspondant de guerre pour la télévision espagnole, notamment pendant la crise du Golfe et en Bosnie. Ses romans sont des succès mondiaux, et plusieurs d'entre eux ont été portés à l'écran. Il partage aujourd'hui sa vie entre l'écriture et sa passion pour la mer et la navigation. Il est membre de la Real Academia Española de las Letras.

LES AVENTURES DU CAPITAINE ALATRISTE

7

Arturo Pérez-Reverte

LE PONT DES ASSASSINS

ROMAN

Traduit de l'espagnol
par François Maspero

Éditions du Seuil

Pour les dessins intérieurs :
© Olivier Balez

TEXTE INTÉGRAL

TITRE ORIGINAL
El puente de los asesinos
ÉDITEUR ORIGINAL
Alfaguara, Santillana Ediciones Generales, Espagne
© Arturo Pérez-Reverte, 2011

ISBN 978-2-7578-3627-9
(ISBN 978-2-02-107873-2, 1ʳᵉ publication)

© Éditions du Seuil, 2012, pour la traduction française

À JACINTO ANTÓN,

maître d'armes en la cité de Barcelone.

*Les soldats valeureux, pour faire longue
la vie de leur patrie, font courte la leur.
Entre dangers et fatigues, ils ne se gardent
en vie que pour frapper ; leur mort ne fait
pas plus de bruit que le coup qui leur a
donné la mort. Ils n'ont visé, dans leur
vie, que la bonne renommée. Ils ont su
l'avoir, mais non en profiter. Qui sait en
profiter, doit la cultiver. Les hommes de
plume éloquente sont tenus à l'immorta-
lité de l'épée invaincue.*

JUAN DE ZABALETA

Outre le jargon propre aux gens d'épée, se mêlaient dans la *lingua franca* en usage chez les militaires espagnols des XVIe et XVIIe siècles des mots flamands, italiens, turcs, grecs ou barbaresques. Habitués au monde des frontières, les hommes de la monarchie espagnole recouraient à ces termes avec naturel, en les incorporant dans leur langage et en les hispanisant sans complexes. De là vient cette façon pittoresque d'inclure des mots et des expressions étrangères, dont des soldats comme Alonso de Contreras, Diego Duque de Estrada, Jerónimo de Pasamonte ou Miguel de Cervantès lui-même se sont servis à profusion dans leurs mémoires et leurs écrits. Telle est la raison pour laquelle, dans divers passages du *Pont des Assassins*, l'auteur a décidé de maintenir la manière de transcrire la langue italienne telle que l'utilisaient les auteurs de l'époque.

N.B. La transcription de l'italien en castillan par les auteurs espagnols de l'époque n'étant évidemment pas la même que celle des auteurs français, le traducteur s'est permis dans certains cas de se référer plutôt à ces derniers, comme par exemple Montaigne dans son *Journal de voyage en Italie*, pour adapter les mots italiens à leur manière de les écrire.

I

DES HOMMES D'ACIER
ET DE SILENCES

Deux hommes se battaient dans la lumière indécise du petit matin, leurs silhouettes se découpant sur la clarté grise qui montait lentement au levant. L'île – guère plus qu'un îlot, en réalité – était petite et plate. Ses rives, laissées à nu par la marée basse, émergeaient du brouillard de la nuit. Cela donnait l'impression d'un paysage irréel, comme si ce morceau de terre brumeux ne faisait qu'un avec le ciel et l'eau. Les nuages étaient lourds et noirs, et une neige presque liquide tombait sur la lagune vénitienne. Il faisait très froid, en ce vingt-cinq décembre de l'an seize cent vingt-sept.

– Ils sont fous, dit le Maure Gurriato.

Il était allongé à même le sol couvert de givre, enveloppé dans ma cape trempée, et se soulevait faiblement sur un coude pour observer les adversaires. Moi, qui venais de panser sa blessure au côté, je restais debout près de Sebastián Copons, grelottant sous mon pourpoint trop mince. Je regardais les deux hommes qui, à vingt pas de nous, tête nue et sans manteau malgré les intempéries, s'affrontaient épée et dague à la main.

— Dieu aveugle ceux qu'il veut perdre, murmura le Maure entre ses dents serrées par la douleur.

Je ne répondis pas. Je pensais la même chose de cette folie, plus énorme et plus sanglante encore que celle qui nous avait conduits jusqu'ici ; mais je ne pouvais rien faire. Ni les prières, ni les appels à la raison, ni même l'évidence manifeste du danger mortel que nous courions tous, n'étaient parvenus à éviter ce qui se passait sur cette île. Un morceau de terre, dont le nom même ne pouvait être mieux approprié à notre situation précaire : l'île des Squelettes, lieu choisi comme ossuaire depuis des années par les habitants de Venise pour désengorger leurs cimetières surpeuplés. On en trouvait des traces partout. Dans l'herbe mouillée, la boue et la terre remuée, pour peu que l'on y pose la vue, on voyait affleurer des débris d'ossements et de crânes.

On entendait seulement le ferraillement des lames : cling ! clang ! Mes yeux ne s'écartèrent de la scène que pour regarder au loin, vers le sud, là où la lagune s'ouvrait sur l'Adriatique. Même si nos chances diminuaient à mesure que s'affirmait la lumière du jour, je continuais à nourrir l'espoir de découvrir, avant qu'il ne soit trop tard, une petite tache blanche à l'horizon, la voile du bateau qui devait nous tirer de là et nous transporter en lieu sûr avant que nos poursuivants, qui passaient furieusement au crible toutes les îles voisines, ne nous repèrent et ne fondent sur nous comme des chiens enragés. Et Dieu sait qu'ils ne manquaient pas de raisons. C'était déjà un vrai miracle que nous soyons là, tremblants de froid sur cet îlot, le Maure Gurriato encore vivant malgré sa blessure, tandis que le capitaine Alatriste réglait ses vieux comptes. Nous faisions partie, nous les cinq qui attendions sur l'île – trois à regarder, et deux, comme je l'ai dit, à faire danser leurs lames –, du petit nombre qui survivait encore. Au même moment, non loin de là, d'autres camarades d'aventure étaient torturés et étranglés dans les cachots de la Sérénissime, pendaient au bout d'une corde devant Saint-Marc, ou flottaient dans l'eau des canaux qu'ils rougissaient de leur sang, une jolie entaille à la gorge.

Tout avait commencé deux mois plus tôt, à Naples, au retour d'une incursion sur la côte grecque.

Après la bataille navale contre les Turcs dans les bouches d'Escanderlu, où nous avions perdu tant d'hommes braves et failli laisser notre peau, le capitaine Alatriste et moi – jusque-là valet, mais enfin soldat, je galopais vers ma dix-huitième année comme on court la poste – nous étions restés un temps à nous refaire une santé et à reprendre des forces dans les délices de l'antique Parthénope, principal bastion du roi notre seigneur dans la Méditerranée et paradis des Espagnols en Italie. Le répit avait été de courte durée. À nous jeter à corps perdu – et plus particulièrement votre serviteur – dans les tavernes du Chorrillo et les jouissances que cette ville magnifique dispense avec générosité, notre maigre bourse n'avait pas fait long feu. De sorte que, gens de guerre comme nous l'étions, nous n'avions eu d'autre solution que de chercher une occasion de meilleure fortune et de nous résoudre à un nouvel embarquement. La vaillante *Mulâtre*, que nous avions ramenée à dure peine et fort mal en point de la côte d'Anatolie, était en réparation à l'arsenal. Nous avions donc embarqué sur la *Vierge du Rosaire*, galère de vingt-quatre bancs. À notre grande déception, la première sortie n'avait pas été pour faire la course dans les îles du Levant en quête de butin, mais pour gagner la côte grecque, à l'endroit que nous appelions le Bras du Magne, afin d'apporter armes et secours aux chrétiens qui y livraient une guerre de montagne et d'escarmouches contre les Turcs, lesquels occupaient leur terre depuis quelque deux cents ans.

La mission était simple, de peu d'importance et d'aucun bénéfice : charger à Messine cent arquebuses d'Eibar, trois cents fers de lances tolosanes et quinze barils de poudre, et débarquer le tout secrètement dans une crique, au-delà du cap Matapan, que les Grecs appelaient Porto Kagio et les Espagnols Puerto Coalla. Ainsi fîmes-nous, sans difficulté, ce qui me permit de voir de près les Maniotes, qui sont les Grecs de ce pays et habitent une terre âpre, stérile, laquelle les rend rudes, sauvages et voleurs comme pas un. Ces gens, soumis à la cruauté des Turcs, plaçaient tous leurs espoirs de liberté dans le roi d'Espagne qu'ils tenaient pour le monarque le plus puissant du monde ; mais pas plus notre maître don Philippe IV que son ministre le comte et duc d'Olivares ne voyaient d'intérêt à s'engager pour quelques Grecs opprimés dans une campagne aussi lointaine et incertaine, contre un empire turc qui, si vigoureux qu'il fût encore, avait cessé d'être agressif à notre encontre en Méditerranée. La guerre ravivée dans les Flandres et en Europe engloutissait hommes et argent, et nos ennemis naturels, la Hollande rebelle et aussi la France, l'Angleterre, Venise et jusqu'au pape à Rome, auraient vu avec bonheur l'Espagne s'embourber dans un conflit en Orient qui aurait amoindri ses forces sur le théâtre européen ; là où le

vieux lion hispanique combattait seul contre tous,
en donnant encore de rudes coups de griffe grâce à
l'or des Amériques et aux redoutables régiments de
la vieille infanterie espagnole. Raison pour laquelle
notre soutien aux habitants du Bras du Magne n'était
guère plus que symbolique : nous les encouragions à
harceler les Ottomans – ils égorgeaient les percep-
teurs d'impôts, tendaient des embuscades et autres
exploits du même genre – mais sans leur prodiguer
davantage que de vagues promesses et une aide mini-
male, comme celle que la *Vierge du Rosaire* débarqua
à Puerto Coalla. Quelques années plus tard, il se
passa ce qui ne manque jamais d'arriver en pareil
cas : les Turcs noyèrent le soulèvement dans le sang et
l'Espagne abandonna les Maniotes à leur triste sort.

Toujours est-il que nous regagnâmes Naples
sans autres incidents, par un vent favorable qui
nous porta en quelques jours en vue du Vésuve.
La galère fut amarrée au grand quai, près de la
lanterne, à proximité des imposantes tours noires
du Castelnuovo ; et nous descendîmes à terre dès
qu'on nous le permit, en grattant notre vermine,
pour regagner nos logements dans le quartier dit
des Espagnols. Le carnage d'Escanderlu nous avait
de nouveau rapprochés, le capitaine Alatriste et moi,
après quelques désaccords auxquels ma jeunesse et
ma suffisance, jointes aux vices inhérents à la vie de
soldat, n'étaient pas étrangères ; mais je continuais de

loger dans les cantonnements militaires de Montecalvario, sans revenir à mon ancienne chambre de l'auberge d'Ana de Osorio. Cela me rendait indépendant et me facilitait la fréquentation de gens de mon âge, comme Jaime Correas, qui, à Naples comme dans les Flandres, était mon compagnon habituel, et avec qui j'avais coutume de faire les quatre cents coups. Cet ami, qui s'encanaillait de plus en plus, toujours partant pour une partie de cartes, pour rendre bruyamment hommage à Bacchus et bâiller à toutes les coquecigrues, n'était pas, j'en conviens, de la meilleure influence. Sa seule présence aurait déshonoré un duc. Pourtant, je tenais à lui. Dans les bouges et les tavernes parthénopéens, nous restions inséparables ; et pas seulement là, car nous nous appliquions tous deux à paraphraser les jolis vers du bon Miguel de Cervantès dans son *Voyage au Parnasse* :

Et me dis-je à moi-même : « Je ne me trompe pas :
Je reconnais bien là cette Naples l'illustre,
Dont pendant plus d'un an j'ai pu goûter les femmes. »

Ce matin-là, quand nous arrivâmes devant l'auberge où logeait le capitaine, chargés de nos sacs de soldats et nous frayant un passage parmi les gens qui circulaient nombreux dans les rues bigarrées du quartier espagnol, un homme qui attendait adossé à la façade s'écarta de celle-ci et vint vers nous. Tout de noir vêtu comme un avocat ou un fonctionnaire, il ne portait pas d'épée et était coiffé d'un chapeau à bords courts. Son aspect évoquait ces sinistres corbeaux que l'on rencontre souvent accompagnant juges ou inquisiteurs, s'appliquant à rédiger quelque écrit qui ne tardera pas à vous rendre la vie impossible. Parmi les enseignements que j'avais reçus du capitaine, bien à mes dépens, l'un était certes de me méfier de ceux qui se curent les ongles avec des couteaux de diverses sortes – d'aucuns faits pour couper les bourses, d'autres pour tuer les cochons et d'autres pour tuer les gens –, mais plus encore de cette engeance habillée de noir, habile à alimenter gibets, prisons et cimetières à l'aide d'une plume d'oie, d'un encrier et de quelques rames de papier.

– Est-ce vous, monsieur, qui vous nommez Diego Alatriste?

Il parlait en bon espagnol, sans traces d'italien. Nous le regardâmes avec la méfiance qui convient, sans cesser de mastiquer les morceaux de scamorza que nous venions d'acheter en chemin à un marchand de fromages. C'est une chose qu'un camarade vous donne la bienvenue à la descente de la galère en vous montrant joyeusement la porte d'une taverne, et c'en est une autre, bien différente, de se trouver face à un oiseau de mauvais augure qui prononce vos nom et prénom. J'observai que le capitaine se mettait sur ses gardes et posait son balluchon par terre, tandis que ses yeux glauques parcouraient l'individu de haut en bas.

– Et à supposer que ce soit moi?

– J'ai pour instructions de vous prier de me suivre.

Sous les larges bords du chapeau qui assombrissaient son visage aquilin, brûlé par le soleil de la Grèce, je vis se durcir les traits de mon ancien maître. Sa main gauche alla s'appuyer, comme par inadvertance, sur le pommeau de la tolédane qu'il portait au côté.

– Où cela?

L'individu me regarda, dubitatif, pendant que je considérais rapidement l'affaire. Je finis par écarter l'hypothèse d'un mauvais coup dont l'étape suivante aurait été la prison de Saint-Jacques ou le tribunal de la Vicaria. Nul, connaissant le nom de Diego Alatriste – et par conséquent la réputation qui l'accompagnait – ne pouvait charger un homme seul de le conduire là où il ne voulait pas aller. Pour ce genre de mission, on avait l'habitude de lui envoyer les argousins six par six, et portant plus de ferraille que toute la Biscaye.

– C'est une affaire privée, dit-il. Et elle ne concerne que vous, monsieur.

– Où cela? répéta le capitaine, impassible.

Un silence. L'homme vêtu de noir paraissait moins sûr de lui. Il m'adressa encore un bref regard avant d'affronter les yeux froids qui l'observaient sous le large bord du chapeau.

– À Piedegruta… Quelqu'un désire vous voir.

– Est-ce une affaire officielle?

– Ce pourrait l'être.

Sur ces derniers mots, il sortit de sa poche un papier plié et scellé et le tendit au capitaine. Celui-ci brisa le sceau, y jeta un coup d'œil, et moi, qui m'étais légèrement écarté pour ne pas avoir l'air indiscret – bien que brûlant d'envie d'y fourrer mon nez –, je le vis passer deux doigts sur sa moustache. Après quoi, il replia le papier, le glissa dans son gousset et demeura un instant pensif. Puis il se tourna vers moi.

– Nous nous verrons plus tard, Iñigo.

J'acquiesçai, déçu. Je connaissais ce ton et il n'y avait plus rien à dire. Avec un geste d'adieu, je repris mon chemin, sac sur l'épaule, pour monter vers Montecalvario; où, dans les cantonnements militaires, logeait aussi, avec Jaime Correas et d'autres camarades, Aixa Ben Gurriat, que nous appelions tous le Maure Gurriato: le mogatace azouaoui qui s'était engagé dans notre infanterie après la cavalcade d'Oran*. Il était toujours le même pittoresque et redoutable personnage, particulièrement attaché au

---

* Voir, du même auteur, *Corsaires du Levant*. Les mogataces étaient des Maures qui servaient dans l'infanterie espagnole. «Cavalcade» était le nom donné par les Espagnols aux razzias qu'ils opéraient autour de leurs places fortes africaines.

capitaine Alatriste. Pendant le temps passé à faire la course à bord de la *Mulâtre*, il avait tissé avec nous des liens d'une loyauté encore plus étroite et singulière ; et cela bien que le fond de ses pensées, avec cette sérénité stoïque qui le caractérisait à l'heure d'affronter la vie et la mort ou de considérer les actes des hommes, continue de demeurer pour moi un mystère. J'ajouterai, puisque nous en sommes à ce chapitre, que notre bande d'amis dans la ville – le capitaine Alonso de Contreras était à cette date gouverneur de Pantelaria – était complétée par l'Aragonais Sebastián Copons, qui n'avait pas embarqué sur la *Vierge du Rosaire* parce qu'il servait en qualité de caporal dans la garnison du château de l'Œuf. En ce temps-là, Lopito de Vega, le fils du grand Lope, qui venait d'obtenir son brevet d'enseigne, avait également séjourné quelques jours à Naples, mais seulement de passage. Nous avions eu grand plaisir à le retrouver, car c'était un bon garçon ; bien que notre joie fût ternie par le deuil récent de son épouse, la jeune Laura Moscatel, emportée par des fièvres malignes peu de temps après leur mariage. Le fils du Phénix des Esprits est appelé à revenir dans la présente histoire, aussi en parlerons-nous plus loin.

Diego Alatriste descendit de la voiture et, méfiant, regarda autour de lui. Il avait pour saine habitude, avant d'entrer dans un lieu peu sûr, d'établir par où il pourrait le quitter au cas où les choses se compliqueraient. Le billet qui lui enjoignait de suivre l'homme en noir portait la signature de don Esteban Espinar, sargento mayor* du régiment de Naples, et n'admettait aucune discussion : mais il ne donnait pas d'autre précision. C'est pourquoi Alatriste étudia les alentours avant de se diriger vers la grande demeure de trois étages qui s'élevait sur le côté droit de la via Piedigrotta, près de la plage. Il connaissait ces parages, fréquentés par les Espagnols en quête de distractions et de promenades à proximité de Naples. Il y avait là quelques estaminets accueillants entre les bastides et les bosquets des pentes du Pausilippe, la maison de la Torretta se trouvait de l'autre côté du chemin, et l'église Santa Maria del Parto au bout de celui-ci, près de l'entrée de l'antique et célèbre caverne qui, depuis le temps des Romains, donnait son nom au lieu. À cette heure, l'endroit était peu passant : des femmes revenaient avec des cruches d'eau de la fontaine proche et un savetier maniait son alène sous une tente à raies blanches et bleues, au coin de la côte vieille de San Antonio.

– Si vous voulez bien me suivre, monsieur.

* Commandant en second dans l'armée espagnole de l'époque.

La demeure avait presque tous ses volets fermés. Le double écho de leurs pas – celui des bottes d'Alatriste, surtout – semblait se répercuter à l'infini. L'intérieur, mal aéré, obscur par endroits, était garni de vieux meubles disposés n'importe comment le long de murs aux peintures écaillées, vestiges d'une antique splendeur. Au premier étage, l'escalier était prolongé par un long et large corridor, avec des portes de chaque côté, dont l'extrémité s'ouvrait sur un salon fortement éclairé par le soleil. Il semblait être la seule pièce confortable de la maison : des tableaux aux murs et un tapis aux dessins orientaux sur le sol dallé. Devant une grande cheminée éteinte, une écritoire, avec quatre chaises autour, était couverte de livres et de papiers. S'y trouvaient aussi un chandelier à cinq branches, un flacon de vin et deux coupes de cristal taillé. Un peu plus loin, près d'une fenêtre par où l'on distinguait au loin les tours de Mergellina et le campanile de Santa Maria del Parto, deux hommes debout conversaient, se découpant à contre-jour comme des ombres chinoises.

– Avec votre permission, Excellence, dit l'homme en noir.

Il s'était arrêté sur le seuil, le chapeau à la main. Diego Alatriste, faisant de même, se découvrit lorsque l'une des deux silhouettes dessinées par la lumière de la fenêtre se tourna vers lui en faisant un pas de côté : il s'agissait d'un homme d'âge mûr, de belle allure et de mise plus belle encore. Son visage lui était inconnu, mais il ne manqua pas de relever, outre le titre d'Excellence, la poignée en or de l'épée qu'il portait à la taille, les boutons d'émeraude au pourpoint de velours violet et la croix de Calatrava brodée sur sa poitrine. Immobile, la main sur l'épée, l'homme contempla silencieusement Alatriste pendant un bon moment. Il avait les cheveux frisés et courts, semés çà et là de gris, comme la moustache et la barbe étroite et effilée.

– Vous avez quelque peu tardé, dit-il enfin.

Le ton était désagréable. Arrogant. Après l'avoir considéré un moment, Alatriste haussa les épaules.

– Je viens de loin, répondit-il.

– Le port ne l'est pas tellement.

– Mais la côte grecque, si… – Et sans baisser le regard, après une brève pause, il ajouta : – Excellence.

L'autre fronça les sourcils. À l'évidence, ce n'était pas le ton auquel il était habitué, mais Alatriste s'en moquait. Dis-moi ton nom, pensa-t-il sans desserrer les dents, ou ton titre, et je balaierai le sol avec mon chapeau. Mais je suis trop fatigué pour jouer aux devinettes alors que je devrais être à l'auberge, en train de me débarrasser du sel et de la crasse dans une cuve d'eau bien chaude. Ou pour me satisfaire de cet « Excellence » tout court, prononcé par un fonctionnaire que je ne connais pas non plus, qui ne me dit rien qui vaille et qui peut bien aller au diable.

— On nous a dit que votre galère a touché quai à l'aube, fit remarquer l'homme, maussade.

Alatriste haussa de nouveau les épaules. La situation l'aurait peut-être amusé s'il n'avait pas vu de temps en temps, du coin de l'œil, l'autre homme immobile se découpant toujours dans la lumière de la fenêtre. Son silence l'inquiétait. Quand deux bergers se réunissent, se souvint-il, c'est qu'un mouton est mort. Et dans le cas présent, le mouton ne pouvait être que lui.

— Un soldat ne descend pas à terre quand il le veut, mais quand on le laisse descendre.

L'autre le regarda d'un œil critique, en silence. Alatriste remarqua qu'il s'arrêtait longuement sur les cicatrices de son visage et de ses mains, et sur la coquille d'acier éraflée et ébréchée de son épée. Puis Son Excellence – à défaut de pouvoir lui donner un autre nom – hocha très lentement la tête. Pensif.

— Vous avez votre homme, dit-il enfin en se tournant à demi vers le personnage dont le contre-jour masquait les traits.

Alors celui-ci bougea ; et quand la lumière du soleil glissa sur sa tête et ses épaules en le découvrant, Alatriste reconnut don Francisco de Quevedo.

– Venise, conclut Quevedo.

Il avait parlé pendant un bon moment sans être interrompu. L'autre personnage était resté silencieux, adossé au manteau de la cheminée dans une pose pleine de distinction : une main sur la hanche, au-dessus de la poignée de son épée, et l'autre tenant une coupe de vin. Avec nonchalance, mais sans quitter des yeux le soldat qui demeurait immobile au milieu de la pièce.

– Des questions ? demanda-t-il enfin.

Il tourna légèrement la tête vers Diego Alatriste, qui réfléchissait intérieurement à tout ce qu'il venait d'entendre.

– Beaucoup, répondit celui-ci.

– Dans ce cas, prenons-les une par une.

Alatriste regarda de nouveau Quevedo. Le poète acquiesçait, amical comme toujours et comme si, pas plus tard que la veille, ils avaient vidé ensemble un azumbre* de San Martín de Valdeiglesias à la taverne du Turc. La gravité de la conversation n'empêchait pas les vieilles affections de se manifester.

– Pourquoi vous, don Francisco ?

Le sourire du poète s'accentua. Il avait davantage de cheveux gris, et des marques de fatigue sur

* L'azumbre est une mesure qui équivaut à un peu plus de 2 litres.

le visage. Il lui avait sûrement fallu fournir de longs efforts : aller de Madrid s'embarquer à Carthagène, puis subir une mer et des vents hostiles, jusqu'à Naples. Les ans ne passaient pas sans laisser de traces. Chez lui comme chez les autres.

– Avant celui-là, j'ai effectué quatorze voyages en Italie, à l'époque de mon amitié avec le défunt duc d'Osuna, don Pedro Téllez Girón… J'y ai beaucoup appris. Ma situation présente à la Cour est telle que certains se sont souvenus de mes services passés. De mes relations et de mon expérience. Et ils ont fait appel à moi pour certains aspects d'une question délicate… Une affaire importante et secrète.

Elle devait l'être, déduisit Alatriste. Très importante et très secrète : suffisamment pour que l'on recoure à don Francisco de Quevedo. Tous étaient au courant de la relation étroite qu'il avait entretenue, des années auparavant, avec le malheureux Pedro Téllez Girón quand celui-ci, vice-roi d'Espagne en Sicile puis à Naples, était le fer de lance de la monarchie espagnole en Méditerranée et l'implacable fléau des Turcs et des Vénitiens. Par la suite, la disgrâce d'Osuna – à laquelle ni les jalousies de la Cour ni l'or de la Sérénissime n'avaient été étrangères – avait entraîné celle de Quevedo, et celui-ci avait mis beaucoup de temps à recouvrer la faveur royale, grâce à la considération croissante dont il jouissait dans l'entourage de la reine Isabelle et au besoin pressant qu'avait le comte et duc d'Olivares de sa plume acérée et assassine.

– Le nord de l'Italie est une position clef, cher capitaine, poursuivit le poète. Et il l'est pour tous : l'Espagne, la France, la Savoie, Venise… Les Espagnols ont besoin de maintenir, depuis la Lombardie, le chemin adéquat et sûr qui permet d'acheminer nos régiments vers les Flandres par voie de terre. Quant aux Français, ils continuent de crever de jalousie pour notre présence à Milan. De son côté, la Savoie ne cesse d'être hantée par le Monferrato, objet inaltérable de ses convoitises. Et les Vénitiens maintiennent fiévreusement leurs ambitions sur le Frioul, où ils veulent s'approprier les ports qu'y possède l'empereur…

Il s'était approché de la table où, entre les papiers qui s'y trouvaient, éclairés par le rectangle de lumière de la fenêtre, il déploya une grande carte de la péninsule italienne. Après qu'il eut chaussé les lunettes qui pendaient au bout d'un cordon de la boutonnière de son pourpoint noir, ses doigts parcoururent de haut en bas la surface en forme de botte entre les mers Adriatique et Tyrrhénienne : les vastes possessions espagnoles de Sicile et de Naples au sud, et l'État de Milan au nord, en plus de l'île de Sardaigne et des places fortes de la côte toscane, de la région de Finale Ligure et du fort de Fuentes au pied des Alpes. Un formidable déploiement politique et militaire, auquel seuls pouvaient faire de l'ombre les trois grands États italiens adversaires de l'hégémonie espagnole : ceux du pape, la Savoie et Venise.

– Venise... Cette putain de la mer, dévergondée et hypocrite.

Un doigt de don Francisco s'arrêta sur le territoire qui s'enfonçait comme un coin dans le nord de la péninsule, depuis le golfe de l'Adriatique jusqu'aux confins espagnols du Milanais. Le poète crachait presque ses mots, et Diego Alatriste savait pourquoi. Ni Quevedo ni personne n'ignorait que la disgrâce du duc d'Osuna était due pour beaucoup aux jalousies et aux intrigues de la cour de Madrid, mais aussi à l'or de Venise.

– République parasite, poursuivit Quevedo, aristocratie de marchands, elle vit des désordres qu'elle provoque chez les autres. Elle s'allie à des princes qu'elle redoute, pour les détruire sourdement. Les guerres dans lesquelles elle entraîne ses amis lui apportent plus de paix et de victoires que celles qu'elle déclare à ses ennemis... Ses ambassadeurs sont des espions, son or fomente les séditions. Ces gens n'ont d'autre religion que leur intérêt. Ils permettent sur leur sol les écoles publiques des sectes de Calvin et de Luther. Ils n'ont d'armées que louées, ils remportent leurs victoires en vendant et en achetant, non en combattant... Venise, je le répète, est une prostituée qui gagne sa vie avec son corps pour que d'autres la défendent, et elle a pour maquerelles la

France et la Savoie. Et il en a toujours été ainsi. Après Lépante, quand Rome, l'Espagne et toute l'Europe faisaient confiance à la pérennité des traités, la Sérénissime Putain s'est empressée de signer en secret la paix avec les Turcs.

Don Francisco s'était exprimé avec une éloquence quasi littéraire, observa Diego Alatriste. Même chez un anti-Vénitien convaincu comme l'était son vieil ami, la rhétorique semblait excessive. On eût dit qu'il récitait par cœur un de ces opuscules que, dans les derniers temps, il écrivait pour satisfaire le comte et duc. Finalement, en regardant à la dérobée l'homme qui se tenait toujours adossé à la cheminée et écoutait ce discours avec une approbation manifeste, il crut en comprendre la cause : Quevedo proclamait à haute voix la doctrine officielle. La justification, qui, dans un avenir plus ou moins proche, serait publique, de ce qui se tramait ici ou commençait à se tramer. Et, tel le chat échaudé qui craint l'eau froide, Alatriste se demanda, avec un nouveau frémissement d'inquiétude, quelle part de tout cela – jamais la plus plaisante ni la mieux payée, comme d'habitude – allait retomber sur ses épaules.

– Ces soi-disant citoyens d'une république, achevait Quevedo, ont concentré toute leur attention sur l'Adriatique en la proclamant leur propriété... Et en accréditant la fable qu'ils sont les défenseurs de l'Italie et de la Chrétienté, arguant qu'ils doivent régner sur cette mer pour la nettoyer des corsaires, ils laissent naviguer à leur guise Hollandais, Maures et Turcs, tous ennemis de la religion catholique.

Il s'arrêta d'un coup, comme s'il avait épuisé ses arguments. Il fronçait les sourcils, semblant chercher s'il n'avait pas oublié quelque chose. Ses lunettes tombèrent de l'arête de son nez, pendant au cordon. Puis il regarda l'homme de la cheminée, versa du vin dans la seconde coupe et la vida d'un coup, sans respirer, comme s'il avait besoin de s'humecter les cordes vocales. Alors seulement l'autre s'écarta de la cheminée, s'avança vers la table et considéra, pensif, la carte d'Italie. Il gardait toujours la main posée sur la hanche et souriait d'une manière qu'Alatriste trouva étrange. Comme un tenancier de tripot qui a dans son jeu plus d'atouts que fleurs en mai.

– Nous allons leur donner une leçon, dit-il.

– À ces enfants de putain, martela le poète, brutal, avec un claquement de langue, tandis qu'il reposait la coupe vide sur les papiers.

C'était donc de cela qu'il s'agissait. Diego Alatriste frissonna encore intérieurement. Il n'était pas né de la dernière pluie. Ce qui mijotait dans la marmite commençait à prendre forme.

– Comme la conjuration d'il y a neuf ans?

Il avait risqué cette idée, après quoi il attendit, impassible. Les yeux du personnage inconnu le passèrent longuement au crible, d'abord arrogants, puis songeurs. Ils semblèrent finalement conclure que les circonstances justifiaient la question. Et aussi la réponse.

– Il n'y a jamais eu de conjuration, dit-il d'un ton calme. En tout cas pas comme on le raconte. Et vous pouvez me croire car, moi aussi, comme don Francisco, j'étais proche du duc d'Osuna à cette époque… En l'an seize cent dix-huit, les Vénitiens, alarmés par le ramassis d'aventuriers, spadassins, corsaires et voleurs qui composaient leurs troupes mercenaires au bord de la mutinerie, ont nettoyé leurs sentines en se servant de l'Espagne pour prétexte… Est-ce que deux corsaires, un vieil ivrogne et quelques aventuriers sans réputation, crédits ni ressources pouvaient vraiment renverser la République ?

Il se tut, regardant d'abord Quevedo puis de nouveau Alatriste. Le silence fut si long que ce dernier crut opportun de dire quelque chose. Comme si les autres attendaient qu'il le fasse.

– Je ne crois pas, risqua-t-il.

Il le dit sans certitude, mais l'homme parut soulagé de l'entendre. Il se tournait maintenant à demi vers Quevedo en se caressant la barbe, comme s'ils venaient d'aborder, à sa grande satisfaction, un autre genre de terrain. L'idée de la conspiration, expliqua-t-il sur un ton un peu plus affable, avait été une aubaine pour les Vénitiens. Grâce au tapage qu'ils avaient organisé autour, plus rien ne restait en Italie du remarquable triumvirat qui portait haut les couleurs de la Castille : l'ambassadeur Bedmar à Venise, le marquis de Villafranca à Milan et le duc d'Osuna à Naples. Si efficace était le poison qu'ils avaient instillé dans la gloire et la renommée de ce dernier qu'ils avaient réussi à le faire sombrer avec le procès suivi de sa mort en prison. Ainsi, la politique du Conseil des Dix avait triomphé : à peine Osuna parti d'Italie, Venise avait négocié avec le Turc, établi des liens d'amitié avec la Savoie et le Piémont, ravivé le conflit de la Valteline, et, depuis deux ans, réussi à former la Ligue d'Avignon ; cette alliance contre nature ne pouvait s'expliquer que par la terreur que l'Espagne inspirait à tous. Une ligue par laquelle le pape, la France, l'Angleterre, le Danemark, la Hollande, la Savoie et les États protestants d'Allemagne cherchaient la ruine de la monarchie catholique et de la maison d'Autriche.

— La cour espagnole a tardé à s'apercevoir de ses erreurs, conclut l'homme. Le roi Philippe et l'empereur Ferdinand étaient sur le point d'envoyer des armées pour écraser Venise quand les guerres en Flandres et en Europe nous ont privés des troupes et des forces nécessaires... Il ne peut plus y avoir de campagne ouverte dans le nord de l'Italie. Mais il reste une possibilité de remettre les choses en ordre d'une autre manière, en faisant ce que l'on n'a pas fait il y a neuf ans... En le faisant pour de bon.

Alatriste digéra cela du mieux qu'il put. Ce qui l'inquiétait le plus était ce ton de confidence. Qu'on lui parle de cette manière, presque comme entre gens du même monde, et comme s'ils étaient tous embarqués sur le même bateau. Don Francisco et l'inconnu le regardaient maintenant à la manière de dogues convoitant un os débordant de moelle. Il avala sa salive. Dans quelle maudite embrouille, se dit-il avec consternation, sont-ils en train de me fourrer.

— Une deuxième conjuration ? risqua-t-il de nouveau.

Le haut personnage leva un doigt pour manifester sa répréhension, quoique sans sévérité. On eût dit plutôt un geste amusé. Complice. Cela inquiéta encore plus Alatriste.

— Je vous ai déjà dit qu'il n'y avait pas eu de première. Il s'agissait plus de calomnies vénitiennes que d'autre chose. Cette fois, ce sera sérieux.

— Et moi, qu'est-ce que je viens faire là-dedans ?

Avec un sourire empreint d'affection, sûrement sincère, don Francisco prit la coupe vide sur la table, la remplit, l'offrit à Diego Alatriste. Celui-ci la garda un moment dans sa main, et, après une brève hésitation, y trempa sa moustache, sans quitter des yeux la croix de Calatrava que l'inconnu portait sur le côté gauche de sa poitrine. Qu'ils lui offrent du vin l'effrayait davantage que s'ils l'avaient laissé parler la gorge sèche.

Alors il se souvint du vieux dicton : quand on donne à boire au soldat, ou il est déjà couillonné, ou il va l'être.

— Sacredieu, Iñigo. Te voilà devenu un homme.

Je me sentais heureux de revoir don Francisco. Plus d'une année s'était écoulée depuis la fois précédente, quand nous nous étions dit adieu à Madrid après l'affaire du pourpoint jaune et la conspiration qui avait été sur le point de coûter la vie au roi notre seigneur au cours d'une chasse à l'Escurial.

— Un homme tout d'une pièce, jeune et gaillard... Pas comme nous, cher capitaine, à qui l'âge ne fait pas de cadeau.

C'était, de nouveau, le ton affectueux habituel. La vieille intimité entre nous, retrouvée avec bonheur. Nous fêtions notre rencontre par un repas à trois dans une hôtellerie de Pizzofalcone, sous une treille sans feuilles et une toile tendue qui nous protégeait du soleil napolitain, resplendissant malgré la saison avancée : zuquinis à l'huile et au vinaigre, pigeonneaux à la broche, gigot de chevreau et une bonne provision de vin grec et de lacrimachristi. Le paysage était superbe : la mer d'un bleu intense sillonnée de voiles blanches, le Vésuve au loin, fumant au-dessus de ses pentes sombres, et la ville magnifique qui s'étendait à nos pieds, sur les versants de la colline. Le port avec ses galères et ses navires amarrés, le Castelnuovo et le palais du vice-roi d'un côté, l'éminence de Saint-Elme derrière nous et la plage de Chiaia de l'autre côté, avec ses palais alignés, la rangée d'arbres au premier plan et la belle plage qui s'incurvait en demi-cercle vers Mergellina et les hauteurs verdoyantes du Pausilippe.

– Il prendra part à l'affaire, je suppose.

Don Francisco avait prononcé ces mots entre deux emprunts au vin, comme distraitement, mais en observant du coin de l'œil le capitaine Alatriste. Je remarquai que celui-ci me regardait de la même façon un bref instant. Puis il se laissa aller en arrière sur sa chaise – il avait déboutonné son pourpoint et ouvert le col de sa chemise sur sa poitrine – et promena son regard sur l'horizon bleu, là où l'île de Capri s'estompait dans le lointain.

– Ça dépend de lui, dit-il, inexpressif.

Ils m'avaient mis au courant au moment des pichiones, très sommairement, sans entrer dans les détails. Un coup de main à Venise, pour Noël. Il s'agissait d'ajuster les comptes avec ces bouffeurs de foie à l'oignon, plus versatiles que les pires catins. Les détails, on devait les donner plus tard au capitaine. Mais je les connaîtrais également si j'acceptais de demander ma carte dans cette partie sans règle du jeu.

– Ça dépend de toi, répéta don Francisco en me regardant franchement.

Je haussai les épaules. La vie auprès de mon ancien maître, après Madrid, les Flandres et la Méditerranée, avait fait de moi ce que j'étais maintenant : un garçon ayant main dure et bon œil, serein à l'heure de tirer l'épée, habile au métier de tuer et d'être tué. Avec des mœurs de soldat et assez d'années derrière lui pour prendre ses propres décisions.

– Avec le capitaine, dis-je, je descendrais en enfer.

Cela sonnait comme une fanfaronnade, et seul me manquait d'ajouter « et je ne le dirai pas deux fois ! » pour m'affirmer comme le Bravonel de l'auberge. J'étais en ce temps-là un garçon aventureux et querelleur, chatouilleux sur l'honneur comme tout bon Basque, jaloux de ma réputation et toujours prêt à la proclamer haut et fort ; car la jeunesse, on le sait, gagne bien souvent en audace ce qu'elle perd en prudence.

– Ça ne serait pas la première fois, précisa don Francisco.

Il souriait, légèrement ironique, de ma façon véhémente de jouer les lions en férocité. Mais je n'en fus nullement offensé, car il m'avait donné mille fois des preuves de son affection inconditionnelle et généreuse. De son côté, le capitaine Alatriste, yeux mi-clos, fixait la mer, où une galère, voiles serrées sur les antennes, arrivait du levant en ramant à la manière d'un mille-pattes.

– L'idée, dit don Francisco en baissant la voix bien que nous soyons seuls, est de concentrer plusieurs groupes de gens sûrs à partir de Milan et de les faire entrer peu à peu dans la ville, secrètement. D'autres arriveront par mer. Tous devront être prêts à agir au jour et à l'heure prévus.

– Des Espagnols ?

– En partie. Mais également d'autres nations. On compte sur des troupes mercenaires dalmates et allemandes au service de la République… Leurs chefs sont gagnés à la cause. Il y a aussi des Vénitiens dans le coup.

Don Francisco fit un nouvel emprunt au lacrimachristi, dont nous avions liquidé à nous trois presque un azumbre et demi. Les années, observai-je, n'avaient pas modifié ses habitudes. Il asséchait toujours autant de pots qu'à Madrid. Qu'il porte belle ou mauvaise cape, il était toujours aussi grand buveur, même s'il ne pouvait rivaliser avec le capitaine Alatriste qui semblait avoir une éponge à la place du foie. Maintenant, la chance souriait au poète, les circonstances étaient favorables, et donc la cape était belle ; elle était pliée sur une chaise de l'hôtellerie : noire, en velours avec des revers de soie. Il vivait un temps de prospérité, dû à sa position et à la considération dont il était l'objet. La mort récente d'une tante riche – doña Margarita Quevedo –, ainsi que la faveur du comte et duc et de la reine, le portait en ce moment au plus haut de sa prospérité. Aux sommets des lettres et de la politique.

– C'est le gouverneur de Milan qui dirige tout, poursuivit-il. D'ici quelques semaines, il commencera à disposer des troupes à la frontière avec l'État vénitien, qui, en cas de besoin, avanceront par Brescia, Vérone et Padoue, afin de tout garantir. Dans le même temps, dix galères battant pavillon autrichien et portant à leur bord de l'infanterie espagnole, des hommes des régiments de Naples et de Sicile, forceront l'entrée de l'Adriatique, avec pour prétexte officiel de se diriger vers un port quelconque de l'empereur, dans le Frioul.

– Décembre n'est pas un temps pour les galères, objectai-je.

– Pour celles-là, si. Dans cette affaire, n'importe quel temps sera bon.

– Et qu'attend-on de nous ?

– Tu le sauras en temps voulu. – Don Francisco regarda mon ancien maître qui continuait de contempler la mer. – Votre rôle est en tout cas important. Et secret. Vous en aurez communication au fur et à mesure du voyage… Il y a deux étapes prévues : Rome et Milan. Je vous accompagnerai jusqu'à la première, et là je vous souhaiterai bonne chance après vous avoir remis en bonnes mains.

Le capitaine Alatriste demeurait immobile, appuyé au dossier de sa chaise. Sur son profil hâlé et aquilin, la clarté du jour et le reflet du soleil sur la mer éclairaient encore davantage son regard. Les yeux, perdus dans le lointain, prenaient une couleur d'un vert très clair, presque transparent.

– Je n'aurais jamais imaginé vous voir mêlé à une affaire d'une telle nature.

Il dit cela d'un air songeur, sans regarder le poète. Celui-ci sourit et dit que lui non plus ne l'aurait pas imaginé, mais que personne n'échappait à certains fantômes. Connaissant l'importance de son passé italien, expliqua-t-il, le comte et duc avait eu recours à ses services sans lui laisser le choix. Tout à fait dans le style d'Olivares, qui avait coutume de s'en tenir au simple «mandons et ordonnons». De plus, il y avait, dans ce qui se préparait, des personnes que don Francisco connaissait bien : l'ambassadeur d'Espagne à Rome était de ses intimes, lui-même entretenait depuis très longtemps une correspondance avec le gouverneur de Milan, et il gardait de l'époque vécue avec le duc d'Osuna des archives importantes, des documents et des relations très utiles pour l'entreprise. Quant au personnage qu'ils avaient vu via Piedigrotta, ce n'était rien de moins que don Francisco Vásquez de La Coruña, marquis de Los Mariscales, un vieil ami à lui et le bras droit du vice-roi de Naples. Impossible d'échapper à cette mission.

– Et donc, vu ma position actuelle à la Cour, je ne pouvais me dérober, conclut-il. *Obœdite præpositis*, comme disait saint Paul… De toute manière, je n'aurais pas refusé. Le duc d'Osuna était mon ami, et je n'oublie pas le rôle qu'a joué Venise dans sa ruine. Il n'a jamais accepté les débordements et les insolences de la République, les obstacles qu'elle a mis à notre présence dans l'Adriatique, son peu de religion et ses excès dans le dévergondage… Nous ne ferons que lui rendre la monnaie de sa pièce.

Le capitaine Alatriste avait quitté la mer des yeux. Il regardait maintenant son épée, posée contre la chaise où se trouvaient la cape de don Francisco, la sienne et la mienne. Le soleil en faisait luire la vieille coquille usée, criblée d'éraflures dues à d'autres lames.

– Je ne sais toujours pas le rôle que je joue dans tout cela.

– L'affaire a plusieurs registres, sur lesquels il faudra jouer au moment opportun. L'un d'eux vous concerne, et pas le moins important.

Le capitaine avait pris son verre sur la table et le portait à ses lèvres. Il arrêta son geste à mi-chemin.

– Il s'agit de beaucoup tuer, je suppose.

Don Francisco cligna de l'œil, presque joyeux.

– Vous supposez bien. Et aussi d'incendier, de dévaster et de détruire… Votre groupe, dont il est prévu que vous serez le chef, agira en coordination avec d'autres. Chacun aura sa mission spécifique.

Le capitaine acquiesça légèrement, but, et se reversa du vin.

— Qui sont les hommes qui iront avec moi ?

— Vous venez d'entendre les intentions du premier volontaire. — Le poète m'adressa un clin d'œil complice. — Il l'a dit, il irait en enfer avec vous.

— Devrai-je les choisir moi-même ?

— Ce n'est pas indispensable. Encore que, vous connaissant, j'ai dit que vous seriez plus à l'aise si quelques-uns de vos camarades vous accompagnaient. D'autres vous seront affectés, mais il reste de la marge… Si vous en avez envie, vous pouvez faire une petite liste de noms. Des soldats connus de vous, de toute confiance. De ceux qui savent se servir de leurs mains et rester bouche cousue, y compris dans les affres du chevalet… Des hommes d'acier et de silences.

Nous nous regardâmes, le capitaine et moi. À des vétérans tels que nous, point n'était besoin de leur apprendre leur métier.

— Et si ça tourne mal ?… Venise n'est pas un lieu amical pour des Espagnols et le sera encore moins en cas de coup dur.

— Il n'y aura pas de coup dur.

— D'accord. Mais j'aimerais savoir si l'on a prévu une porte de sortie. Une retraite plus ou moins assurée.

— Je suppose que oui.

– Vous ne faites que le supposer ?

– Tout est entre les mains du gouverneur de Milan. Les détails relèvent de lui.

Sur le visage impassible du capitaine Alatriste, un regard sceptique trahissait sa pensée : ce n'était pas le gouverneur de Milan qui, en cas de problèmes, se retrouverait face à des Vénitiens ivres de rage, dans une ville où il était notoire que les espions et les agents étrangers mouraient en silence, sans procès ni annonces publiques ; ils disparaissaient, et nous nous y vîmes comme si nous y étions. Devinant ses réflexions, don Francisco voulut le rassurer.

– Jamais je ne vous embarquerais là-dedans si je n'avais pas confiance, glissa-t-il.

Je voulais bien le croire, mais le capitaine ne semblait pas aussi convaincu que moi. La vie lui avait appris que l'intérêt personnel, la nécessité, voire l'affection, peuvent aveugler les plus honnêtes. Presque tous les hommes, même de bonne foi, finissent par voir les choses comme ils désirent les voir.

– Ce sera payé, j'imagine.

Le poète se détendit. Parler argent était aborder un terrain plus sûr.

– Payé ?... Mais oui, morbleu ! Un mois avec une solde de quatre-vingts écus pour les chefs et cinquante pour la troupe. Sans compter ce que cela supposera pour vos états de service, particulièrement pour Iñigo... Après cela, son entrée dans les courriers royaux et à la Cour sera chose faite. La reine en personne est prête à le recommander.

Je vis le capitaine Alatriste tordre sa moustache à l'évocation des états de service. Mon ancien maître en avait trop souvent vu – lui-même en avait une bonne quantité dans son sac, dont les feuilles étaient roulées dans des étuis en fer-blanc –, exhibés par des mendiants et des mutilés qui demandaient l'aumône à la porte des églises de toute l'Espagne. Moi, en revanche, qui avais connu le monde et les guerres mais n'étais quand même qu'un jeune garçon, l'argument me plaisait bien. Et les dernières paroles de don Francisco chatouillaient mon orgueil.

– Vous avez parlé de moi à la reine ? demandai-je, flatté.

– Naturellement. Si je jouis de ses faveurs, je ne vois pas pourquoi je n'en ferais pas profiter mes amis. Tes démêlés passés avec l'Inquisition et ta jeunesse dans les Flandres attendrissent beaucoup la fille du Béarnais… Et à juste titre. À propos, puisque nous parlons tendresses, j'ai des nouvelles pour toi.

Il marqua une pause et son sourire suffit à me paralyser. Cela faisait longtemps que je ne recevais plus de lettres de la Nouvelle-Espagne.

– On dit que Luis d'Alquézar pourrait retrouver la faveur du roi. Apparemment, il a fait fortune avec les mines d'argent, à Taxco. En homme habile qu'il est, il a soigné la bourse de tous ceux qui pourraient lui être utiles à Madrid, y compris Philippe IV. On dit que notre jeune souverain, qui a comme toujours besoin de numéraire, est sur le point de mettre fin à son exil. Il est vrai qu'avec des cadeaux, l'on ramollit jusqu'aux pierres.

Don Francisco fit une autre pause, plus longue cette fois, et sourit affectueusement, en y mettant toute l'intention voulue.

– Cela signifierait, ajouta-t-il, un retour à Madrid d'Alquézar et de sa nièce, qui pourrait être de nouveau admise à la Cour.

Je n'avais plus l'âge de rougir – bien que, basque et d'Oñate, je n'aie jamais été sujet à la timidité ni aux rougeurs –, et moins encore avec la vie que j'avais menée et que je menais. Pourtant, cette fois, le sang me monta au visage. Un coup d'œil à la dérobée me montra que le capitaine Alatriste me regardait, impassible. « Le nom d'Alquézar nous porte malheur », avait-il dit en certaine occasion, sur le ton tranquille, presque indifférent, qui était le sien, où les paroles semblaient venir de très loin. Et c'était vrai. Mon amour éperdu pour Angélica avait mis plus d'une fois nos têtes à deux doigts du bourreau. Ni le capitaine ni moi ne pouvions l'oublier.

– Il ne serait point malséant, poursuivait don Francisco, qu'un fringant jeune homme appartenant aux courriers royaux puisse affronter une nouvelle vie la bourse pleine. Les dames de la reine, et je suis bien placé pour en témoigner, ont des goûts dispendieux.

Et il récita joyeusement :

> *En sucreries Mars dépensa son armure,*
> *Et son épée en gâteaux et boissons.*
> *Jupiter le sévère en bourse se changea ;*
> *La donzelle relevant ses jupons*
> *Pour l'accueillir sous forme de pluie d'or.*

– Ce qui nous ramène à Venise, enchaîna-t-il avec naturel… Imaginez une des villes les plus riches du monde, sinon la plus riche, mise à sac. Ce que vous pourriez mettre alors dans votre escarcelle.

Le capitaine Alatriste avait posé les mains sur la table, de part et d'autre de son verre, et les regardait d'un air rêveur. C'est avec ces mains qu'il tue, me dis-je. Ce sont elles qui lui assurent sa subsistance.

– Pourquoi moi ? questionna-t-il.

Le poète eut un geste vague et jeta un regard sur le bas de la pente de Pizzofalcone, vers le palais du vice-roi. Comme si la réponse se trouvait là.

– Je ne peux pas vous donner de précisions sur le plan. Mais je vous répète que la partie qui vous revient exige quelqu'un d'expérimenté et de toute confiance… Quand nous avons cherché des noms avec le comte et duc, le vôtre s'est imposé. Le favori n'oublie pas le rôle que vous avez joué dans l'épisode de l'Escurial. Ni la promesse formulée devant moi sur le Paseo du Prado quand vous demandiez de l'aide pour Iñigo, prisonnier de l'Inquisition. «Il me le doit», a tranché Olivares, avec une de ces mimiques féroces qui n'admettent pas de réplique... Voilà pourquoi je suis ici, et vous avec moi.

Un autre silence suivit, bref, durant lequel don Francisco et le capitaine Alatriste se regardèrent droit dans les yeux avec la complicité d'une vieille amitié.

– Dommage, soupira finalement le capitaine. On était bien, à Naples.

Un mince sourire, légèrement las, teintait le commentaire de mélancolie. J'observai que don Francisco approuvait en haussant les épaules, comme s'il partageait, sans avoir besoin d'ajouter un mot, la pensée de mon ancien maître. Des gens comme vous, semblait dire ce geste, ne sont pas en condition de choisir le lieu où ils vivent, ni celui où ils se battent. Encore que parfois, dans le meilleur des cas, ils puissent choisir celui où ils meurent.

– Venise est belle, dit le poète.

– Mais en hiver il y fait un froid de mille diables.

Le capitaine contemplait le paysage, les yeux mi-clos et la trace du sourire encore perceptible sous la moustache. Je pensai que cela lui coûtait réellement de dire adieu à cette ville qui, jadis, avait hébergé les meilleures années de sa jeunesse et où il semblait aimer se retrouver : à Naples, tout était simple, réglé par la discipline militaire, avec la Méditerranée et ses rives pour terrain de chasse, du bon vin et des bons camarades. Bien loin des dures campagnes du Nord, de leurs tranchées, de leurs marches sous la pluie et de leurs sièges interminables, et aussi des inquiétudes et des pièges de cette Madrid compliquée et dangereuse, au cœur d'une Espagne équivoque, turbulente et misérable, marâtre ingrate que son épée mercenaire ne regrettait jamais de quitter. Cette triste patrie qu'il n'était possible d'aimer que lorsqu'on en était loin, attendant avec les camarades silencieux une charge ennemie, serrant les dents sous les plis d'un vieux drapeau déchiqueté par le vent et la mitraille.

Moi, en revanche, cela faisait un moment que j'en avais assez de Naples. Même le nom d'Angélica d'Alquézar ne pouvait faire battre mon cœur aussi fort que la démangeaison que me causait un départ imminent. De cette colline, au-delà de la mer bleue et des hauteurs du Pausilippe, vers le Septentrion italien et les rives du golfe de l'Adriatique, j'entrevoyais de nouvelles aventures, des périls, des émotions et des sacs d'or ouverts à la pointe de l'épée dans des palais aux richesses mythiques. Pour y arriver, je n'avais qu'à unir de nouveau ma vie à la peau du tambour, de même que l'on fait rouler les dés ou que l'on demande une carte. Et c'était là quelque chose à quoi, au côté du capitaine Alatriste, ma

jeunesse audacieuse et insolente était accoutumée.
Une nouvelle aventure m'attendait, aussi tentatrice
qu'une courtisane parée de perles et de bracelets
d'or. Venise, me dis-je avec délices. Ce nom à lui seul
était une caresse, excitante comme le doux murmure
d'une belle femme.

II

LES VIEUX AMIS

Le recrutement prit peu de temps. Après diverses visites aux cantonnements militaires de Naples, s'achevant opportunément par des cruchons de vin vieux dans les tavernes du Chorrillo, mon ancien maître put engager une jolie chérinole de crocodiles, tous soldats d'active, qui reçurent sur-le-champ une permission spéciale, comptabilisée comme temps de service, d'une durée de trois mois. Il fut décidé que le groupe, avec pour instructions de gagner Gênes par la mer, et de là Milan, embarquerait à Naples trois jours après que le capitaine, don Francisco et moi aurions également pris la mer pour la Fiumara de Rome, d'où nous longerions le cours du Tibre jusqu'à la cité papale. Faisaient partie du groupe expédié à Milan notre vieil ami aragonais

Sebastián Copons, le Maure Gurriato et quatre autres hommes de confiance, tous de notre régiment : gens rudes et avares de paroles, aguerris sur les galères ou dans les Flandres, dont mon ancien maître avait, à un moment ou un autre, partagé la longue vie militaire. L'un avait été avec nous lors de la tuerie des bouches d'Escanderlu : il était biscayen et répondait au nom de Juan Zenarruzabeitia. Deux Andalous, Manuel Pimienta et Pedro Jaqueta, complétaient le groupe, ainsi qu'un Catalan nommé Jorge Quartanet. De tous, nous aurons l'occasion de reparler en détail.

En ce qui nous concerne, le capitaine Alatriste, don Francisco et moi, nous fîmes cinq lieues de route de la Fiumara à Rome, sans autre incident qu'un épisode quelque peu cocasse, qui nous arriva alors que nous étions presque en vue des murs de la cité papale. Nous remontions la rive gauche du fleuve dans un coche couvert tiré par quatre mules, dont les roues suivaient le tracé d'une ancienne voie datant des Romains. Elle traversait un paysage agréable, la campagne du Latium égayée par les larges cimes des pins et les vestiges de la très antique civilisation qui, sous la forme de ruines vétustes, arcs ou tombeaux à demi détruits, apparaissait de temps à autre de part et d'autre du chemin. C'est dans ces parages, peu avant d'arriver à l'église Saint-Paul-hors-les-Murs, que notre coche s'arrêta soudain. Je somnolais contre le dur appuie-tête en cuir, et don Francisco dormait près de moi, les mains croisées sur le ventre et ronflant comme un évêque. Le capitaine Alatriste devait être éveillé car, quand le coche s'arrêta et que des voix retentirent dehors – celles du cocher et du postillon, et d'autres plus brutales et inconnues –, me firent ouvrir les yeux et revenir à moi, j'avisai le regard aux aguets de mon ancien maître qui, un doigt sur la moustache, me faisait signe de garder le silence. Je tendis l'oreille et constatai que le ton montait et que le cocher et le postillon protestaient désespérément.

– Des brigands, chuchota le capitaine.

Je vous jure qu'il souriait tandis qu'il saisissait un des deux pistolets de voyage que nous transportions, graissés et prêts à servir, sous les sièges. Je me réveillai tout à fait. Cela ne faisait pas une heure que, bavardant avec don Francisco, nous avions évoqué le grand nombre de bandits et de coupe-jarrets qui, sur les différents chemins menant à Rome, faisaient galima en détroussant voyageurs et pèlerins. Car si en Espagne, avec notre géographie accidentée, notre tempérament violent et notre justice mal faite, nous n'avions jamais été épargnés par ceux qui, de gré ou de force, couraient la campagne pour accaparer le bien d'autrui, l'Italie n'était pas non plus à la traîne pour piller les bourses sans ménagement : les guerres, les troubles, la faim et l'absence de vergogne suscitaient continuellement des nuées de gredins prêts à tout, sans foi ni loi. Et les États pontificaux de Sa Sainteté Urbain VIII ne faisaient pas exception. Quant à la compagnie qui nous était échue, je pensai qu'elle devait s'être postée en embuscade dans une pinède proche, ou peut-être derrière les arches en ruine d'un ancien aqueduc qui, en cet endroit, courait le long du chemin sur environ un quart de lieue. Aux voix, je calculai qu'il devait y avoir quatre ou cinq individus. L'un d'eux parlait très fort, émaillant son propos de jurons sonores tous les six ou sept mots. Il répétait beaucoup, comme une rengaine, *giuraddìo*, *t'ammazzo*, et autres rodomontades du même tabac. Je supposai qu'il était le chef.

– Que diable… ? grogna don Francisco, la bouche pâteuse, en s'agitant sur son siège.

Je levai une main pour lui recommander le silence, comme le capitaine Alatriste l'avait fait avec moi. À ce moment, à l'autre fenêtre ouverte du coche apparut un visage hirsute, avec une barbe féroce et des yeux noirs sous des sourcils que l'on eût dits d'un ours. Le brigand arborait un chapeau à bords courts dont la coiffe conique était entourée de rubans de couleurs d'où pendaient des images de saints, des croix et des scapulaires, et tenait à la main un fusil de chasse. Il était venu voir qui occupait l'intérieur, avec l'air confiant de l'homme qui s'attend à découvrir de paisibles voyageurs affolés par les circonstances ; et il eut juste un instant pour constater son erreur :

celui qui sépara le moment où il aperçut le trou noir du canon du pistolet que le capitaine pointait entre ses yeux du coup de feu qui lui déchiqueta la figure, l'expédiant en arrière comme renversé par une ruade. Pris de court par la détonation, la fumée de la poudre me piquant les narines, je réussis néanmoins à saisir mon épée et à me précipiter au-dehors après avoir ouvert la portière, pendant que le capitaine, empoignant le second pistolet, faisait de même de l'autre côté, et que don Francisco, complètement réveillé, se démenait fiévreusement en quête de ses armes.

Outre celui qui était à terre, jeté là comme un quartier de viande, il y en avait quatre autres, de même apparence que l'homme de la fenêtre : deux, armés de sabres et fusil en bandoulière, tenaient les rênes des mules ; un autre était à côté du siège du cocher, une pertuisane à la main, et un quatrième était visible un peu plus loin, visant le cocher et le postillon avec une arquebuse à rouet. La détonation les avait tous pris à l'improviste et quand nous apparûmes, le capitaine et moi, chacun d'un côté de la voiture, nous les trouvâmes bouche bée et immobiles comme des santons de cire. Je marchai droit sur l'homme à la pertuisane, tout en gardant un œil méfiant sur celui qui tenait l'arquebuse ; mais le capitaine Alatriste assura ce flanc-là en déchargeant sur lui le second pistolet, ce qui eut pour effet de l'étendre par terre de tout son long. Au même moment, avec toute l'agilité de la jeunesse, mains et pieds légers, j'avais esquivé le mien en détournant la pointe de sa pertuisane et, me fendant à fond le long du manche et de son bras, je lui avais passé les tripes au fil de ma lame. Le hurlement du brigand, en se voyant embroché de part en part, fut presque recouvert par les cris de don Francisco de Quevedo qui jaillissait du coche, épée à la main et vomissant des insultes, résolu à se battre contre tout ce qui se mettrait en travers de son chemin. Mais c'était déjà chose vaine. Mon adversaire, après que j'eus retiré le fer de sa blessure, tombait à genoux sur les vieux pavés de la voie romaine. De son côté, le capitaine Alatriste s'était occupé de l'autre, en l'acculant violemment à la pointe de sa lame. Le quatrième malandrin, se voyant laissé pour la suite, n'y réfléchit pas à deux fois : il prit ses jambes à son cou et fila sans demander son reste.

– Vieni qua, sfachato ! lui criait don Francisco en bon toscan. Vieni, que ti tallo la grondalla !

Ce qui revenait plus ou moins à dire qu'il allait lui trancher la gouttière maîtresse si l'autre lui en donnait le loisir. Mais le coquin ne le lui donna pas : il courait à travers champs et se jeta bientôt dans la pinède où il disparut. Le poète regardait autour de lui, féroce et fou de rage, déçu de ne trouver personne à embrocher et fouettant l'air de sa lame. Mais l'affaire était déjà conclue : l'homme qui avait reçu le coup de pistolet en pleine figure et l'homme à l'arquebuse gisaient où ils étaient tombés, ayant rendu leur âme à celui qui la leur avait donnée ; le mien s'était accommodé comme il pouvait, de côté sur le sol, et continuait de se vider de son sang par sa blessure sans nous causer plus d'ennuis ; et le capitaine tenait le sien plaqué contre une roue du coche. Juste à ce moment, d'un coup presque méprisant, il le désarmait de son épée et lui mettait la pointe de la sienne sur la gorge, la mort dans le regard.

– Clemenza ! balbutia le chenapan, épouvanté.

Ce n'était pas un jeune de l'année. Il devait dépasser les trente ans, et sa face brune et hirsute avait la même apparence féroce que celle de ses camarades. Comme eux – et en cela non plus les bandits italiens ne différaient pas des nôtres –, il était couvert de médailles, effigies, crucifix et scapulaires qui pendaient de son chapeau, de son col et des boutonnières de son pourpoint crasseux. De l'endroit où j'étais, je pouvais sentir l'odeur de la peur : une tache d'incontinence se répandait sur ses culottes, au-dessous des cuisses. Un moment, je crus que le capitaine allait expédier l'affaire avec sa prestesse coutumière, enfonçant la pointe, vite fait bien fait. Mais il n'en fut rien. Il resta à regarder le visage du malandrin, comme s'il y cherchait quelque chose. Un souvenir, peut-être. Une image ou un mot.

– Misericordia, signoria! implora de nouveau l'homme.

Je vis mon ancien maître hocher la tête lentement, comme pour dire non. Le misérable ferma les yeux, proféra un gémissement d'une angoisse infinie et appuya sa tête contre la roue, croyant qu'il lui refusait sa grâce ; mais je connaissais suffisamment le capitaine Alatriste pour savoir que ce geste correspondait à autre chose. Ce n'est pas une question de miséricorde, voilà ce qu'il signifiait : il ne s'agit pas du tout de cela. Je pourrais être à ta place, pourquoi pas ? Ou toi à la mienne. Tout dépend des cartes que nous avons reçues au sale jeu de la vie. Et donc, tel un lion fatigué de tuer qui sort ses griffes par habitude et non par faim, et qui les retient finalement sans les abattre, le capitaine Alatriste retira la pointe de son épée de la gorge du bandit.

Rome, *caput mundi*, ombilic du catholicisme, reine des villes et maîtresse de l'univers, comme l'a dit don Miguel de Cervantès, était plus que jamais Rome. Je la voyais pour la seconde fois et j'admirai de nouveau, ébloui, ses palais et ses jardins somptueux, les dômes et les campaniles de ses églises, les monuments antiques, les places avec leurs belles fontaines sculptées, les vestiges de marbre et de pierre

qui, partout, ennoblissaient la cité de saint Pierre
et des papes. Nous entrâmes au milieu de l'après-
midi par la porte Paolina, qui est située tout près
de la pyramide funéraire de Cestius ; et après avoir
parcouru quelques rues, nous arrivâmes devant les
murs, toujours debout, du grandiose édifice que les
Romains de l'Antiquité ont appelé le Colisée. Face
à cette formidable construction, don Francisco de
Quevedo ne put se retenir de déclamer, pour mon
plus grand profit :

Cherche Rome dans Rome, ô triste pèlerin,
Et dans Rome jamais tu ne la trouveras ;
Là où étaient ses murs, cadavre tu verras,
Et tombe de lui-même est le mont Aventin.

Des vers dont il semblait être fier et qu'il nous
lança négligemment, comme s'il venait de les impro-
viser. Oubliant, sans doute, que nous l'avions déjà
entendu les réciter, légèrement gris, devant un pichet
de vin à la taverne du Turc. Je pris un air innocent
tandis que le capitaine Alatriste m'adressait un clin
d'œil, et j'en fis force compliments à don Francisco ;
si bien que celui-ci me donna des petites tapes sur
le genou et continua de commenter à mon usage
tout ce que nous voyions et qu'il connaissait fort
bien, du fait de ses voyages précédents et de ses
innombrables lectures. Nous traversâmes peu après

la piazza Navona : admirable espace où je crus me trouver soudain en Espagne, car beaucoup de ceux qui habitaient là depuis l'époque du grand empereur Charles Quint étaient de notre nation et de notre langue que, du coche, j'entendis parler au passage, de la bouche des valets, taverniers, femmes, boutiquiers, soldats et gens de toute espèce, souvent dans ce jargon mêlé d'italien dont les Espagnols ont coutume d'user en Italie. Non loin de là se trouvaient les pieuses écoles fondées par l'Espagnol José de Calasanz, qui vivait près de l'église Saint-Pantaléon et qui, à l'époque de ce récit, était déjà considéré comme *il più grande catechista di Roma.* Les ambassadeurs d'Espagne eux aussi, jusqu'à leur déménagement récent pour un lieu proche de la Trinité-des-Monts, avaient longtemps résidé dans un palais voisin. On pouvait trouver là des boutiques de livres et d'estampes dans la langue de Castille, et vers la partie orientale de la place s'élevaient également l'église et l'hôpital Saint-Jacques, dit des Espagnols, où l'on s'occupait autant du salut de l'âme que de la santé du corps de nos compatriotes.

Ce n'étaient pas les seules nécessités auxquelles on pourvoyait ici. Dans le quartier voisin de Pozzo Bianco, autour de l'église Sainte-Marie de Vallicella, étaient concentrés de nombreuses maisons de tolérance et autres lieux de prostitution. Car si, comme on dit, « l'homme où il naît, la femme où elle est, et

la putain où elle paît », on voyait paître autour du
siège de Pierre plus de filles de joie que de moines ;
et parmi elles les Espagnoles ne manquaient pas.
Y abondaient les Andalouses, certaines fraîches et
d'autres moins – de Séville et de Cordoue, ou se
prétendant telles, venues parcourir les Italie de gré ou
de force, suivant soldats et maquereaux ou pour leur
propre compte, comme l'attestait le vieil adage : les
jeunes pour Rome et les vieilles à Benavente. Toutes
habiles à faire la putain d'une manière ou d'une
autre, bien que s'affublant de noms comme doña
Elvira Nuñez de Toledo ou doña Luisa de Guzmán
y Mendoza : car, je l'ai déjà dit ailleurs, je n'ai jamais
connu de catin espagnole, même le laideron le plus
sordide et le plus usé à la tâche, qui ne se dise de
sang noble, même si ses parents et grands-parents ont
passé leur vie à ressemeler des chaussures. D'autres
femmes, plus éparpillées celles-là dans les quartiers
de Regola et de Saint-Ange, étaient de celles que
l'on appelait *marranes* : des juives converties, descen-
dantes de familles expulsées d'Espagne au siècle
dernier. Et, comme pourra le constater plus loin
le lecteur curieux, l'une d'elles, bien que dans une
autre ville, et différente tant par sa qualité que par
les circonstances de notre rencontre, aura un rôle à
jouer dans la présente histoire.

Nous arrivâmes enfin au lieu de notre séjour
romain. Il s'agissait de la locanda dite del Orso,

autrement dit l'auberge de l'Ours, où la chère était
bonne, la boisson meilleure encore, et le coucher fort
convenable, très prisée du sieur de Quevedo. Elle était
située dans la rue du même nom, presque collée au
Tibre, et le lieu aurait été tout à fait charmant s'il ne
s'était trouvé à un tir d'arquebuse de la sinistre tour
de Nonne, célèbre prison des papes, avec ses équerres
de fer sur la façade pour y pendre les condamnés,
dont les cadavres devaient demeurer exposés à la
curiosité publique ; car tout Rome, comme le reste
des États pontificaux, était soumis à la juridiction de
Sa Sainteté Urbain VIII, qui régnait avec le pouvoir
absolu d'un roi sur ses domaines. Quant à notre
auberge, c'était un établissement ancien, d'aspect
imposant, que l'on comptait parmi les meilleurs
de la ville. Jamais, avec nos maigres ressources, le
capitaine et moi n'aurions pu y descendre, car c'était
un lieu à trente écus du mois ; mais don Francisco,
mandé en voyage officiel bien que secret, ne lésinait
pas sur l'argent du roi. La chambre où nous logions
tous les trois était spacieuse et ensoleillée, avec une
fenêtre voûtée, faite de vieux chapiteaux romains, par
laquelle on pouvait apercevoir une partie du Tibre,
le château Saint-Ange et le dôme gigantesque de
Saint-Pierre, honneur et merveille de la Chrétienté.

Avec un tel paysage pour réjouir nos yeux,
nous soupâmes bien et dormîmes mieux encore,
dans de bons lits moelleux et des draps propres.

Et le lendemain matin, dès potron-minet, le capitaine Alatriste et don Francisco partirent régler des affaires importantes dans lesquelles je n'intervenais en rien. Me voyant libre pour la matinée, après avoir batifolé un peu avec la petite servante qui brossa mes effets – une jolie Romaine légèrement effrontée, experte dans ce genre de jeux – je pris mon chapeau brodé et orné de plumes, ma cape et mon épée, et ainsi paré de pied en cap je sortis dans la rue, décidé à faire un tour dans la capitale de l'univers. J'admirai au passage divers visages fort avenants, confirmant ainsi le vieux dicton de soldats : visage romain et corps siennois, allure florentine et parler bolognais. La journée était froide, hivernale, mais supportable grâce à un soleil resplendissant qui montait sur la ville, teintant de bleu l'eau des fontaines et raccourcissant les ombres des églises, des campaniles et des palais. Mes pas me portèrent jusqu'aux berges du fleuve et au pont Sixte. De là, le panorama était magnifique, car, outre les murailles et le dôme du Vatican, de l'autre côté du pont se dressait, majestueux, le château de forme arrondie qui, dans l'Antiquité romaine, avait été le mausolée de l'empereur Hadrien. En le contemplant, je fus bien obligé de me rappeler que, cent ans plus tôt, le six mai de l'an quinze cent vingt-sept, ses murs avaient servi de refuge au pape Clément VII durant le sac de Rome.

En soldat que j'étais, je ne pus faire moins que m'attarder sur le pont, admiratif, à me demander comment l'armée impériale de Charles Quint – dix mille lansquenets allemands, six mille Espagnols et quatre mille Italiens et Wallons –, affamée, en haillons, harassée par une longue marche, sans vivres ni artillerie, avait pu prendre d'assaut cette ville formidable, envoyant en avant-garde les arquebusiers vétérans de nos régiments escalader les murs. Par le Belvédère et la porte Saint-Esprit, les Espagnols avaient attaqué avec des grappins et des échelles, au cri de «Espagne! Espagne! *Ammazza! Ammazza!* – Tue! Tue!» – après que le capitaine Juan de Ávalos fut tombé mort d'un coup d'arquebuse en montant au rempart à la tête de sa compagnie, et les nôtres égorgeant tous ceux qui se trouvaient sur leur passage, qu'ils se rendent ou non, sans faire de quartier quand bien même eussent-ils rencontré le Christ, de sorte que dans leur charge le long de la via della Lungara ils n'avaient pas laissé âme qui vive derrière eux. Et à l'endroit même où je me trouvais, évoquant ces souvenirs, sur les pierres nues du pont Sixte, une autre compagnie d'infanterie espagnole, commandée par un capitaine dont l'Histoire n'a pas retenu le nom, avait donné l'assaut en courant à découvert jusqu'aux portes mêmes du château, sous le feu nourri de l'artillerie et des arquebuses papales, à tel point qu'aucun de ces hommes n'en était revenu vivant. Et s'il est certain que, le combat terminé, les Espagnols se joignirent aux horreurs du sac de la ville comme le reste des troupes victorieuses, rivalisant de violence et de cruauté, il n'en est pas moins vrai qu'à la différence de celles-ci, de même que lors de la victoire de Pavie et en d'autres lieux mis à feu et à sang – ce fut toujours l'usage de mettre à sac les villes qui ne se rendent pas –, nos compatriotes, disciplinés au feu, et pour l'honneur de leur nation, ne s'arrêtèrent pas à piller tant que la victoire ne leur fut pas assurée et qu'ils n'eurent pas rempli leur devoir envers leurs capitaines et leur empereur.

Au reste, concernant les tristes journées de Rome soumise à ses vainqueurs, on a beaucoup écrit, et je renvoie le lecteur curieux aux livres. Il saura ainsi, mieux que je ne le pourrais conter, comment tout arriva à cause de la mauvaise volonté, de la bassesse et de la pingrerie de Clément VII, décidé à favoriser la France, à participer à la ligue contre l'Espagne et à empêcher que les couronnes de l'Empire et de Naples ne soient réunies sur la tête de notre empereur Charles Quint. Et aussi comment, durant l'horreur qui suivit l'assaut de la ville, il n'y eut à Rome ni respect pour Dieu ni vergogne à la face du monde, chacun pillant aussi bien les maisons et les palais que les églises et les enceintes sacrées. Le résultat en fut quarante mille morts, et les défunts furent souvent plus chanceux que les vivants, car même nos compatriotes ne furent pas épargnés, y compris les ambassadeurs d'Espagne et du Portugal ; et si les lansquenets, brutaux, inhumains et ivrognes comme le sont les Allemands, agirent en luthériens – paradoxes de l'Empire – pour se venger sur tout ce qui portait robe de prêtre, évêque ou cardinal, nous autres Espagnols ne fûmes pas à la traîne, avec des excès et des débordements tels que même en terre des Caraïbes on ne peut en voir. Les soldats entraient dans les maisons et tuaient ceux qui leur résistaient, pillant et violant partout : riches vendus comme esclaves, nonnes forcées par centaines, religieux promenés dans les rues sous les huées, boucherie générale, cruautés sans nombre. Bientôt se joignirent à ce déferlement les bandes de déserteurs, malandrins et racaille qui accompagnent toujours les armées comme des corbeaux, et, des mois durant, la ville devint un enfer. Allemands et Espagnols se disputaient comme des chiens le butin et les femmes, et nombre d'épouses et de jeunes filles furent violées, emmenées dans les cantonnements, jouées aux dés, prostituées et soumises aux caprices de chacun. Il n'y avait pas de soldat qui n'eût sa concubine. Et, lorsque, fatigués, leurs maîtres les jetaient à la rue, elles tombaient encore aux mains de la canaille qui rôdait autour des casernes et qui finissait le travail.

Le couplet populaire qui, depuis, circule à propos
de ce drame en rend bien compte :

> *La clameur des épouses*
> *Assourdit les sept collines,*
> *En voyant leurs fils vendus*
> *Et leurs filles déshonorées.*

Je dirai seulement que, connaissant les maux
infinis subis un siècle plus tôt par la ville, je marchais
dans celle-ci étonné que les habitants, me sachant
espagnol, ne me fassent pas mauvaise figure, ne me
crachent pas au visage ou ne me lardent pas de coups
de couteau. Car c'est toujours merveille de constater
comment l'homme, pris dans son ensemble, oublie
vite les grands dommages causés par les guerres et
tente de les chasser de sa mémoire. Certains disent
que cela trouve son origine dans le pardon chrétien ;
mais moi qui, par métier et circonstances, ai été
comme soldat plus bourreau que victime au cours de
ma longue et tumultueuse vie, je crois qu'il s'agit bien
plus d'une inclination de l'être humain à s'arranger
de ce qu'il ne peut éviter. D'un instinct naturel de
survie, s'adaptant aux nécessités du moment et à
l'intérêt du futur pour dire, comme Sénèque, que le
remède aux outrages est l'oubli. D'autres, cependant
– et le capitaine Alatriste et moi étions de ceux-là –
estiment que la manière la plus salutaire de laver un

outrage est d'enfoncer six pouces d'acier de Tolède dans le corps de son auteur.

Tandis qu'il attendait debout dans une anti-chambre du palais Monaldeschi, Diego Alatriste pouvait voir par la fenêtre ouverte l'église de la Trinité-des-Monts en haut d'une pente couverte de décombres et de buissons. D'autres endroits de l'édifice arrivaient des coups de marteau et des voix de maçons. Le palais, résidence en titre de l'ambassadeur espagnol à Rome, était en travaux. Ce n'étaient partout qu'échafaudages et ouvriers, et le large escalier de pierre et de bois par lequel, en compagnie de don Francisco, il était monté au premier étage, étayé avec des poutres et des traverses, avait craqué sous leurs pas. En réalité, selon don Francisco, l'ambassadeur n'y venait que de temps à autre, car il passait la plus grande partie de son temps dans la superbe villa Médicis, au sommet de la colline, derrière la Trinité et le Pincio. Le palais Monaldeschi, que tout le monde commençait à appeler palazzo di Spagna, n'appartenait pas à la Couronne : il était loué, pendant que se négociait sa propriété. Du fait de sa situation privilégiée et de ses quatre étages d'aspect majestueux, le comte et duc d'Olivares – né à Rome, où son père avait été ambassadeur – souhaitait en faire le siège définitif de la diplomatie espagnole. Par la même occasion, il espérait indisposer le cardinal de Richelieu, ministre de la France, qui prétendait s'approprier l'édifice.

Alatriste était tête nue. Il avait laissé son chapeau et son ceinturon avec épée et dague aux mains d'un serviteur. Sur la suggestion de don Francisco de Quevedo, il avait soigneusement brossé ses vêtements, arrangé du mieux qu'il pouvait ses bottes de soldat, les culottes de drap brun serrées sous les genoux, la chemise avec un col propre et le pourpoint de chamois à boutons de corne. Il observa brièvement son aspect dans une des grandes glaces qui ornaient les murs : maigre, dur, taille moyenne, cheveux aussi courts qu'à l'ordinaire, épaisse moustache, yeux glauques et sur le qui-vive. Marques sur la figure, les mains et le front. «Vous êtes de ces hommes, avait commenté Quevedo avec un sourire affectueux, pendant qu'ils prenaient leur déjeuner matinal, composé d'une écuelle de bouillie et de melon séché de Lombardie, à l'auberge de l'Ours, qui portent leur biographie vivante sur leur visage.»

Pour se distraire, il promena son regard sur un grand tableau accroché au mur : une classique scène de bataille, de celles qui montrent, vues d'une hauteur et d'une perspective fausses, la ville assiégée au fond, les lignes de circonvallation et les tranchées, avec les compagnies se déplaçant dans un paysage hivernal.

Au premier plan, à droite et à gauche, suivis de chiens étiques et fidèles, des soldats marchaient sous un drapeau portant la croix de Saint-André. Ils étaient déguenillés et épuisés, avec des uniformes en charpie, des chapeaux informes et de misérables capes râpées ; mais sous cette apparence trompeuse un observateur attentif ne pouvait pas ignorer les armes qu'ils portaient tous : piques, épées, arquebuses donnaient à cette troupe de loqueteux un aspect féroce, et la file qui se prolongeait jusqu'aux lointaines tranchées faisait montre d'une parfaite discipline. Alatriste eut beau s'appliquer, il ne put identifier la ville assiégée. Quelle que fût celle-ci, peut-être lui-même avait-il été présent. Ce pouvait être aussi bien Hulst, Amiens, Bomel ou Ostende que Berg-op-Zoom, Jülich ou Breda. Dans ses souvenirs de vétéran, avec trente ans de sièges et de combats dans sa mémoire, toutes les villes en guerre se ressemblaient beaucoup. En fin de compte, la vision qu'il en gardait n'avait jamais eu de représentation picturale ; cela concernait les généraux et les mestres de camp qui, sur d'autres tableaux commémorant leurs faits d'armes et leur renommée, figuraient au premier plan, en grand uniforme et bâton de commandement à la main, intrépides sur de fougueux coursiers, et désignant l'ennemi. Ce qu'Alatriste se rappelait des sièges, de leur perspective et de leur paysage limité, était toujours proche et à ras de terre : boue des tranchées, faim, sommeil et froid, caponnières grouillantes de rats, couvertures truffées de punaises, poux, sentinelles perdues sous la pluie, assauts sanglants et coups de main féroces, tirs d'arquebuse à bout portant. Le tout-venant du métier. La fidèle infanterie du roi catholique en guerre contre la moitié du monde : endurante, mal payée, insatiable de dépouilles et de butin, mutinée parfois, mais impassible sous le feu de l'ennemi, vindicative et très cruelle à l'heure de tuer. Toujours orgueilleuse et redoutable sous ses haillons.

Une porte s'ouvrit silencieusement sur des gonds bien huilés. Alatriste s'en aperçut alors qu'elle était déjà ouverte et, se retournant, il vit trois hommes qui l'observaient depuis une pièce ornée de tentures, de tapis et de meubles de prix. L'un était don Francisco de Quevedo. Des deux autres, le premier était grand, l'air noble, vêtu de satin vert brodé d'argent avec une chaîne en or. Le second avait les cheveux longs, portait moustache et mouche au menton, et il était en noir, sans autre note claire dans sa mise que le col blanc et amidonné de sa chemise, et la croix de Saint-Jacques brodée en rouge sur le côté gauche du pourpoint. Tous trois restèrent à contempler Alatriste sans dire mot. Mal à l'aise, ignorant ce que l'on attendait de lui, celui-ci s'inclina légèrement, respectueux, guettant quelque signe de Quevedo ; mais le poète demeura inexpressif, le regardant comme les autres, et, au bout d'un moment seulement, se pencha un peu vers l'homme à la chaîne d'or pour lui glisser quelques mots à voix basse. L'homme acquiesça sans cesser son observation. À son attitude et à son apparence, Alatriste déduisit qu'il devait s'agir de don Iñigo Vélez de Guevara, comte d'Oñate, ambassadeur d'Espagne à Rome : un personnage proche du roi Philippe IV et très lié au comte et duc d'Olivares, selon Quevedo. Le troisième individu lui était inconnu.

Puis l'homme à la chaîne d'or hocha deux fois la tête, comme s'il se considérait satisfait. Alors celui qui était vêtu de noir referma la porte, et Diego Alatriste se trouva de nouveau seul. À l'intérieur retentit une clochette, et un instant plus tard apparut à une autre porte un serviteur, qui l'invita à descendre l'escalier en sa compagnie. Alatriste le suivit, pour arriver finalement dans une pièce aux murs blancs et nus, meublée seulement d'un poêle en fer dont le tuyau montait au plafond, de quatre chaises et d'une table, et d'où l'on pouvait voir par la fenêtre grillagée une partie de la place et de l'édifice de la Propagation de la Foi, très proche de l'ambassade, que don Francisco de Quevedo lui avait montré alors qu'ils descendaient de la voiture qui les avait amenés de la via del Orso. Il regardait encore par la fenêtre en se demandant ce que diable il faisait là quand une porte s'ouvrit dans son dos. Avant de se retourner pour voir qui entrait, il entendit un petit air sifflé, sinistre et familier. Un *tiruri-ta-ta* qui lui hérissa le poil et lui fit tourner la tête, stupéfait. Tendu et aux aguets comme si le diable venait de lui taper sur l'épaule.

– Quel plaisir ! dit Gualterio Malatesta.

Il était habillé de noir, comme toujours. Sans chapeau ni cape. Et il observait, sarcastique, la main que Diego Alatriste avait portée instinctivement à son côté, là où manquait l'épée. L'Italien semblait jouir de la surprise, qui, apparemment, n'en était pas une pour lui. Les yeux noirs et durs – le droit légèrement fermé par la cicatrice qui arrivait jusqu'au coin de la paupière – brillaient de leur éternel éclat acéré et dangereux. Mais lui non plus ne portait pas d'armes, observa Alatriste avec soulagement. À moins, se dit-il, qu'il ne cache quelque chose dans la tige de sa botte, tout comme lui-même cachait son habituel couteau de boucher, court et à manche jaune.

– Un vrai plaisir, répéta Malatesta.

Il était plus maigre. Vieilli, peut-être. La vie ne semblait pas lui avoir fait de cadeaux. Il en portait les stigmates. Son visage grêlé de petite vérole était très creusé aux joues, et il avait sous les yeux et aux commissures des lèvres des cernes et des plis dont Alatriste n'avait pas souvenance. Traces, peut-être, de souffrances récentes. Quelques fils gris parsemaient la naissance des cheveux et la moustache, qu'il portait toujours finement taillée. Alatriste en conclut que l'existence de Malatesta n'avait pas dû être facile au cours des derniers dix-huit mois. La dernière fois qu'ils s'étaient vus, c'était par une matinée pluvieuse près de l'Escurial : le Sicilien avait des fers aux mains et aux pieds, et tout semblait indiquer que les gardes du roi le menaient à la torture et à l'échafaud.

– Foutredieu ! dit tranquillement Alatriste.

L'autre le regarda, presque songeur. Comme si le blasphème de son vieil ennemi avait des significations qui lui convenaient.

– Oui, approuva-t-il.

Sur ce, ils restèrent tous deux silencieux, se dévisageant, chacun à une extrémité de la pièce. Cinq ans plus tôt, ils s'étaient rencontrés de la même manière. Face à face : deux épées à gages faisant le pied de grue dans l'antichambre d'une maison abandonnée de Madrid, près de la poterne des Âmes, dans l'attente qu'on leur commande un travail facile qui, finalement, ne l'avait pas été vraiment.

– Que faites-vous ici ? finit par questionner Alatriste.

– À l'ambassade d'Espagne ?

– En Italie.

Un trait blanc brilla dans le visage jaunâtre du sicaire. Un sourire qui découvrit deux dents, les incisives, brisées presque à la moitié. Alatriste se souvenait de lui avec une dentition intacte.

— La même chose que vous. J'attends un travail. Et tel semble bien être notre sort, seigneur capitaine… Pour quelque étrange raison, nous ne parvenons pas à nous détacher l'un de l'autre.

Diego Alatriste le regardait bouche bée. Incrédule.

— Un travail ensemble ?… Vous et moi ?

— C'est bien ce qu'il semble. Ou du moins ce qui m'a été dit.

— Sacredieu. Quelqu'un doit être fou.

— Pas tant que ça. – Le sicaire accentua son sourire en désignant le ceinturon désarmé d'Alatriste. – Je vois que, comme à moi, on vous a retiré vos armes.

Nouveau silence. Par la fenêtre, on entendait le bruit des voitures qui passaient et des vendeurs qui criaient leur marchandise sur la place. De l'intérieur de l'édifice arrivaient toujours les coups de marteau et la rumeur des maçons.

— Je vous croyais mort, dit finalement Alatriste.

Il l'observait, étonné et curieux. Comment diable a-t-il pu s'en tirer, se disait-il. Accusé de conspiration, coupable de tentative de régicide contre le monarque le plus puissant de la terre. Et il était là, content de lui. Vivant, libre, et avec ce sourire suffisant et dangereux. Si Gualterio Malatesta avait sept vies comme les chats, le capitaine se demanda combien il en avait déjà consumé.

— J'ai bien failli, je vous l'assure… Je sors presque du tombeau.

— Je ne me l'explique pas. Ce que vous avez osé faire aurait dû vous coûter la tête.

— Et j'ai été à un pouce du bourreau. En passant, je vous l'assure, par de désagréables épisodes intermédiaires.

Le sicaire fit une pause, songeur. Plein de rancœur.

— Même à vous je ne le souhaite pas… Enfin, si. Peut-être qu'à vous je le souhaite.

Là-dessus, il bougea. Un pas de côté, faisant passer le poids d'une jambe sur l'autre. Rien de plus, mais Diego Alatriste resta tendu, aux aguets. Il connaissait suffisamment Malatesta pour se méfier d'un simple mouvement. Il était rapide et mortel comme une vipère.

— Ils m'ont torturé comme un goret que l'on suspend à un crochet, poursuivit l'autre. Supplice de l'eau, de la corde et de la serpillière pendant des jours, des semaines et des mois… Paradoxalement, ce sont les douleurs du chevalet qui m'ont sauvé. Parmi toutes les choses que j'ai dites, et je vous assure que je n'ai pas pu en taire beaucoup, il en est une qui a éveillé l'attention de ceux qui s'occupaient de moi.

Il se tut, soudain sérieux, tourné vers la fenêtre et, apparemment, sans la voir. Ou peut-être regardait-il seulement le grillage. Alatriste, déconcerté, crut distinguer chez lui un frisson. Ce bref récit de ses mésaventures, il l'avait fait d'une voix basse, voilée. Perdu, peut-être, dans des abîmes personnels d'horreur. Sur un ton qu'il ne lui avait jamais entendu avant.

– Je ne peux le croire, objecta-t-il en se reprenant. Personne, dans votre situation…

Le rire de l'autre l'interrompit. Tout à fait familier, maintenant. Sec et âpre, comme jadis. Le rire de toujours. Une sorte de grincement ou de croassement.

– Croire que j'aie pu m'en tirer?… Eh bien, vous voyez. Je l'ai pu.

Malatesta avait écarté son regard de la fenêtre et le posait de nouveau sur son interlocuteur : un regard tranquille et cruel. De nouveau maître de lui.

– Pardonnez-moi, poursuivit-il, si je suis impoli et si je me tais pour l'instant. J'ai pour instructions catégoriques d'être muet… Il vous suffira de savoir que l'on m'a considéré plus utile vivant que mort. Plus rentable en liberté qu'aux galères. Et me voici devant vous, seigneur capitaine… En camarade.

C'était la journée des surprises, décida Alatriste. Malgré l'absurdité de tout cela, c'était lui, maintenant, qui était à deux doigts d'éclater de rire.

– Vous voulez dire que nous allons faire le voyage ensemble?

– Ça, je n'en sais rien. Mais, une fois arrivés où nous devons aller, nous ferons le même travail.

– Et que deviennent nos affaires? Nous avons des comptes à régler qui ne peuvent attendre.

Le sicaire porta machinalement une main à la cicatrice du coup d'épée qui lui déformait la paupière et le faisait légèrement loucher de l'œil droit. Il l'avait reçu d'Alatriste lui-même à l'embouchure du Guadalquivir, au cours de l'assaut nocturne du *Niklaasbergen*. Il l'effleura des doigts, comme si elle était encore douloureuse.

– Et vous me dites ça, à moi?... Si cela ne dépendait que de mon bon vouloir, nous les réglerions sur-le-champ en quelque lieu discret, à l'épée, à la dague, au poignard, au pistolet, à l'arquebuse, à la pique d'infanterie ou au canon. Tout ce que nous aurions sous la main... Mais c'est le payeur qui commande. Et moi, de cette histoire, je ne tire pas seulement ce qu'on me paye, mais ce qu'on ne me fait pas payer.

– Alors c'est que votre personne doit valoir très cher.

– *Cazzo!*... J'ai peut-être l'air de me vanter, mais c'est le cas.

Il se rapprocha un peu, baissant la voix. Il souriait comme si Diego Alatriste et lui avaient été intimes toute leur vie. Et, d'une certaine manière, conclut intérieurement le capitaine, ils l'étaient. Il fut surpris par la justesse de cette idée. Ennemis mortels et intimes.

– Je connais des gens importants là où nous nous rendons, disait Malatesta. Très bien placés pour l'affaire qui nous occupe. Nous autres de Palerme, vous le savez, nous sommes gens du monde. Nous avons des relations.

Il eut un rire insolent. Maintenant qu'il était proche, Alatriste pouvait sentir les effluves des armes qu'il ne portait pas mais qui continuaient d'imprégner son habit : une odeur bien connue, d'huile pour acier et de cuir graissé, semblable à la sienne. Odeur de spadassin professionnel et de soldat. Cela, s'ajoutant à la proximité, le fit se souvenir du couteau d'abattoir dissimulé dans sa botte droite. Comme s'il devinait sa pensée, l'autre s'écarta lentement.

– Nous devrons donc ajourner notre affaire personnelle, seigneur capitaine.

Alatriste passa deux doigts sur sa moustache. Il savait que le mot *ajournement* ne garantissait rien, et qu'il allait devoir vivre un certain temps en surveillant ses arrières s'il voulait rester vivant. Pour Gualterio Malatesta, un coup de couteau dans le dos était compatible avec n'importe quelle espèce de promesse.

– Ajournez tant que vous voudrez la putain qui vous a mis au monde, mais ne comptez pas faire de même avec moi, dit-il, très ferme et très calme. Vous êtes un traître et vous mentez comme un arracheur de dents.

L'autre pencha un peu la tête de côté, avec une expression ironique. Affectant de ne pas avoir bien entendu. Puis il observa les bottes d'Alatriste, l'air de deviner – ou peut-être de se rappeler – ce qui s'y trouvait caché. Finalement, il regarda, autour de lui, les murs nus et le poêle en fer, comme s'ils n'étaient pas seuls.

– Allons, capitaine Alatriste. J'ai déjà eu plus d'une occasion de vous dire qu'entre vous et moi la distance n'est pas si grande… Quoi qu'il en soit, vous aurez l'occasion de me répéter ces gracieusetés quand le moment en sera venu… Comme je l'ai dit, aujourd'hui je ne suis pas maître de ce qui pèse sur mes épaules. Mais je vous jure que, dès cette affaire terminée, nous nous taillerons mutuellement en pièces, comme c'est votre désir et le mien. Faisons une trêve.

Il tendit prudemment une main droite conciliatrice. Diego Alatriste la regarda un moment avant de l'ignorer délibérément. L'affront arracha un autre sourire au sicaire.

– Et comment va ce marmouset, Iñigo Balboa ? – Il contemplait la main refusée d'un œil critique, essayant d'établir ce que son interlocuteur pouvait y voir de mauvais. – On m'a dit qu'il se trouvait à

Naples. Ce doit être un grand gaillard, maintenant… Brave et la main ferme. Je me rappelle comment il s'est battu à La Fresneda, et comment il vous a retenu quand vous me teniez l'épée sur la gorge, la mort dans les yeux… *Minchia di Cristo!*… Il n'a peur de rien, le garçon! S'il n'avait pas été là, vous m'auriez expédié sur-le-champ.

C'était maintenant au tour d'Alatriste de sourire, amer. À ses propres dépens.

– Par le Grand Turc, n'en doutez pas! Comme un verrat.

– Je n'en ai jamais douté. Même si, quand je considère cette année et demie, je ne suis pas sûr d'avoir à en remercier le gamin. – Il passa la main sur sa gorge. – Une bonne entaille m'aurait évité bien des ennuis.

Cela dit, il resta à le regarder d'un air patient, comme s'il attendait encore une réponse. Alatriste haussa les épaules.

– Iñigo voyage avec nous. Il fait partie du groupe.

– Allons donc… Sur ma vie, voilà qui est émouvant. – Le rire du sicaire grinçait de nouveau. – Tous ces vieux ennemis encore une fois réunis!

Le même soir, avec un bon souper dans une hôtellerie du Campo dei Fiori – cassolette de poisson du Tibre et lièvre aux pâtes siciliennes –, le capitaine Alatriste et moi prîmes congé de don Francisco de Quevedo. Celui-ci avait accompli de façon pleinement satisfaisante, selon ce qu'il nous dit, la mission dont le comte et duc d'Olivares l'avait chargé. Le rapport détaillé de ses relations et de ses amitiés d'antan, les clefs de la correspondance chiffrée qu'il avait jadis entretenue avec les agents du duc d'Osuna à Venise, tout ce qu'il savait datant du temps passé auprès de l'ancien vice-roi de Naples était déjà, noir sur blanc, entre les mains des ambassadeurs d'Espagne et des espions chargés de mener l'affaire à bonne fin. De sorte qu'il retournait à Madrid. Après avoir honoré sa double dette envers Osuna, mort, et envers Olivares, vivant, il n'avait plus rien à faire en Italie ; aussi regagnait-il la patrie pour s'occuper de ses propres affaires, de ses travaux, de ses vers et de ses livres. Et profiter, au passage, des avantages que le zèle dont il avait fait preuve dans tout cela pourrait lui valoir à la Cour.

— Nul ne sait combien de temps peut durer la faveur, conclut-il. C'est pourquoi je dois me dépêcher d'en goûter les fruits, avant que la conjonction favorable des astres ne vienne à changer... En Espagne, mes amis, parvenir au faîte de la fortune, c'est être sur le point de la perdre :

> *Si tu montes, arrête ; et arrivé, descends ;*
> *Car monter pour chuter est agir sottement.*

Mais si tu es monté, cherche bien ton chemin,
Car qui descend de haut roule dans le ravin.

Il dit cela sur le ton docte et légèrement affecté
qu'il avait l'habitude de prendre pour ce genre de
récitation philosophique. Puis il acheva la carafe de
malvoisie candiote, paya la note en bonnes pièces
sonnantes et trébuchantes – ce soir étant le dernier,
son invitation était fastueuse – et, revêtus de nos
capes, nous sortîmes sur la vaste esplanade, sous la
lumière d'une lune ronde et romaine qui encadrait
d'argent les contours de la svelte tour de l'Aparcarta,
si resplendissante qu'elle éclairait jusqu'à l'horloge.
À cette heure, se félicita don Francisco, l'endroit
était tranquille, débarrassé des badauds, arracheurs
de dents et médicastres qui, dans la journée, abondaient autour des petites boutiques de grainetiers.
Malgré la saison avancée, la nuit était agréable ; aussi
marchions-nous en bavardant et sans hâte, joyeusement. La claudication habituelle du poète semblait
à peine le gêner, comme si le plaisir d'être à Rome
l'effaçait ; et l'ivresse que lui procurait le vin bu
devait équilibrer le balancement. Le vin de Candie,
qui monte facilement à la tête, lui faisait plus d'effet
qu'à l'ordinaire ; mais, de l'avis de don Francisco, le
vin romain n'était bon que s'il était de l'année, et,
passé septembre, même dans les cachots de Tétouan
on l'eût trouvé imbuvable. Pour sa part, bien qu'il en

eût englouti à lui seul un azumbre sans sourciller, le capitaine Alatriste marchait droit et ferme comme toujours, sans que cette absorption ne se manifeste dans son pouls, sa marche ou son visage. Moi, qui, entre solide et liquide, m'étais gavé comme porc à l'engrais, j'étais le plus éméché des trois.

– Bella città ! s'exclama dont Francisco, tout réjoui.

Avant de prendre sur la gauche, en direction de la place dite del Paradiso, nommée ainsi pour son auberge fameuse, il se tourna vers moi en me faisant remarquer qu'en cet endroit même, près de la fontaine qui occupait le centre du Campo dei Fiori, était mort sur le bûcher, il y avait de cela vingt-sept ans, le dominicain Giordano Bruno, livré au pape par l'Inquisition vénitienne : personnage trouble, au jugement de don Francisco, dont nul Espagnol ne devait regretter la mort, car, en vie, il avait été un ennemi acharné de la foi catholique et de la monarchie, et durant un temps un espion à la solde de l'Angleterre, infiltré comme chapelain à l'ambassade française de Londres. Toutes ces raisons ne purent m'empêcher de frémir, car moi-même, quelques années plus tôt à Madrid, j'avais failli être transformé en rôti quand j'étais aux mains du sinistre inquisiteur Bocanegra. Aventure scabreuse dont, assurément, je fus sauvé par les bons offices et l'affection du même don Francisco.

– Vous n'avez plus besoin de moi, conclut-il tandis que nous nous éloignions de ce lieu. Tout se déroule comme prévu : le coche, avec les laissez-passer et l'argent, qui vous conduira à Milan attendra demain à l'heure de l'angélus, à la porta del Popolo. Avec la voiture, vous trouverez un cocher et un soi-disant domestique. On m'a garanti la loyauté du premier, et le second est un agent de notre ambassade... Une fois dans la capitale lombarde, vous recevrez les instructions appropriées et vous passerez à Venise.

– Pourquoi n'y allons-nous pas directement ? demandai-je, la langue encore un peu pâteuse.

– Milan, qui est notre principale place militaire en Italie, est près de Venise. C'est la raison pour laquelle don Gonzalo Fernández de Córdoba, son gouverneur, dirige le coup de main. Là, vous connaî-trez concrètement votre mission. Le rôle assigné à chacun.

– Et Gualterio Malatesta ?

J'observai que don Francisco jetait à la dérobée un coup d'œil au capitaine Alatriste. Fidèle à son style, mon ancien maître avait peu parlé pendant le souper. Maintenant, il continuait de marcher en silence, ferme comme je l'ai dit malgré le vin, enve-loppé de sa cape d'épais drap brun, et le large bord de son chapeau dérobant son visage à la lumière de la lune.

– Je ne suis pas au courant des détails, dit le poète. Je sais seulement qu'il est une pièce clef de l'affaire et qu'il sera à Venise. Mais j'ignore par quels moyens il s'y rend.

Nous traversâmes la piazza del Paradiso, où deux torches de poix éclairaient la célèbre auberge. Au bout d'une courte rue, on pouvait voir, se découpant sur la lumière nocturne et argentée, un énorme dôme d'église que don Francisco nous désigna comme étant celui de Saint-André-de-la-Vallée. Le plus grand de Rome, expliqua-t-il, après celui de Saint-Pierre. Tout ébaubi, je l'admirai. J'avais vu la capitale de la Chrétienté l'année précédente, comme je l'ai dit, durant l'hivernage des galères ; mais ce n'était pas la même chose de m'y promener gaiement, après avoir goûté de la dive bouteille et avec don Francisco, qui avait lu tant de livres et connaissait chaque arc et chaque pierre. Cette ville millénaire et superbe continuait de surpasser tout ce qu'il était possible d'imaginer. De tout côté je pouvais lire, en latin, tel ou tel *fecit me*. Tel empereur ou tel pape m'a construit, m'a fait. Conscients de ce qu'ils étaient et représentaient, ceux qui avaient gouverné ici des siècles durant avaient voulu léguer leur grandeur et leur mémoire aux générations futures. Envieux, je me demandai ce qu'il allait rester de nous, les Espagnols, qui usions de l'or et de l'argent des Indes pour des guerres étrangères, des courses de taureaux, du vin à foison, des fêtes et des chasses de rois et de nobles. Et de notre vaste empire rongé par l'orgueil, la rapine et la misère. Je pensai à la ville de Madrid, mesquine et sans presque rien de remarquable, sauf peut-être sa Plaza Mayor, le Buen Retiro, le palais royal inachevé et quatre fontaines, que certains de mes compatriotes, aveuglés par leur superbe, proclamaient la ville la plus belle et la plus prospère de l'univers. Et je conclus avec amertume que certaines fanfaronnades s'en vont en fumée quand on voyage, et que chacun a les villes et la mémoire qu'il mérite.

— Ce qui s'est passé à l'ambassade, dit soudain le capitaine Alatriste, était délibéré, bien entendu.

Il n'avait pas repris la parole. Il le fit au moment où nous débouchions sur la piazza Navona, devant Saint-Jacques-des-Espagnols. À la lumière qui baignait les édifices proches, je vis don Francisco sourire.

— Cela n'a rien d'un hasard si vous et lui avez été privés de vos armes lors de vos retrouvailles, expliqua-t-il. J'ai fait état de vos vieux différends et l'ambassadeur a voulu prendre des précautions… Il était nécessaire de savoir en quels termes vous étiez tous les deux. De vérifier s'il y avait une possibilité de conciliation, même temporaire, ou si votre inimitié pouvait mettre l'affaire en péril.

— Vous avez écouté notre conversation ?

— D'un bout à l'autre. Le poêle de la pièce est un ingénieux mécanisme d'espionnage relié à l'étage du dessus… Nous étions là-haut, le comte d'Oñate, moi et le personnage que vous avez vu un peu plus tôt en notre compagnie, lorsque la porte s'est ouverte.

– Qui est-ce ?

Non sans une moue de dégoût, le poète nous mit au courant. Le personnage qui accompagnait l'ambassadeur, expliqua-t-il, était un homme de confiance du cardinal Borgia nommé Diego de Saavedra Fajardo, bien introduit au Vatican et fin connaisseur des affaires d'Italie : Murcien, quarante ans, frère mineur de son ordre, secrétaire chargé des documents confidentiels, du chiffre et des clefs secrètes à Rome. Bref, un homme utile pour le service du roi. En fin de compte, la cité des papes n'était pas seulement le quartier général de l'univers et de la diplomatie catholiques, elle était aussi un chaudron en ébullition de cardinaux sensibles à l'or espagnol, et le centre de décision des ordres religieux qui informaient par lettres leurs supérieurs des événements du monde. Toutes les notes du concert universel étaient jouées ici.

– C'est lui qui coordonne les aspects non militaires de l'affaire vénitienne. Il est chargé, disons, de la partie diplomatique… J'avoue qu'il ne m'est pas sympathique, car il s'est fort mal comporté à Naples, lors de la disgrâce du duc d'Osuna. Mais il est compétent et efficace… Vous êtes appelés à le revoir.

– Il a beaucoup d'influence ?

– Énormément… Il a de l'éloquence et de l'esprit, un vernis littéraire, et il est doué pour les langues : il parle avec aisance, pour ce que j'en sais, le latin, l'italien, l'allemand et le français… Nous dirons qu'à sa manière il est un soldat secret de ces innombrables guerres de cabinets et de chancelleries qui affectent les axes et les pôles des monarchies.

– Vous voulez dire un espion. Avec pourpoint de bonne étoffe et ordre de Saint-Jacques sur la poitrine.

– Pas seulement cela. Mais souvent, oui, il l'est. Moi, d'autres pensées m'agitaient.

– C'est une folie, finis-je par dire.

Don Francisco se retourna pour me regarder avec curiosité.

– Qu'est-ce qui est une folie, selon ta jeune opinion ?

– Cette histoire de Malatesta. Ce serpent criminel… Impossible de se fier à lui.

Le poète rit doucement, manifestant son accord. Puis il haussa les épaules sous sa cape noire, regarda le capitaine qui marchait de nouveau en silence comme s'il ne nous prêtait pas attention, et revint à moi.

– Une affaire comme celle qui nous occupe requiert des concours de toutes sortes. D'étranges compagnons de lit.

– Comment a-t-il pu sauver sa tête après avoir voulu tuer le roi ?

Une ronde de sbires du pape, six hommes portant des hallebardes et une lanterne, passa près de nous en nous jetant un coup d'œil, mais sans nous inquiéter : cette ville était habituée aux étrangers. Nous marchions aux abords de l'église Saint-Louis-des-Français en empruntant une longue rue. Après m'avoir indiqué l'édifice, don Francisco répondit qu'il ne connaissait pas bien cet épisode du cas Malatesta. Pour ce qu'il en savait, après avoir dénoncé ses complices, le sicaire avait acheté sa vie en échange d'informations confirmées par les espions du comte et duc. Quelque chose qui touchait à un sien parent : un des capitaines de la troupe au service de Venise, mécontent et mal payé. Faisaient aussi partie de la danse des sénateurs vénaux et une courtisane possédant de bonnes relations.

— Certains de ces éléments, conclut-il, pourraient être décisifs dans le coup qui se prépare ; c'est pourquoi Olivares, qui mène tout de son habituelle main de fer, mais est toujours pragmatique lorsqu'il s'agit de la raison d'État, a considéré que garder l'Italien vivant était plus judicieux que de le tuer, et qu'il serait plus utile à Venise que dans un cul de basse-fosse… Et donc le voici céans, et vous aussi.

— Il peut nous trahir tous, objectai-je.

— Il a suffisamment de motifs pour ne pas le faire. Je doute qu'il serait encore vivant si Olivares n'avait pas la certitude qu'il restera du bon côté.

– Et quand tout sera terminé? demanda le capitaine Alatriste.

Nous étions arrivés sur la piazza della Rotonda, près de la fontaine qui se trouve devant le temple antique, transformé en église, que les Romains appelaient Panthéon. À la lumière de la lune, le spectacle était d'une beauté majestueuse, tel que je n'en avais jamais vu. Mon ancien maître s'était arrêté pour se tourner vers don Francisco, indifférent au paysage. Sa main droite pesait sur la poignée de sa tolédane qui, en se redressant, soulevait l'arrière de sa cape.

– Vous voulez dire, si tout se termine bien? demanda le poète.

– Ou si tout se termine mal.

Don Francisco semblait scruter nos trois ombres nocturnes parfaitement dessinées sur le sol.

– Que je sache, il aura cessé d'être utile aux projets du roi notre maître… Ce qui signifie, aussi bien pour ce tueur à gages que pour vous-mêmes, que le temps sera venu de vider vos querelles. Il s'agira alors d'ouvrir l'œil, et malheur au moins rapide.

Sur ces mots, d'un ton sibyllin, il récita dans son parfait italien :

> *Questa vita terrena è quasi un prato*
> *Che'l serpente tra fiori e l'erba giace.*

Insensible à Pétrarque ou à tout autre, le capitaine continuait de le regarder bien en face, sans bouger.

— Il ne sera plus, alors, sous la protection du comte et duc?

Le poète fit un geste ambigu. On considère, dit-il, qu'en ce qui me concerne j'en ai terminé avec cette affaire. Que je ne sais rien et n'ai jamais rien su. Mais je peux vous dire une chose, mon ami. Quelle que soit la manière dont cela se terminera pour vous, je suis sûr que vous aurez le temps et l'occasion de régler vos comptes avec ce Malatesta. Et je ne vous mens pas en vous confiant ma certitude qu'Olivares, pas plus que moi, n'en sera le moins du monde incommodé.

— Ce ne serait donc que remettre la justice à plus tard, conclut-il. Exercée au nom du roi, ou presque… Vous me suivez?

— Cela vous a-t-il été dit par le comte et duc en personne?

Un silence. Songeur, don Francisco semblait chercher ses mots avec beaucoup de soin. Il avait ôté son chapeau et la lune éclairait maintenant ses cheveux longs et luisants, les verres de ses lunettes, la moustache hérissée, coquette et gaillarde. Il promena son regard sur la place, puis le posa sur moi, m'adressant un clin d'œil complice. Ou que je pris du moins pour tel.

— Désirez-vous que j'utilise ses propres termes ? s'enquit-il finalement.

— Je vous en serais infiniment reconnaissant.

Tourné maintenant vers lui, le poète eut un sourire en coin. Il imitait le ton grave, solennel, du comte et duc d'Olivares :

— Le moment venu, n'hésitez pas. L'affaire achevée, à la première occasion, tuez-le comme un chien.

III

LA VILLE DE FER

Comme la première fois, quand à quatorze ans, petit valet imberbe, je m'étais rendu à Breda en suivant le Chemin Espagnol avec l'ancien régiment de Carthagène, Milan m'impressionna à l'extrême. Nous entrâmes dans la ville, le capitaine Alatriste et moi, par un jour gris et pluvieux, en empruntant le pont-levis de la porte Vercelline. Le ciel était chargé d'orage, avec des éclairs à l'horizon ; et dans cette lumière indécise, lugubre, le double cercle de murailles hautes et noires qui entourait la ville en la serrant comme dans un ceinturon de fer inspirait un respect qui ne fit que grandir quand nous laissâmes derrière nous l'église Saint-Nicolas et arrivâmes devant la masse imposante du château, énorme forteresse qui, en d'autres temps, avait hébergé la cour

splendide de Louis le Maure. Des années durant,
l'art de la guerre avait déployé là le meilleur de son
intelligence : tout n'était que remparts, tours, fossés
et bastions. Et si, dans ma longue et tumultueuse
vie, j'ai souvent éprouvé la fierté insolente de me
savoir espagnol, soldat d'une monarchie dominant
la moitié du monde et crainte de l'autre moitié, cette
ville, monument à la puissance militaire, sommet de
notre force et de notre superbe, m'excitait plus fort
qu'aucun autre sentiment.

La Lombardie faisait partie de la monarchie
du roi catholique, comme Naples, la Sardaigne et
la Sicile. Nous avions là, entre Espagnols, Italiens,
Allemands et Wallons, onze régiments. La révolte des
Flandres avait fait de cet État la clef du passage des
Alpes. Les routes maritimes vers le nord de l'Europe
devenaient peu sûres, aussi Milan était-il le point de
rassemblement de notre infanterie ; laquelle, débar-
quée à Gênes et renforcée de soldats italiens – gens
braves, que j'avais vus combattre fort décemment
autour de Breda –, allait rejoindre les armées de
l'empereur d'Autriche, proche parent et allié de notre
monarque. C'était un itinéraire long, difficultueux,
comme en témoigne l'expression demeurée dans la
langue castillane pour désigner un effort soutenu :
«mettre un soldat – ou une pique – en Flandres». De
Milan, principale place d'armes du nord de l'Italie
et même de toute l'Europe, nos troupes contrôlaient

les passages des vallées suisses et la position straté-
gique de la Valteline, dont la population catholique
était notre alliée. Ce caractère militaire avait couvert
la plaine lombarde de forteresses espagnoles, ce
qui incluait des territoires limitrophes : outre les
garnisons entretenues à Pontremoli, Finale et dans
les places fortes de Toscane, nos soldats occupaient
Sabbioneta, Correggio, Monaco et le fort de Fuentes
sur le lac de Côme. De telles précautions répon-
daient à l'hostilité permanente du duc de Savoie
voisin et aux ambitions non déguisées de la France
concernant le territoire – nous n'étions pas encore
en guerre contre Louis XIII et Richelieu, mais celle-
ci s'annonçait à l'horizon –, car Milan avait été un
champ de bataille dès la fin du quinzième siècle, au
début des guerres du Grand Capitaine, et l'intérieur
de ses églises était tapissé de drapeaux pris aux Français. Après une longue et dure lutte, avec la victoire
de Pavie et l'emprisonnement de François Ier, nos
régiments avaient balayé les Français de la péninsule ;
mais ils rêvaient de revenir. Le verrou de fer milanais
leur coupait le passage, assurant la tranquillité de
Naples et de la Sicile, en même temps que la doci-
lité de Gênes, de son port et de ses banquiers. À la
longue, lorsque nous n'en pûmes plus et que la lutte
contre le monde entier nous mit à genoux, la France,
après soixante-dix ans hors d'Italie, devait réussir à
y enfoncer un coin avec l'occupation de la forteresse

de Pignerol. Viendraient alors les tristes temps des défaites et des désastres, avec la fin de notre domination en Europe. Lorsque les Flandres, la guerre contre les Français, le soulèvement de la Catalogne et la rébellion portugaise consumèrent notre or et notre sang ; et que, à Rocroi et en d'autres lieux de triste mémoire, réduits à quelques-uns, à la fin épuisés, nous livrâmes nos vies au tranchant des épées.

Mais en cette année vingt-sept de mon siècle, au moment où se passe la présente aventure, ce dernier carré d'infanterie où je devais moi-même tenir haut le vieux drapeau avec la croix de Saint-André, entouré de cadavres fidèles, était encore loin. Milan, atelier de Vulcain qui rivalisait avec les forges de Tolède dans la fabrication de l'acier, était une magnifique place forte ; et nos régiments étaient encore la hantise de l'Europe. Aussi la puissance de l'impressionnant château milanais était-elle tout un symbole. Dans cette ville, comme en d'autres lieux, les soldats espagnols vivaient en regardant avec mépris l'Italie et le reste du monde. Arrogants dans notre pauvreté, orgueilleux de la peur que nous inspirions, croyants et superstitieux avec nos scapulaires, nos rosaires et nos images de saints, nous nous tenions à l'écart de tous et, dans notre superbe, nous nous disions hidalgos et même supérieurs aux monarques étrangers, voire au pape. Cela nous rendait encore plus abhorrés et craints des autres nations qui ne pouvaient nous supporter ; car, au contraire d'autres gens qui, se voyant en terre étrangère, se font modestes et se soumettent aux mœurs locales, nous ne faisions au contraire que croître en jactance, fanfaronnades et vie dissipée de l'arrière, disant avec Calderón :

> *Malheur à qui s'adresse à moi,*
> *Car dans quelque état que je sois,*
> *Toujours il me trouvera prêt*
> *À lui rabattre le caquet.*

En tout cas, à peine arrivés au château chargés de nos sacs et portemanteaux, nous eûmes, le capitaine Alatriste et moi, une heureuse surprise. Nous venions de nous séparer du cocher et de l'agent de notre ambassade qui nous avait accompagnés depuis Rome. Après nous être fait reconnaître des sentinelles extérieures, nous empruntions la passerelle qui franchit le fossé près du bastion dit de Saint-Jacques, entre les deux tours. Et là, du corps de garde, s'avança pour nous recevoir un jeune enseigne tout souriant : sa moustache, peu fournie, suffisait pour donner une certaine gravité à ses traits, et il portait épée, chapeau, hautes bottes à revers, et la bande rouge en travers de la poitrine sur un justaucorps de cuir. Soupçonneux, le capitaine et moi le regardâmes approcher. Ce n'était guère l'usage qu'un officier gaspille des sourires pour deux simples soldats trempés et crottés ; mais celui-là le faisait, tout en ouvrant les bras pour nous accueillir.

– Vous arrivez à temps. On sonne la soupe dans une demi-heure.

Finalement, à quatre pas, nous reconnûmes Lopito de Vega. Sa vue me réjouit beaucoup, mais plus encore l'annonce qu'il nous faisait : ni le capitaine ni moi n'avions mangé la moindre bouchée depuis le changement des chevaux du coche à la poste de Pavie, le soir précédent. Et voilà que notre cher enseigne nous serrait contre lui avec beaucoup d'affection, malgré les dégâts que le voyage depuis Rome, la pluie et les mauvais chemins avaient produits sur nos vêtements. Avec une grande aisance, il nous conduisit à travers la place d'armes jusqu'aux logements ; où par ordre supérieur, dit-il, une chambre à part nous avait été réservée, à côté de la chapelle. Sans fenêtre et un peu humide du fait de la proximité du fossé, ajouta-t-il, mais plus que convenable. Lopito resta avec nous pendant que nous défaisions nos sacs, attentif à tout ce dont nous pourrions avoir besoin, et fit apporter deux bonnes paillasses et des couvertures. Il profita de l'occasion pour nous annoncer que d'autres membres de notre groupe étaient arrivés trois jours plus tôt, de Gênes : Sebastián Copons, le Biscayen Zenarruzabeitia, les Andalous Pimienta et Jaqueta, le Catalan Quartanet et le Maure Gurriato. Tous étaient logés près de nous, mais avec ordre de se tenir à l'écart de la garnison. Cet ordre nous concernait également, bien que Lopito eût recommandé que l'on veille à ce que nous ne manquions de rien. Et c'est peu de dire que notre enseigne se montra à la hauteur : à peine sonné le clairon, il fit apporter des cuisines une dame-jeanne de vin plus turc que chrétien, une demi-miche de pain blanc et une marmite de lard et d'oreille de porc aux haricots empruntée sans façon au repas de ces messieurs les officiers, qui, pour ma part, me firent verser des larmes de gratitude, cuillère en main, tandis que le capitaine Alatriste faisait aller et venir sa moustache avec beaucoup d'application et en grand silence.

Pendant que je bâfrais comme quatre, pareil à ces chiens qui avalent tout sans mâcher, j'observais Lopito, remarquant combien le fils du grand Lope de Vega avait changé depuis le jour lointain de son duel avec mon ancien maître sur la côte de la Vega, peu avant qu'ils troquent leurs épées contre une sincère amitié et que nous l'aidions, le capitaine et moi, avec le concours de don Francisco de Quevedo et du capitaine Contreras, à faire sortir Laura Moscatel de chez elle et à faciliter le mariage de celle-ci avec le garçon qui n'était encore qu'un aspirant au grade d'enseigne. Son veuvage prématuré et les avatars de la carrière militaire avaient donné plus d'assurance au jeune officier qui, en ces jours milanais, était depuis un lustre au service du roi, s'étant enrôlé dès l'âge de quinze ans.

– Comment vont les choses ici ?

Notre ami, auquel un verre de vin tenait également compagnie, eut un geste vague de soldat patient. Les choses, dit-il, allaient comme toujours. Dépendant de ce qui se passait de l'autre côté des Alpes. Les armes de l'empereur Ferdinand continuaient d'être victorieuses dans le nord de l'Allemagne, ce qui n'était pas rien, grâce au concours efficace des troupes espagnoles. Après les victoires de Tilly et de Wallenstein, le roi du Danemark était en très mauvaise posture ; on murmurait à Milan qu'il ne tarderait pas à signer la paix avec l'Autriche. Alors, enfin, les régiments pourraient se consacrer à écraser les rebelles hollandais.

– Et les Suédois ? voulus-je savoir. Ils bougent ?

– Ils bougeront. Aucun doute qu'ils entreront en guerre un jour ou l'autre, pour appuyer les protestants. Et le roi Gustave Adolphe est un ennemi formidable.

– Vilain panorama, opina le capitaine. Pas assez de riz pour trop de poulet.

La métaphore fit rire Lopito. Puis il haussa les épaules.

– Il y aura encore plus de poulets pour picorer le riz si Richelieu parvient à prendre La Rochelle aux huguenots et se voit les mains libres… Nous venons d'apprendre que le siège en règle de la ville a déjà commencé ; et même s'il peut durer des mois, le résultat ne fait pas de doute… Les Français continuent de garder un œil sur la Lombardie et un autre sur la Valteline.

– Mais, objectai-je, il y a vingt ans, nos régiments étaient presque aux portes de Paris.

– Beaucoup d'eau a coulé sous les ponts depuis ces régiments, rappela le capitaine entre deux coups de cuillère.

Il le savait mieux que personne, car lui-même y avait été, combattant lors de l'attaque de Calais ainsi qu'au siège et au sac d'Amiens, aux temps de l'archiduc Charles d'Autriche et du roi de France de l'époque, Henri IV dit le Béarnais. Pour sa part, Lopito manifesta son accord concernant l'eau sous les ponts.

– Et je crains, ajouta-t-il, que d'ici peu les ennemis se multiplient. L'Espagne contre tous, comme toujours, conclut-il. Ni vous ni moi ne manquerons de travail.

J'éclatai d'un rire sans illusions, un rire de vétéran, acquis dans les Flandres et sur les galères de Naples.

– Ce qui manquera aussi comme toujours, ce sera l'argent pour la solde.

Lopito nous regardait d'un air interrogateur. C'était clair que, dans son for intérieur, la curiosité le rongeait ; mais, en aimable ami qu'il était, il évitait d'en faire état ouvertement.

– Je ne suis pas au courant de votre mission, commenta-t-il finalement. Et l'on m'a interdit de vous questionner à son sujet… Au vu des préparatifs et des précautions prises, ce ne doit pas être une mince affaire.

Il ne voulut pas aller plus loin, s'en tenant à un sourire prudent. Le regard tranquille du capitaine Alatriste croisa un instant le mien. Puis il se posa de nouveau sur le jeune enseigne.

– Que vous a-t-on dit ?

L'autre leva ses paumes ouvertes, évasif.

– Je sais seulement que vous êtes un groupe choisi de gens à qui tuer ne fait pas peur… Et qu'il y aura un coup de main.

– Y a-t-il eu quelque bavardage sur notre desti-nation ?

– On parle de Mantoue et du Monferrato.

Je me rassurai intérieurement. Pas un mot de Venise. Le capitaine regardait, inexpressif, Lopito, comme s'il n'avait rien entendu.

– Et pourquoi Mantoue ? demandai-je.

Parce que, expliqua notre ami, le gâteau ne demandait qu'à être mangé. Le duc Vincent II était en très mauvaise santé, il n'avait pas d'enfants, et le parti français – appuyé en sous-main par le pape – posait effrontément ses pions dans cet État.

– On dit ici que nous pourrions jouer la partie avec un coup d'avance, les prenant tous de court... Un joli coup de force, à l'espagnole. – Lopito fit le geste sans équivoque de passer un doigt sur sa gorge. – Zis! Zas! Vite fait bien fait.

Sur ce, le jeune homme regarda le capitaine Alatriste, attendant que, sous une forme ou une autre et sans se départir de la réserve convenue, celui-ci confirme son propos. Mais mon ancien maître demeura impénétrable, soutenant son regard. Finalement, le capitaine contempla son verre, le porta à ses lèvres, et regarda de nouveau Lopito sans qu'un trait de son visage ne bouge.

– Nous sommes muets, monsieur l'enseigne, dit-il très doucement.

L'autre eut un geste de la main résigné, comme si, en réalité, il n'avait pas espéré autre chose.

– Bien entendu. – Il leva son verre en signe de sincère approbation. – Je comprends.

Nous vidâmes le reste de la dame-jeanne, et pendant que nous grattions le fond de la marmite la conversation dériva vers des sujets familiers, tels que la bonne santé du père de notre ami, dont celui-ci venait de recevoir une lettre. Comme je l'ai déjà conté ailleurs, Lope Félix de Vega Carpio y Luján était le fruit légalement reconnu des amours de son père avec la comédienne Micaela Luján : celle que le Phénix des Esprits a toujours nommée dans ses vers Camila Lucinda. Dans les premiers temps, les relations entre le père et le fils n'avaient pas été bonnes, ce dernier se montrant turbulent et peu porté sur les études. «Avec les contrariétés que me cause Lopito, avait écrit un jour Lope de Vega, je n'ai pu terminer le travail. À cause de ses sottises et de son comportement stupide, c'est à peine si je le connais quand il m'arrive de le voir.» Finalement, les frictions et les désaccords avaient décidé le garçon à entrer dans l'armée, en s'engageant sur les galères du régiment de Sicile sous la protection du marquis de Santa Cruz, ami de son père et fils de l'amiral légendaire don Álvaro de Bazán. La vie précoce de soldat de Lopito devait inspirer au grand Lope, déjà réconcilié avec son rejeton à l'époque de ce récit, ces vers affectueux de *La Gatomachie*, ou guerre des chats, œuvre burlesque que, plus tard, il a justement dédiée à Lopito :

Armé et jeune encore, ainsi que Cupidon,
Sur la mer, fortuné, il partit.
Avec le célèbre marquis,
Comme son père de plus grand renom.

Avec une dédicace exprimant sa fierté – «À don Lope Félix del Carpio, soldat dans la Flotte de Sa Majesté» – que le fils n'a jamais pu lire, car l'année même de sa publication, en l'an seize cent trente-quatre, alors que le capitaine et moi nous battions à Nördlingen contre les Suédois, le jeune et infortuné enseigne devait trouver la mort dans le naufrage de son navire, au cours d'une expédition aventureuse à la recherche de perles sur l'île Margarita. Lamentable événement qui devait inspirer au père inconsolable d'autres vers qui se terminent ainsi :

> *Il est mort, ce garçon, à un âge si tendre,*
> *Et moi je vis, qui devrais être cendre.*

Mais nous étions loin, à l'époque de Milan, d'imaginer ce que le destin réservait à notre cher Lopito, pas plus, d'ailleurs, que ce qu'il nous préparait. Car, d'avoir connaissance de l'avenir, l'homme se découragerait vite de toute lutte et de tous travaux, et, se croisant les bras, se contenterait d'attendre la fin sans autre effort, à la manière des philosophes antiques. Mais nous autres n'étions pas philosophes, nous étions des hommes qui se déplaçaient sur le terrain incertain et hostile de la vie, sans autre ambition dernière que de nous assurer de quoi nous nourrir convenablement et un toit pour dormir, si possible en bonne et douce compagnie ; sans autre patrimoine que notre maigre solde de soldats, l'épée qui nous donnait à manger et les six pieds de terre qui, pour toute sépulture, nous attendaient quelque part, à moins que nous ne servions de nourriture aux poissons. Car en bons Espagnols que nous étions, fruits de notre dure condition et de notre siècle, le seul jour que l'on pouvait considérer facile et sans inquiétude était celui où nous laisserions derrière nous tout ce que nous avions vécu.

– Les quatre groupes agiront de concert, pendant la célébration de la messe de minuit à Saint-Marc, expliqua l'homme aux longs cheveux. L'un se chargera de l'Arsenal, un autre du palais ducal, un autre du quartier juif et le quatrième de ceux qui seront à la messe... À la même heure, profitant de la relève de la garde, les mercenaires dalmates de la garnison du château Olivolo se soulèveront, ainsi que les Allemands du palais ducal et les Suédois et les Wallons des forts qui protègent le chenal du Lido, nous assurant la communication avec l'Adriatique... À ce moment, dix galères espagnoles avec des troupes attendront au large, au cas où un débarquement se révélerait nécessaire. Mais ce ne serait qu'en dernier recours. Tout doit apparaître comme le fait des Vénitiens eux-mêmes, mécontents du gouvernement du doge Giovanni Cornari, qui, au mieux, auront demandé à l'Espagne de rester dans l'expectative.

Diego Alatriste quitta un moment des yeux le plan de Venise déployé sur la table et regarda autour de lui. Le jour gris et sale qui entrait par les vitres cernées de plomb de la fenêtre ne suffisait pas à éclairer la salle, et deux candélabres portant de grosses chandelles allumées apportaient la lumière nécessaire. Les flammes de la cire éclairaient les visages des trois autres hommes assis autour de la table, penchés sur le plan, pendant que le personnage portant moustache, mouche et longs cheveux – c'était ce même Diego de Saavedra Fajardo qu'Alatriste avait déjà vu en compagnie de Quevedo et du comte d'Oñate à l'ambassade à Rome – détaillait le rôle de chacun. Bien que n'ayant encore jamais rencontré aucun des autres, le capitaine se trouvait en terrain de connaissance, tant le métier rendait leur aspect familier : pourpoints ou justaucorps de daim ou de cuir, traits durs semés de cicatrices, épaisses moustaches, peau tannée par les intempéries et les rigueurs de la guerre. Leurs armes, dont ils s'étaient défaits en arrivant, s'amoncelaient sur un fauteuil, près de l'entrée : robustes biscaïennes et bonnes épées de Tolède, Sahagún, Bilbao, Milan et Solingen. Point n'était nécessaire de regarder deux fois leurs propriétaires pour reconnaître des soldats vétérans. Des gens rudes et triés sur le volet.

– Personne, naturellement, ne croira à l'innocence espagnole, poursuivait Saavedra Fajardo. Mais le problème n'est pas là. Si tout se passe bien, Venise aura alors un nouveau gouvernement. Un doge sans liens avec la France, l'Angleterre et le Saint-Père… Ami, désormais, du roi catholique et de l'empereur Ferdinand.

Le secrétaire de l'ambassade à Rome parlait avec l'aisance d'un homme habitué aux affaires de l'État, bien que sur un ton un peu distant, presque dédaigneux : celui de quelqu'un qui rechigne à expliquer des questions graves à des gens qui ne sont guère versés en haute politique. Il marqua une pause pour regarder l'assistance, s'assurant que tous s'étaient bien pénétrés du sens de ses paroles, et se tourna légèrement vers un sixième personnage, assis dans un fauteuil plus haut et plus riche que les vulgaires chaises des autres, présidant la table bien qu'un peu en retrait. Il le fit avec une extrême déférence, comme s'il demandait la permission de poursuivre ; et l'autre sembla la lui accorder d'un mouvement presque imperceptible de la tête.

– Il y a des troupes vénitiennes impliquées, continua Saavedra Fajardo. Des capitaines mécontents, payés pour une part en or et pour une part en promesses, seconderont l'opération…

Voilà bien ce qui était admirable chez les puissants, réfléchit Alatriste sans quitter des yeux l'homme assis dans le fauteuil. Ils n'avaient même pas besoin de desserrer les lèvres pour donner des ordres : on les leur demandait d'office, et un battement de paupières suffisait pour qu'ils soient obéis sur-le-champ. Au reste, celui-là était de ceux qui savaient se faire obéir : Gonzalo Fernández de Córdoba, gouverneur de Milan. Malgré l'abîme qui les séparait, Alatriste avait pu le reconnaître dès qu'il était entré dans la pièce sans protocole ni présentations, tout le monde debout, et qu'il s'était assis en silence, comme en marge, tandis que Saavedra Fajardo commençait ses explications. Alatriste ne l'avait jamais vu de si près, même lorsque leurs routes s'étaient croisées sur les champs de bataille, et que, à l'époque mestre de camp, il était armé de pied en cap, à cheval et entouré de son état-major. Descendant du Grand Capitaine, en charge des affaires milanaises depuis le départ de son beau-frère le duc de Feria, l'illustre militaire n'avait pas encore atteint quarante ans. Cette fois, il ne portait ni casque d'acier ni bottes hautes, éperons et chapeau à panache, mais des chaussures en maroquin, des bas de soie noire, des culottes bleu sombre et un pourpoint de même couleur avec un col des Flandres. Il avait la main droite gantée de mince peau de chamois, et la gauche nue, tenant l'autre gant, aussi fine et aristocratique que son visage mélancolique – pattes bouclées et moustache effilée et cirée –, ne serrait pas le bâton de commandement mais reposait, languide, sur le bras du fauteuil, exhibant une bague avec une pierre précieuse qui, si elle était authentique, eût suffi à soûler une compagnie d'Allemands pendant un mois.

– Il y a aussi des personnages importants de la République qui soutiennent tout cela, poursuivait Saavedra Fajardo. Ce sont eux qui, une fois nos objectifs atteints, assumeront la charge du gouvernement. Mais ceci est déjà de la politique, et vous n'y intervenez en rien.

Un des militaires assis autour de la table tapa de la main sur celle-ci et rit doucement.

– Pour nous, ça se limite à égorger, murmurat-il. Point final.

Les autres sourirent, y compris Alatriste, en échangeant des regards entendus. Soudain solidaires. Celui qui avait parlé – larges épaules, face ronde et barbe noire fournie – rit encore un peu, puis jeta un coup d'œil en dessous au gouverneur, tentant de voir si son impertinence avait été mal reçue. Mais Gonzalo Fernández de Córdoba demeura impassible. Quant à Saavedra Fajardo, il le toisa d'un air réprobateur. Cela sautait aux yeux que le mot *égorger* lui semblait inconvenant. Un coup de pistolet en plein milieu de son discours soigneusement diplomatique.

– C'est une manière de voir les choses, concédat-il, gêné.

– Et aussi à faire un peu galima au passage, risqua un autre militaire à l'accent portugais, visage en lame de couteau, cheveux et moustache couleur paille dégarnis par endroits.

– Galima ?

– Du butin.

Nouveaux sourires autour de la table. Cette fois, le gouverneur crut opportun de hausser un sourcil et de donner quelques petits coups de gant sur le bras du fauteuil. Même entre soldats et dans ces circonstances particulières, tout avait une limite. Trêve de plaisanteries. Les sourires s'effacèrent comme si quelqu'un avait ouvert une fenêtre et que le vent les eût emportés. Sa gravité ainsi préservée, Saavedra leva un doigt sévère.

– Il faut que ce soit bien clair : il y aura du butin, mais en des endroits bien précis. Des maisons de certains propriétaires dont nous avons établi la liste et qui, à ce moment-là, seront morts ou en prison. Dans tous les cas, personne n'empochera un sequin avant que nous ayons atteint nos objectifs... Et cela sous peine de mort.

Il observa une pause assez longue pour que ses paroles, surtout les dernières, s'enfoncent bien dans les esprits. Puis, sèchement, il précisa que tuer ou arrêter les principaux sénateurs serait le travail des Vénitiens eux-mêmes. Un capitaine des conjurés du cru s'en occuperait. Quant aux Espagnols, il suffirait que chacun s'en tienne strictement à son rôle. Arrivé à ce point, il désigna le militaire à la barbe noire :

don Roque Paredes, car tel était son nom, avec quatre autres Espagnols, avait pour mission d'incendier le quartier juif. C'était une sage précaution, car le feu détournerait l'attention. En même temps, Paredes et ses hommes feraient courir le bruit que les juifs étaient de la conspiration et s'armaient contre leurs voisins. Cela susciterait des tumultes opportuns dans la ville, en tournant contre ces gens ce qui, en d'autres lieux, pourrait être une résistance au véritable objectif.

– Sept autres Espagnols sous les ordres de don Diego Alatriste, poursuivit Saavedra Fajardo, renforcés par cinq artificiers suédois et les mercenaires dalmates du château voisin, seront chargés de l'incendie de l'Arsenal… Ils brûleront une douzaine de navires qui sont dans les chantiers, en faisant le plus de dégâts possible ; de sorte que la flotte vénitienne, même si elle ne sera plus notre ennemie dans l'avenir, voie sa force réduite.

– Avec ces Pantalone bouffeurs de foie à l'oignon, on ne sait jamais, approuva Roque Paredes, clignant de l'œil à Diego Alatriste.

– Exact, confirma Saavedra Fajardo, sans perdre son air réprobateur. Et mieux vaut se prémunir contre des amis plutôt que d'avoir ensuite à se plaindre d'ennemis.

Alatriste ne fit pas de commentaires, car il était concentré sur les dimensions de l'entreprise qui lui était échue en partage. L'Arsenal, rien de moins.

Réduire en cendres ce qui constituait le principal chantier naval de la Méditerranée après les chantiers de Constantinople, avec seulement douze hommes et une troupe de mercenaires. C'était aller au lit avec la plus laide du bal.

— Don Manuel Martinho de Arcada se chargera du palais ducal. — Saavedra Fajardo désignait le militaire maigre à la moustache couleur paille. — Il sera secondé par huit soldats espagnols qui ont sa confiance... Ils seront favorablement reçus par la garde, qui, à cette heure-là, aura été relevée par une compagnie d'Allemands gagnés à notre cause. Don Manuel se maintiendra dans le palais coûte que coûte. Aussi bien lui que les autres chefs doivent s'en tenir strictement aux ordres que leur donnera là-bas le commandant de toute l'opération... Qui sera, naturellement, don Baltasar Toledo.

Tous les regards se dirigèrent vers le gentil-homme assis à l'autre bout de la table : moins de quarante ans, cheveux très courts prématurément gris et moustache de soldat. Son air était tranquille et mélancolique. Diego Alatriste connaissait ce nom. Fils naturel, bien que reconnu, du marquis de Rodero, marié à une nièce pauvre du duc de Feria, Baltasar Toledo s'était taillé une réputation comme sargento mayor, d'abord dans les Flandres, puis pendant la reconquête de la Baie de Tous les Saints sur les Hollandais, quelques années plus tôt.

– Je serai à Venise en mission diplomatique officielle, reprit Saavedra Fajardo. Mais c'est don Baltasar qui commandera militairement sur le terrain. Après avoir coordonné les actions et veillé à leur exécution, il rejoindra monsieur Martinho de Arcada au palais. À partir de ce moment, ses instructions sont de libérer certains détenus bien précis de leur cachot et de recevoir le nouveau doge.

– Qui sera l'heureux élu ? s'enquit Roque Paredes.

– Cette affaire ne vous regarde pas.

– Et qui nous appuiera quand nous donnerons l'assaut au palais ? voulut savoir Martinho de Arcada, d'une voix mouillant suavement les «s» à la façon lusitanienne.

– La compagnie qui relèvera à minuit celle qui sera de garde est commandée par un capitaine vénitien nommé Lorenzo Faliero… Tout comme son lieutenant, qui est allemand, il est acquis à notre cause.

Le jovial Roque Paredes frappa de nouveau la table de sa paume.

– Sacredieu ! Voilà qui a dû coûter tout l'or du Pérou… Et quand je pense qu'on me doit trois soldes, sans compter l'avance promise !

Tous les regards convergèrent de nouveau sur le gouverneur qui, cette fois encore, resta impassible. Malgré les vingt-quatre mille ducats d'argent castillans qu'il recevait annuellement comme rémunération officielle – non compris les pots-de-vin, les dessous-de-table et autres bénéfices occultes –, Gonzalez Fernández de Córdoba était un homme fait à la fréquentation des soldats, et il savait mieux que personne distinguer une hâblerie d'une insolence. De plus, il avait vécu les mutineries des Flandres, et il ne tombait pas dans l'erreur de confondre un déserteur loqueteux avec un de ces soldats qui, tout en grognant contre l'absence de solde et de vivres, ne se mutinaient jamais avant la bataille mais après, afin que nul ne puisse croire qu'ils le faisaient pour fuir le danger. Pour sa part, Diego Alatriste garda son silence habituel. Il savait par don Francisco de Quevedo que l'affaire de Venise allait coûter trente mille écus en or, apportés par des banquiers et des négociants de Milan, sans compter les fonds secrets qu'emploieraient le gouverneur de Milan et l'ambassadeur d'Espagne à Venise. La plus grande partie de ces sommes, comme d'habitude, finirait dans les poches de particuliers, bien loin de ceux qui allaient réellement jouer leur gorge et leur vie dans le coup de main.

– Si le palais ducal est important, expliquait Saavedra Fajardo, la partie la plus délicate est celle de la messe de minuit de Saint-Marc. C'est là que se jouera l'atout maître… Car dès que débutera l'office religieux, quand le doge sera agenouillé sur son prie-Dieu près du grand autel, deux hommes traverseront la nef et le tueront avec toute la rapidité et l'efficacité requises.

Ils se regardèrent. Même chez des hommes de guerre comme ils l'étaient tous, ces mots dépassaient l'imagination. Assassiner le doge de Venise en pleine messe de Noël. L'audace était inouïe.

– Des Espagnols ? demanda Paredes, stupéfait.

– Non. Des gens particulièrement aptes à ce travail, en tout cas. – Saavedra Fajardo lança un bref regard à Diego Alatriste, puis à Baltasar Toledo. – Moi pour ma part et don Baltasar pour la sienne, nous serons là-bas, veillant à tout, mais en marge de ce coup particulier. Des exécutants matériels, l'un est un prêtre d'origine uscoque, antivénitien fanatique et gagné à notre cause… L'autre est italien. De Sicile. – Nouveau coup d'œil, presque furtif, vers Alatriste. – Un homme dangereux et habile dans son office, qui, de plus, a des liens familiaux avec le capitaine Faliero… Ils se sont tous deux engagés à expédier le doge.

– Ils ne sortiront pas vivants de l'église, opina Martinho de Arcada.

– L'audace même du coup peut les protéger. Dans tous les cas, sortir ou ne pas sortir ensuite est leur affaire.

Il avait parlé avec l'indifférence du fonctionnaire. Puis il regarda directement Diego Alatriste, interrogateur.

– Monsieur le soldat que voici connaît l'un d'eux, me semble-t-il. Il a peut-être une opinion à ce sujet.

Ainsi, c'était donc ça. Alatriste contemplait la flamme des chandelles qui brûlaient sur la table. Venise, la complicité du capitaine Faliero et la tête du doge étaient le prix auquel Gualterio Malatesta avait acheté la liberté et la vie. Un projet irrésistible aux yeux du comte et duc d'Olivares, qui reléguait au second plan l'affaire de l'Escurial, pour laquelle d'autres avaient déjà payé.

– Je n'ai pas d'opinion, dit-il après un silence. Et quand j'en ai une, je la garde pour moi.

– Mais je vous la demande, insista Saavedra Fajardo. Et ces messieurs semblent intéressés… Faites un effort.

Alatriste passa deux doigts sur sa moustache, dubitatif. Il sentait tous les regards rivés sur lui.

– S'il est celui que j'imagine, il sait tuer, admit-il.

– Et croyez-vous que cet individu peut vraiment s'inquiéter de savoir s'il sortira vivant ou non de l'église ?

– S'il est prêt à y entrer, c'est qu'il sait comment en sortir. – Alatriste haussa les épaules. – De cela au moins je suis sûr.

– Et donc, monsieur le soldat ?

– Et donc, monsieur le secrétaire, je n'échangerais pas ma place contre celle du doge le soir de Noël.

Paredes et Martinho de Arcada rirent, et Baltasar Toledo sourit. Quant au gouverneur, il restait imperturbable dans son fauteuil, sans perdre un mot de l'échange. Seul Saavedra Fajardo ne semblait pas satisfait de la réponse. Il étudiait Alatriste en cherchant une riposte. Puis il parut changer d'idée.

– Bien, dit-il, renforçant encore la froideur de sa voix. Il est prévu qu'entre le dix-huit et le vingt-quatre décembre les vingt-sept Espagnols qui participent à l'expédition entreront dans la ville par divers moyens et en petits groupes, pour ne pas attirer l'attention… En votre qualité de chefs de chaque groupe, c'est à vous, messieurs, qu'il reviendra d'organiser tous les mouvements et de veiller à la discrétion de vos hommes, selon les instructions qui vous seront données plus tard. Vous ne parlerez à personne de l'affaire de la messe de minuit. Tout le monde partira demain matin, convenablement déguisé et par des routes différentes… Et je crois que c'est tout pour le moment.

Absolument pas, pensa Alatriste. Sur la vie du roi, ce n'est certes pas tout.

– Et si ça tourne mal ?

La question parut prendre Saavedra Fajardo de court. Il regarda Alatriste, regarda le gouverneur et se tourna de nouveau vers Alatriste.

– Pardon ?

– Si quelque chose rate. Si tout s'en va au diable… Vous avez prévu le moyen de nous tirer de là ?

– Rien ne ratera, j'en suis certain.

– Dommage que vous ne puissiez me l'assurer par écrit.

– Je cours autant de risques que vous.

– J'en doute. Vous êtes diplomate et vous logerez à l'ambassade. Pour nous, c'est une autre affaire… Nous serons en plein dans la tourmente.

Le silence se fit plus lourd. Très lourd. Alatriste crut surprendre une discrète approbation de la part de Baltasar Toledo. Moins réservés, Paredes et Martinho de Arcada acquiesçaient vigoureusement de la tête.

– Je suis stupéfait, monsieur le soldat, commenta froidement Saavedra Fajardo. On vous avait recommandé comme un homme de bonne trempe.

– Et quel est le rapport avec ce que je viens de dire ?

– Il est que la raison n'admet pas les supputations… Comment mener à bien une entreprise en laquelle, avant même qu'elle ait débuté, vous n'avez pas confiance ?

– La phrase est jolie. Mais, jolie pour jolie, il m'en vient une autre : quand il s'agit de guerre, c'est grand danger que de vivre des certitudes d'autrui.

L'autre pâlit comme si c'était une insulte. Et c'en était peut-être une.

– Vous condamnez…

Alatriste leva une main, la gauche, dont le dos était traversé par une longue cicatrice : la porte des Âmes, année seize cent vingt-trois.

– Ici, que je sache, personne ne condamne personne, dit-il avec le plus grand calme. Je sers le roi depuis l'âge de treize ans. Et j'ai rarement engagé ma tête sans réfléchir à la manière de la retirer. Que l'on puisse ensuite y parvenir ou non, c'est une autre affaire… Mais il est sain, et bien dans les mœurs de vieux soldats, de savoir par où faire retraite si l'ordre vient de replier nos étendards.

Les autres continuaient de donner des signes d'approbation. Alors Alatriste se tourna vers don Gonzalo Fernández de Córdoba. Le gouverneur était toujours dans son fauteuil, sans desserrer les lèvres. Attentif à tout ce qui se disait.

– Votre Excellence, qui est également soldat, et non des moindres, comprend sûrement de quoi je parle.

Ce *non des moindres* arracha un sourire chez presque tous. L'insolence était tempérée par le respect dû au rang. Votre Excellence est un des nôtres, voilà ce que cela signifiait. Ce qui, en fin de compte, était un éloge entre hommes de bon sens comme ceux qui étaient présents et laissait au-dehors le seul Saavedra Fajardo. En invoquant sa condition de soldat vétéran d'une Espagne dont les hidalgos avaient toujours le choix de ceindre ou ne pas ceindre l'épée, la phrase de Diego Alatriste pouvait être considérée comme une simple liberté de militaire à militaire : un appel en dernier recours au vieux code du métier commun. Naturellement, c'était parfaitement inconvenant de s'adresser de la sorte au gouverneur de Milan ; mais cela pouvait se justifier par les libertés qu'un soldat vétéran avait licence de prendre avec un mestre de camp sur n'importe quel champ de bataille. Le léger sourire qui passa sous la moustache cirée de Gonzalo Fernández de Córdoba indiqua que l'adresse avait atteint son but.

Il n'en fallut pas davantage. En bon fonctionnaire et homme de cabinet, Saavedra Fajardo savait lire de loin la musique. Il y a une possibilité, finit-il par dire. Prévoir quelques embarcations qui, en cas de besoin, permettront de se retirer sur une des îles proches du large – il indiqua les endroits possibles sur la carte étalée sur la table –, où les galères chargées de troupes croisant à ce moment non loin de là dans l'Adriatique pourront les recueillir.

– On peut envisager un point de rembarquement en cas de nécessité, conclut-il. En fonction des marées et de tout le reste.

Là-dessus, il s'arrêta pour promener sur chacun, l'un après l'autre, un regard lourd de signification.

– Mais, reprit-il, toute l'affaire sous-entend une chose : si elle devait mal se terminer, l'Espagne niera tout. L'ambassadeur a des ordres à cet effet, et vous ne pouvez espérer aucune aide en cas de scandale… Vous avez été choisis pour votre réputation de fermeté, d'hommes incapables de se laisser prendre vivants… Ni d'être de ceux qui, si par hasard ils sont pris, parlent.

– Cela va de soi, dit Roque Paredes.

Et il regarda les autres d'un air courroucé, comme pour les défier de le démentir.

Nul ne le fit et, avec les dernières instructions, la conférence fut donnée pour terminée. Ces messieurs les chefs avaient le reste de la journée pour préparer leurs gens, sans que les groupes se mêlent entre eux, avant de partir le lendemain par les itinéraires prévus. Ayant ainsi achevé, Saavedra Fajardo se tourna vers le gouverneur pour savoir s'il souhaitait ajouter quelque chose. Gonzalo Fernández de Córdoba fit un geste négatif de la tête et se leva, imité de tous ; mais avant de quitter la pièce il s'arrêta un moment.

– Alatriste, non ?

Il le regardait attentivement comme s'il tentait vainement de reconnaître son visage.

– C'est bien cela, Excellence.

– On dit que vous avez servi sous mes ordres à Fleurus en vingt-deux.

Alatriste acquiesça avec la même simplicité que s'ils avaient parlé d'une petite promenade sur les rives du Manzanares.

– Et à Wimpfen et Höchst, Excellence.

– Eh bien… – De sa main droite gantée de fine peau de chamois, le gouverneur battait à petits coups la paume nue de la gauche. – J'imagine qu'il nous est parfois arrivé de nous trouver proches l'un de l'autre.

– C'est exact. – Alatriste regardait son ancien mestre de camp dans les yeux, sans sourciller. – À Wimpfen, Votre Excellence est restée un bon moment avec notre compagnie, entre le bois et la berge de la rivière, subissant comme nous le feu de l'artillerie avant que nous recevions l'ordre d'attaquer… Et à Fleurus, où j'ai servi avec don Francisco de Ibarra et ce qui restait du régiment de Carthagène, Votre Excellence nous a fait l'honneur de se réfugier parmi nous pendant que la cavalerie luthérienne chargeait à plusieurs reprises, près de la grange de Chassart.

Le *se réfugier* ne dut pas réveiller de bons souvenirs chez Gonzalo Fernández de Córdoba, car il haussa un sourcil, contrarié. Ce n'avait pas été un moment facile, se rappelait Alatriste. Les Allemands de la cavalerie wallonne avaient cédé devant les protestants, avec des pertes sanglantes, et les troupes de Brunswick et de Mansfeld serraient de près l'infanterie espagnole et italienne, qui se maintenait fermement sur le champ de bataille. Du fait des charges continuelles des cavaliers ennemis, celui qui était alors mestre de camp s'était vu obligé de se placer au milieu des vétérans espagnols qui se

battaient, impavides et en bon ordre, sans battre
en retraite, avec le sang-froid habituel de la vieille
infanterie.

– Étiez-vous de ces arquebusiers qui ont résisté
férocement en cet endroit, à coups de lame et de
crosse ?

– J'en étais. Votre Excellence nous a accompagnés lorsque nous avons dû abandonner les chariots
et nous retirer comme nous pouvions vers les haies.

– Certes. – L'élégant sourcil du gouverneur se
rasséréna. – Et je m'en souviens fort bien. Sur ma foi,
nous passâmes un mauvais quart d'heure… C'est là
qu'est mort le pauvre Ibarra. Et beaucoup d'hommes
y sont restés.

– Moi non plus, Excellence, je ne suis pas arrivé
jusqu'aux haies.

– Blessé ?

– Impossible de me dégager d'un protestant
après nous être lardés mutuellement de coups de
lame.

– Diantre… Était-ce grave ?

Un silence. Saavedra Fajardo et les autres assis-
taient, étonnés, à ce dialogue entre soldats. Sans
presque s'en rendre compte, Diego Alatriste porta la
main à son flanc gauche. Un geste sobre et résigné,
totalement dépourvu de forfanterie. Puis il haussa
les épaules.

– Ç'aurait pu être pire.

Alors, à la surprise de tous, Son Excellence don Gonzalo Fernández de Córdoba, gouverneur de Milan, ôta son gant et serra la main du capitaine Alatriste.

Quelqu'un a dit, ou écrit, qu'en ces temps fameux et terribles les Espagnols se sont tous battus, des nobles aux laboureurs. Et c'est vrai. Les uns l'ont fait parce qu'ils avaient faim de gloire et d'argent, d'autres parce qu'ils avaient faim tout court : pour échapper à la misère et avoir un quignon de pain à se mettre sous la dent. Sur les champs de bataille de la moitié du monde, des Indes aux Philippines, en Méditerranée, dans le nord de l'Afrique et dans l'Europe entière, contre toutes sortes de nations barbares ou civilisées, tous, hidalgos et paysans, lettrés et bergers, gentilshommes et vauriens, maîtres et valets, soldats et poètes, nous nous sommes battus. Se sont battus Cervantès, Garcilaso, Lope de Vega, Calderón, Ercilla. Nous nous sommes battus sans répit dans les Andes et les Alpes, dans les plaines d'Italie, sur les hauts plateaux mexicains, dans les forêts d'El Darién, sur les rives de l'Elbe, de l'Amazone, du Danube, de l'Escaut, de l'Orénoque, devant les côtes d'Angleterre, en Irlande, à Lépante, aux Açores, à Alger, Oran, Bahia, Otumba, Pavie, La Goulette, dans

le détroit de Constantinople, sur la mer Égée, en
France, en Italie, dans les Flandres, en Allemagne.
Sur toutes les terres et sous tous les climats proches
ou lointains, dans la neige, la pluie ou le vent, des
armées d'Espagnols petits et durs, barbus, hâbleurs,
vaillants et cruels, habitués à la misère, aux peines
et aux fatigues, toujours pour vaincre et sans rien
d'autre à perdre que leur peau, les uns murmurant
une prière, d'autres gardant lèvres muettes et dents
serrées, et d'autres maudissant à chaque pas le Christ,
les officiers, leur métier et la vie même dans toutes les
langues de l'Espagne, se mutinant parfois, payés en
retard, voire pas payés du tout, ont suivi leurs capitaines sous les drapeaux en loques, faisant trembler
le monde entier. Des Espagnols comme ceux qu'a
décrits le poète et soldat Andrés Rey de Artieda ; qui
après avoir beaucoup pesté contre l'armée, contre
tout et contre tous, en jurant solennellement qu'ils
ne retourneraient jamais au combat :

Voilà six jours, quatre soldes payées,
Prêts au combat et la raison gardée,
Tout juste armés de dagues et d'épées,
Ils ont fait, en passant à la nage un fossé,
Choses que, plaise à Dieu, un jour tu puisses faire.

Je pensais à tout cela pendant notre dernière nuit
au château de Milan, observant mes compagnons

d'aventure. Nous nous étions retrouvés à l'heure du souper ; et après les embrassades de rigueur avec Sebastián Copons, le Maure Gurriato et les autres, le capitaine Alatriste nous avait expliqué ce que nous aurions à faire à Venise ; où nous devions partir aux premières lueurs de l'aube, deux par deux pour ne pas attirer l'attention – le capitaine et moi passerions par Brescia, Vérone et Padoue, lui déguisé en commerçant et moi en son domestique. Jusque-là, l'interdiction de sortir ou de communiquer avec d'autres était maintenue ; de sorte qu'il ne nous restait qu'à tuer le temps et attendre. C'était donc ce que nous faisions, tous les huit devant une grande cheminée où brûlait un bon feu, réglant fermement son compte, insatiables comme des enfants de chœur devant des burettes, à une énorme dame-jeanne de vin de Trévise et une autre de Montefrascon. Lopito de Vega, qui n'avait pu nous tenir compagnie car il était de service au bastion de Padilla, avait eu la gentillesse de nous les procurer à ses frais, afin que nous arrosions comme il se devait un demi-mouton rôti au saindoux, ainsi que des cailles à l'escabèche envoyées par Son Excellence le gouverneur en personne à l'intention de Diego Alatriste. Toutes choses dont il ne restait rien, à part les os nettoyés et les carafes décimées.

Chacun de nous, observai-je, avait sa manière d'attendre. Ignorant ce que nous réservait le destin, assurés, par ce que nous en avait dit le capitaine, que l'expédition serait une authentique loterie, nous passions alternativement du vin aux pensées intimes. Nul n'ignorait que tomber aux mains des Vénitiens, avant ou après avoir incendié l'Arsenal, supposerait le genre de traitement où, pour un oui ou pour un non, on en vient à renier la mère qui vous a mis au monde. Aussi, bien que nous affections de converser calmement, étaient-ce les silences qui prédominaient, car nous étions habités d'une inquiétude bien explicable quant au sort qui nous attendait derrière le nom mythique de Venise.

Le Maure Gurriato se taisait, comme d'habitude. Sans goûter au vin, près du feu qui faisait danser des ombres et des reflets sur son crâne rasé, les anneaux d'argent aux oreilles et le bracelet au poignet, il graissait le cuir de son ceinturon avec le soin du soldat de métier qu'il était devenu. La lumière rougeâtre accentuait la rousseur de sa barbe et permettait d'admirer l'étrange croix aux pointes en losange tatouée sur sa joue gauche. C'était la première fois que le mogatace visitait le nord de l'Italie ou mettait les pieds dans une place aussi puissamment fortifiée que l'était le Milan de la monarchie catholique, et il était impressionné. Notre ami n'était pas homme de beaucoup de paroles ; il était néanmoins de ceux qui, à la manière des vieux paysans, sont capables de résumer des pensées compliquées en quelques dits brefs, fruits d'une expérience qui n'est pas dans les livres mais dans la vie, le paysage et le cœur de l'homme. En vrai guerrier professionnel, Aixa Ben Gurriat admirait à Milan, plus encore qu'à Oran ou Naples, la puissante armée de la nation qu'il servait, notre stricte discipline et les énormes moyens de toutes sortes, de l'intendance aux relais de poste, qui huilaient la vaste machine militaire.

À côté du Maure Gurriato était assis, éclusant son vin toscan en regardant le feu, Sebastián Copons, que vos seigneuries connaissent de longue date : petit, maigre, résistant, dur comme une brique, sobre de pensée et de manières, fidèle et loyal jusqu'au sacrifice. C'était le plus vieux camarade du capitaine Alatriste, dont il partageait la vie de soldat depuis presque trente ans, qu'il s'agisse des ultimes soubresauts du siècle dernier dans les Flandres, du siège et de la bataille de Bomel, de la défense du fortin de Durango, des mutineries des troupes mal payées et de la retraite impassible du régiment de Carthagène dans les dunes de Nieuport. Peut-être calculait-il, me disais-je en l'observant, tout ce que l'entreprise vénitienne pouvait enfin signifier pour lui, après une longue vie de travaux, de dangers et d'inquiétudes. La seule ambition avouée que conservait l'Aragonais, après avoir perdu toutes les autres sur les champs de bataille d'Europe et de Méditerranée, était d'avoir un peu d'or qui lui permettrait d'acquérir une maison,

une femme et une chaise confortable d'où il pourrait voir le soleil se coucher sur les hauts rochers
entourant les mails de Riglos, dans sa terre natale
de Huesca, en vieillissant bien loin du roulement
du tambour, des ordres, du fracas des armes, de la
poussière des marches interminables de l'infanterie,
qui ne seraient plus que de lointains souvenirs. Sans
avoir à se demander chaque jour qui il allait tuer ou
par qui il pourrait être tué.

Au cours de cette nuit au château de Milan, je
tentai d'étudier pareillement mes autres camarades,
puisque c'était avec eux que j'aurais à partager les
dangers, et que mon sort dépendrait de leur fermeté
ou de leurs faiblesses. Le seul que je connaissais, et de
ce côté j'étais tranquille, était Juan Zenarruzabeitia,
qui avait été caporal dans l'infanterie embarquée à
bord de la *Vierge Noire*, et l'un des rares Biscayens
survivants de la compagnie du capitaine Machín de
Gorostiola après le combat sanglant des bouches
d'Escanderlu. Même si dans l'armée, comme dans
l'Espagne entière, on appelait tous les Basques des
Biscayens, y compris ceux qui comme moi étaient
natifs du Guipuzcoa, Zenarruzabeitia était réellement de Biscaye, né à Durango, et son apparence ne
démentait pas la patrie à laquelle il devait son nom :
nez fort, un seul sourcil noir allant d'une tempe à
l'autre, barbe drue, larges mains, air taciturne, et un
parler castillan qui, s'il était au repos aussi correct

que le mien, jaillissait, dans la chaleur du combat et l'épée à la main, taillé à coups de serpe et dans un désordre où seul Dieu aurait pu se retrouver : «Turcs, femelles ils sont, ou comme putes, c'est quoi te dit ton Biscayen», l'avions-nous entendu crier dans les bouches d'Escanderlu quand il avait sauté dans la *Mulâtre* parmi les derniers en rapportant le pavillon du roi, à bout de souffle, l'épée brisée en deux, rouge de sang, et sa galère sombrant derrière lui.

Manuel Pimienta et Pedro Jaqueta tuaient le temps en vidant ce qui restait dans les carafes et en jouant avec des cartes qui, d'avoir tant servi, n'avaient plus de coins. Ils étaient le contraire de Copons et du capitaine Alatriste : loquaces, joyeux, toujours de bonne humeur, bons enfants, braves soldats toujours prêts à jouer les matamores, n'hésitant jamais à blasphémer le nom du Christ. Trichant à l'envi, se tendant mutuellement des pièges de façon éhontée, sans la moindre pudeur.

— C'est à moi, nom de Dieu, et je fournis.

— Autant pour toi. On ne me la fait pas, monsieur le soldat.

— Qu'est-ce que je te disais ? *Eccomi*, camarade… Je lève l'as et je renvie la vingt-et-unième… Paye.

— Mort de ma vie et de la grande pute ! Foi de Cordouan, plutôt me faire maure !

— Tu es déjà à mi-chemin.

— Par Dieu le père et sa barbe !

Tous deux avaient l'allure de moricauds, cheveux frisés, gras et noirs, longues pattes aux joues, anneaux d'or aux oreilles et féroces moustaches dont ils mordaient les pointes. Leurs épées pendaient de larges baudriers en cuir repoussé, ils étaient toujours vêtus de bon drap, chacun portant son scapulaire, son crucifix en or et son agnus-Dei en argent au cou, et ils se signaient aussi souvent qu'ils blasphémaient. À les voir, on eût cru qu'ils étaient frères, mais ils ne l'étaient pas : « frères de lait de pute », disaient-ils. Pimienta était cordouan, pur bijou du quartier du Potro, et Jaqueta revendiquait la gloire d'être natif du non moins célèbre Perchel de Málaga ; encore que ni l'un ni l'autre n'eût fait mauvaise figure dans les madragues du duc de Medina Sidonia, dans la prison de Séville ou à la rame d'une galère. Souriants, blagueurs, rapides, dangereux et querelleurs, ils zézayaient comme des malandrins andalous et avaient des manières de matamores de comédie, de ceux qui se montrent plus prodigues de leur langue que de leur épée ; mais malheur à qui s'y fiait. Ils étaient généreux, n'hésitant jamais à dénouer les cordons de leur bourse. Leurs états de service étaient impressionnants et les situaient aux antipodes de ces fier-à-bras qui traînaient leur rapière et parlaient haut dans les tripots et les bordels, faisant sonner leur attirail. Ils avaient été de la prise de Larache et de celle de La Mamora, sur les galères d'Espagne et de Sicile, dans la guerre de la Valteline et aux batailles de Höchst et de Fleurus, avant de passer à Naples.

– Une petite partie avec nous, seigneur Quartanet?

– Une autre fois. *Mersi.*

Le sixième membre du groupe était le Catalan Jorge Quartanet, tirant sur le blond, la trentaine bien passée, langage châtié, sec dans ses rapports avec autrui, un homme de sang-froid auquel on pouvait se fier dans les pires situations, que le capitaine Alatriste avait choisi pour le connaître également de longue date. Ils avaient été ensemble à la bataille de la Montagne Blanche et au siège de Berg-op-Zoom. Il venait d'une famille de paysans des montagnes de Lérida, d'où il était parti très jeune pour suivre les drapeaux du roi. Il était concis et endurant, comme le sont ceux de sa terre, et habitué au combat. De ceux qui, les pieds bien plantés dans le sol, dégainent, serrent les dents et ne bougent pas d'où ils sont avant que tout ne soit fini; et cela pour être enterrés quelques pas plus loin. Cas insolite parmi les soldats espagnols, Quartanet ne gaspillait pas son argent au jeu, en femmes ni à biberonner, et il était des quelques-uns, très peu nombreux, que j'ai connus dans ma vie qui gardaient des économies dans leur sac. À la Montagne Blanche, où il avait combattu sept ans plus tôt, comme le capitaine Alatriste, dans la compagnie du capitaine Bragado et sous les ordres de messieurs de Bucquoi et Verdugo, c'était lui qui avait fait prisonnier le jeune prince d'Anhalt après que la cavalerie catholique eut pris de flanc ses cuirassiers et les eut rejetés en désordre sur l'infanterie de Bohême qui chancelait, désemparée, et était sur le point de battre en retraite. C'était à ce moment que, voyant le jeune Anhalt blessé au milieu du combat, par terre et la jambe prise sous son cheval, Quartanet s'était frayé un passage jusqu'à lui et lui avait mis l'épée sur la gorge, en lui intimant en langue catalane, que l'autre comprit à merveille – il n'est pas de meilleur truchement qu'une lame nue –, de se rendre à discrétion ou de se voir égorgé comme un goret.

– O et rendeixas, lui avait-il dit sans détour, o et tallo els ous.

Cet exploit de la Montagne Blanche, ou de Bilá Hora comme l'appellent les gens de là-bas, avait valu au soldat de Lérida une belle récompense : outre tout ce que son prisonnier portait sur lui – et il n'allait point léger et court vêtu –, il avait reçu une bourse remplie d'écus d'or de monsieur de Bucquoi, s'ajoutant à une autre prime – moins d'écus et plus de belles paroles, avec moult compliments, seigneur soldat par-ci, seigneur soldat par-là, car entre Espagnols tout se règle à l'économie – du mestre de camp, le colonel Verdugo. Et à la différence de la plupart d'entre nous, qui portions ce que nous possédions cousu dans notre ceinturon ou la doublure de notre pourpoint et le dépensions dès qu'on nous donnait quartier libre, Jorge Quartanet conservait son or de la Montagne Blanche intact et sagement placé chez un banquier génois ayant bureau à Barcelone.

– Ferse vell es molt fotut, disait-il, avec prudence et philosophie. Si s'arriva, està clar.

Celui qui se taisait, cette nuit-là, c'était surtout le capitaine Alatriste ; ce qui ne l'empêchait nullement, fidèle à ses manières, de donner de rudes assauts à ce qui restait dans les carafes. Assis sur sa cape pliée sur un banc de pierre, l'épée contre le mur, mon ancien maître penchait la tête et regardait le vin comme s'il l'interrogeait sur notre avenir. Le feu de la cheminée éclairait la moitié gauche de son visage, découpant son profil d'aigle, l'épaisse moustache et la lueur – un peu éteinte, car il s'était déjà fortement humecté le gosier – de ses yeux perdus dans des images ou des pensées connues de lui seul. Les flammes accentuaient la cicatrice de la main qui tenait le vin et les deux balafres qui marquaient son front : Ostende, seize cent trois, et, vingt ans plus tard, le théâtre du Prince. Mais moi qui l'avais vu nu, je connaissais l'existence de sept autres cicatrices, sans compter la brûlure qu'il s'était lui-même infligée durant l'interrogatoire de l'Italien Garrafa, à Séville, lors de nos aventures de l'or du roi : une blessure, au torse, datant de la Montagne Blanche ; une autre, d'épée, ancienne et longue, à l'avant-bras gauche ;

une à chaque jambe – détroit de Constantinople et embuscade sur le chemin de Las Minillas –; la balle d'arquebuse dans le dos – Ostende, un an avant la marque au front –; et les deux blessures au côté gauche : celle de la ruelle de la Plaza Mayor faite par la biscaïenne de Gualterio Malatesta et l'entaille reçue à la bataille de Fleurus, qui avait été à deux doigts de lui faire rendre l'âme. Raccommodé comme un chien de chasse au sanglier, tel était le capitaine Alatriste. Et je ne pus faire moins qu'imaginer, tandis que je le regardais boire sans rien dire et voyais la surface glauque de ses yeux se troubler peu à peu, qu'un jour je ferais miens les mêmes silences et que mon corps finirait par être aussi décousu et recousu que le sien.

Le fait est que j'étais bien parti, alors, pour surpasser mon maître en marques de la sorte. Je n'avais pas dix-huit ans que mon corps portait déjà les traces de trois cruelles morsures : celle de l'attaque du *Niklaasbergen*, la blessure de la flèche qui m'avait traversé une cuisse à Escanderlu, et la marque dans le dos du poignard d'Angélica d'Alquézar – «Je suis heureuse de ne pas t'avoir tué encore». Plus avant, avec le temps, les ans et les aventures de l'armée et de la Cour devaient laisser d'autres souvenirs sur ma peau et dans mon cœur, sans oublier Angélica. Toutes sont venues au fil de ma vie, et je ne suis particuliè-rement fier d'aucune : j'ai vécu, comme j'ai pu, ce que mon époque a voulu que je vive ; et nul chemin n'est blâmable, sauf celui qui mène à la potence. Mais aujourd'hui que je regarde dans le miroir du temps et n'y vois plus rien que le passé et les ombres qui ont fui, il est une marque sur mon corps sur laquelle je ne puis passer les doigts sans un frisson d'orgueil : la blessure que je reçus sur les dix heures du matin du dix-neuf mai seize cent quarante-trois, à Rocroi, quand Allemands, Bourguignons, Italiens et Wallons se débandèrent devant la cavalerie française, et que seule resta sur le champ de bataille, immobile et impassible, la masse serrée de la fidèle infanterie espagnole : six régiments – des murailles humaines, comme nous a décrits le Français Bossuet – que seule put parvenir à tailler en pièces l'artillerie appelée en renfort par le duc d'Enghien comme pour battre des places fortes, ouvrant à bout portant des brèches sanglantes que nous refermions à chaque fois, jusqu'à ce que plus un de nous ne reste debout.

Je me souviens souvent de Rocroi. Bien des fois, quand j'écris dans la solitude de ma chambre pour conter ce que nous fûmes, je crois voir s'animer autour de moi, sereins comme alors, les visages chers de ceux qui sont restés pour toujours lors de cette journée. Jaloux de notre réputation et de notre gloire, arrogants jusque dans la défaite, accablés sous le poids de toute l'armée française, nous, les pauvres soldats de la nation qui avait fait trembler le monde durant un siècle et demi, nous avons vendu chère-ment notre vie. Peu à peu, un par un, les régiments espagnols ont été exterminés par ce feu implacable, formés en carré, les hommes maintenant les rangs, impavides, combattant, calmes et disciplinés, jusqu'à la fin, autour de leurs vieux drapeaux, attentifs aux ordres du peu d'officiers qui restaient encore debout, demandant poudre et balles sans faiblir du geste ni de la voix, les survivants accueillis par le régiment le plus proche quand le leur était anéanti. Toujours fermes, toujours silencieux, sans autre espoir que de mourir respectés en continuant à tuer. Ce fut lors d'un des brefs répits que le duc d'Enghien, admirant une telle résistance, offrit au régiment de Carthagène – ou ce qu'il en restait encore – de se rendre, par la voix d'un parlementaire. Notre mestre de camp était mort, son second, don Tomás Peralta, gravement blessé à la gorge, incapable de parler, et moi, enseigne, je portais le drapeau au centre du carré formé par les débris de nos gens. Il n'y avait plus d'officiers pour nous commander ; et le capitaine Alatriste, en recevant, en sa qualité de plus ancien sous-officier survivant – il avait déjà la moustache grise et de nombreuses rides autour de ses yeux fatigués –, la proposition de mettre bas les armes et de rompre honorablement les rangs, haussa les épaules avant de répondre par des paroles que l'Histoire a conservées et qui, aujourd'hui encore, hérissent ma vieille peau balafrée de soldat:

– Dites à monsieur le duc d'Enghien que nous le remercions de son offre… Mais nous sommes un régiment espagnol.

Les canons recommencèrent à tirer à mitraille, puis la cavalerie française chargea pour la troisième fois; les cavaliers finirent par arriver jusqu'à moi, et j'eus le temps d'apercevoir de loin le capitaine qui tombait en combattant comme un démon, abattu par les Français, avant de me voir moi-même enveloppé à mon tour, le drapeau et mon épée arrachés, de tirer ma dague et de m'écrouler en continuant à frapper.

J'ai survécu au massacre, entouré de six mille cadavres espagnols. «Comptez les morts», ai-je dit à l'officier français qui, se penchant sur moi en me voyant quasi agonisant, avec ma bande rouge sur mon corselet d'enseigne, me demandait combien nous avions été. Je n'ai pas réussi à voir le corps du capitaine Alatriste; mais on m'a dit qu'il est resté sur place, sans sépulture, entouré d'ennemis morts, à l'endroit même où il s'était battu sans répit de cinq heures à dix heures du matin. Plus tard, avec le temps, le destin m'a conduit d'un lieu à un autre, sans plus jamais se montrer contraire, comme si la disparition de mon ancien maître m'avait libéré d'un mauvais sort qui lui était attaché; j'ai commandé un bataillon, j'ai été lieutenant puis capitaine de la garde espagnole du roi Philippe IV. J'ai même contracté un mariage honorable avec une femme belle, riche et amie de la reine – Inés Álvarez de Toledo, marquise douairière d'Alguazas. J'ai été en somme, pour mon siècle, un homme fortuné. J'ai gravi tous les échelons et joui des faveurs de la Cour. Mais ma vie durant, y compris quand je suis devenu chef de la garde royale, j'ai toujours signé tous les papiers qui me passaient par les mains *enseigne*. Le grade que j'avais à Rocroi le jour où j'ai vu mourir le capitaine Alatriste.

IV

LA CITÉ DE LA MER

Le vent de nord-ouest apportait des Alpes voisines un froid impitoyable, atroce, qui mordait avec l'acharnement d'un loup. Transi malgré la cape de drap épais et le chapeau doublé de peau de castor, Diego Alatriste sortit de l'édifice et embarqua dans une des gondoles qui, pour deux piécettes de cuivre, menaient leurs passagers de la pointe de la Douane à Saint-Marc. Pour passer du Dorsoduro à une autre partie de la ville, il n'y avait d'autre pont que celui du Rialto, et il se trouvait à une demi-heure de marche, en suivant l'ample courbe du Grand Canal, entre les cheminées et les altanas pittoresques, les toits de plomb des palais et les campaniles des églises.

Tandis que le gondolier, la rame appuyée négligemment sur sa forcole, voguait au milieu des

embarcations mouillées bord à bord dans l'embouchure du canal – il y en avait de toute la Méditerranée et même de plus loin, des lourds galions de
commerce aux misérables barques auxquelles on
donnait ici le nom de sandali –, Alatriste regarda
autour de lui avec des yeux de soldat : le faîte du haut
campanile de Saint-Marc se découpant sur le ciel gris
dominait les édifices, au-delà des deux colonnes de
la grande place. La ville et sa rive, de ce côté gauche,
avec l'embouchure du canal de la Giudecca et l'île
San Giorgio à droite, encadraient l'étendue d'eau
couleur de plomb qui conduisait au Lido et à la
pleine mer ; chenaux étroits et peu sûrs, sablonneux,
pleins de bancs perfides, difficiles à emprunter sans
un pilote expérimenté. Le capitaine n'était à Venise
que depuis quatre jours ; mais, avec l'instinct naturel
du militaire habitué à se déplacer sur le terrain où il
joue sa peau, il s'était efforcé de se familiariser avec
les principaux points à retenir de cette ville stupéfiante, enchevêtrée, labyrinthe d'îles, de canaux et
de ruelles suspendus entre mer et ciel.

Il jeta un dernier coup d'œil au bâtiment
qu'il laissait derrière lui, avec ses grands navires de
commerce et la tour en pierre blanche plantée juste
sur la pointe. Comme les jours précédents, il était
allé réclamer la livraison des marchandises consi-
gnées au nom de Pedro Tovar, armurier de Tolède,
qui était sa fausse identité à Venise. Pour donner du

crédit au mensonge, on lui avait envoyé, embarquées à Ancône, quatre caisses de bonnes lames d'épées, dagues et poignards, ainsi que quelques échantillons damasquinés d'un certain prix. Comme c'était à prévoir, tout était retenu à la Douane vénitienne, dans l'attente que soient fixés les droits d'entrée. Les démarches prenaient toujours du temps, et cela faisait partie du personnage fictif d'Alatriste, pour plus de sécurité et de dissimulation, de se rendre deux fois par jour réclamer avec les habituelles démonstrations d'impatience, distribuant généreusement mais sans exagération – il ne disposait pas de fonds illimités et n'avait pas intérêt non plus à trop attirer l'attention – quelques sequins d'or dans les mains appropriées, dans l'espoir, officiellement, d'alléger les formalités.

Il sauta à terre près du pont de la Zecca, se drapa du mieux qu'il put dans sa cape – il ne portait pas d'autre arme qu'une bonne dague en travers des reins, sous son vêtement – et chemina sans hâte entre les vendeurs et les gens, près des colonnes et du palais des Doges. Puis, passant sous l'arc de l'Horloge, il pénétra dans les Merceries par une rue longue et étroite, pavée comme toutes les rues de la ville ; la seule dont il était certain qu'elle le conduirait au Rialto sans qu'il s'égare dans le dédale de passages qui allaient mourir sur des places, des galeries voûtées ou des canaux silencieux. Il avait étudié cette voie, comme d'autres principaux itinéraires qui lui permettaient de s'orienter dans la ville, sur une carte acquise le premier jour dans une boutique de livres et d'estampes : bien gravée, chère, six paumes de large, qui montrait une vue de Venise à vol d'oiseau avec beaucoup de détails utiles.

Il s'arrêta plusieurs fois, comme si de rien n'était, sous prétexte de contempler une boutique ou une femme qu'il croisait, pour vérifier discrètement que personne ne le suivait. Tout semblait normal derrière lui, mais Alatriste savait que cela ne prouvait rien. Entre autres choses, Francisco de Quevedo lui avait conté que les services secrets vénitiens étaient les meilleurs du monde et que l'Inquisition locale, étroitement liée au gouvernement de la Sérénissime – sur les trois grands inquisiteurs, deux faisaient partie du Conseil des Dix –, tirait les ficelles de son essaim d'espions et de mouchards à travers un système très élaboré de subornation, de récompenses et de délations. Entourée de toutes parts d'ennemis, se méfiant par-dessus tout d'elle-même, pratiquant le népotisme dans l'usage du pouvoir, dominée par des familles patriciennes selon de strictes règles internes, Venise était une araignée qui tissait sa toile avec une intelligence prudente et sans scrupules. Ici, que l'on soit noble ou plébéien, citoyen ou étranger, il suffisait d'être marqué comme un ennemi de la République pour disparaître étranglé, après avoir avoué sous la torture des fautes réelles ou imaginaires.

Arrivé au Rialto, Alatriste passa le pont, contournant mendiants, portefaix, vendeurs et badauds. Construit, disait-on, il y avait quarante ans pour remplacer le précédent – la plupart des ponts vénitiens étaient en bois enduit de goudron, l'humidité les minait et, tôt ou tard, ils s'effondraient –, sa facture était admirable, avec sa grande arche, sa balustrade extérieure et ses échoppes d'or et d'argent le long de sa large chaussée de pierre blanche. Mais Alatriste n'était pas homme à admirer des curiosités ni à s'étonner. Même Venise, avec ses palais, ses marbres et ses richesses étalées, ne l'impressionnait pas. Le monde était un lieu où l'on se déplaçait d'un champ de bataille à un autre, d'un combat au suivant. La beauté des monuments, la délicatesse de l'art, le marbre et les peintures ne lui faisaient ni chaud ni froid. Même la musique le laissait insensible. Seuls le théâtre, dont, en bon Espagnol, il raffolait, et les livres, qui aidaient à supporter patiemment les mauvais moments, éveillaient son intérêt et lui mettaient un peu de baume à l'âme. Les autres choses, il les ordonnait en fonction de leur utilité pratique, élémentaire. Quasi spartiate. Ayant fait son éducation dans les décombres de la guerre et les désastres, il se contentait de peu : un lit s'il en trouvait un, une femme dedans quand c'était possible, et une épée pour assurer sa subsistance. Le reste, s'il se présentait, venait de surcroît, sans désirs, ambition ni espérances. Enfant de son siècle et de sa rude biographie, il n'en fallait pas plus à Diego Alatriste y Tenorio pour tuer le temps et la vie, dans l'attente de rendre l'âme quand viendrait le moment.

Laissant derrière lui le pont, il passa entre les boutiques de fines étoffes de la Draperie et tourna à gauche, par une rue qui revenait sur le canal et le quai que l'on appelait quai du Vin. Là, devant une auberge avec une Vierge dûment placée dans sa niche, un passage voûté conduisait, à la manière d'un boyau obscur, à une de ces piazzettas dont la ville abondait, avec une citerne à margelle au centre et une belle maison à trois étages et balcon en ogive qui tournait le dos au canal et au quai. Le choix de ce logement était des plus opportuns – les gens de l'ambassade d'Espagne s'en étaient chargés –, car l'auberge de la Madone voisine était un lieu fréquenté et proche du va-et-vient du Rialto, où un étranger n'attirait pas l'attention. De plus, l'accès en forme de couloir obscur et la piazzetta étaient impossibles à surveiller de l'extérieur sans que les éventuels espions ne soient eux-mêmes visibles depuis la maison. Laquelle, pour comble de bonheur, avait une porte de derrière pour les gondoles, donnant sur un canal étroit qui longeait la demeure. La pertinence de cette porte, qui servait à entrer et sortir discrètement, était largement justifiée par la nature de la maison et la personne de sa propriétaire.

– Bentornato, miser Pedro. La mia signora aspetta su.

– Merci, Luzietta.

Diego Alatriste laissa cape et chapeau aux mains d'une servante, jeune, gracieuse, effrontée et nulle-ment laide. Puis il gravit lentement l'escalier, passa un moment dans sa chambre pour se laver la figure dans une cuvette, posa sa dague sur le lit et prit le chemin du grand salon, au même étage, en suivant un couloir dont le parquet ciré grinçait sous ses pas. De l'autre côté de la double porte, dont l'un des battants était ouvert, il y avait un beau tapis persan, un lustre en cristal, chandelles éteintes, et une cheminée de marbre où brûlait un feu généreux.

– Staga comodo, dit une voix féminine.

La lumière grisâtre qui entrait par la fenêtre en ogive éclairait faiblement une femme assise dans un fauteuil tapissé de brocart d'argent d'Alexandrie. Elle était vêtue d'une robe d'intérieur taillée à la manière d'un dolman oriental, de mules en peluche qui laissaient voir ses chevilles nues, et ses épaules étaient couvertes d'un négligé bordé de dentelle. La coiffe, elle aussi en dentelle, retenait une chevelure abondante, trop noire pour être naturelle.

– Bonjour, dit Alatriste, pas vraiment à l'aise.

La femme acquiesça, en se tournant pour désigner un tabouret posé près d'elle, mais il déclina l'offre avec un sourire sec. Il préférait rester debout près du feu pour réchauffer ses membres glacés.

– Vuesignoria est sortie de buon'ora, dit-elle.

Elle s'appliquait à parler la langue castillane avec aplomb et un fort accent vénitien. Gracieux détail, pensa Alatriste tout en se rapprochant encore de la chaleur de la cheminée. Venant d'une femme habituée à plaire aux hommes.

– Oui. Des colis retenus à la Douane.

– Est-ce grave?

– Non.

Il l'observa attentivement. Donna Livia Tagliapiera était une des courtisanes les plus en vue de Venise. Brune et le visage avenant, encore belle, avec des manières et une éducation utiles dans son office, elle était d'origine espagnole – les Tajapiedra étaient des juifs expulsés il y avait plus d'un siècle. Debout, sans talons à ses mules, elle était aussi grande que lui. On pouvait estimer à quarante ans bien sonnés ce corps qui, en d'autres temps, était bien connu pour ne pas se dénuder devant un marquis pour moins de cinquante ducats. Retirée depuis longtemps de l'exercice proprement dit de son métier, elle servait d'entremetteuse dans sa maison, fréquentée de jour comme de nuit par des pupilles choisies et des clients de qualité à la bourse bien garnie. Elle hébergeait à l'occasion des voyageurs qui lui étaient chaudement recommandés et préféraient les avantages de sa demeure à une simple auberge dépourvue d'autres attraits. Tel était le cas d'Alatriste, installé dans les lieux sur les indications du secrétaire d'ambassade Saavedra Fajardo, arrivé à Venise dix jours plus tôt de Milan et logé à la légation espagnole. Nul ne pourrait s'étonner qu'un commerçant aisé en épées de Tolède ou en toute autre marchandise descende chez la Tagliapiera. Une femme sûre et de toute confiance, avait ajouté le fonctionnaire, de l'air entendu de celui qui en tait beaucoup plus qu'il n'en dit. En dépit, avait-il achevé après une courte pause, de son sang juif.

— Vostro domestico est uscito. Il vous fait dire qu'il reviendra à l'heure du pranzo.

— D'autres messages pour moi ?

La femme soutint un instant son regard. Alatriste ignorait jusqu'à quel point elle était au courant. Quel était son degré d'implication dans la conjuration. Mais mieux valait que, là-dessus, chacun en sache le moins possible de l'autre. Même dans les affres du chevalet, étiré comme cordes de guitare, nul ne pouvait conter ce qu'il ignorait.

— Vuesignoria est aspettata à l'ambassade à quatre heures.

Alatriste acquiesça. Le reste des hommes était logé en d'autres lieux discrets de la ville, avec pour consigne de se retrouver en des points et à des heures déterminés, afin de donner des nouvelles et recevoir des instructions. Quant à son hôtesse, il ignorait les raisons pour lesquelles on l'avait impliquée dans le coup de main, risquant ce qu'elle risquait. La frontière entre argent, loyautés et obscures motivations personnelles était toujours difficile à établir, surtout dans cette Italie changeante. Saavedra Fajardo l'avait décrite comme ayant fait ses preuves en d'autres occasions où elle avait rendu des services à la cause du roi catholique. Bien placée, rompue aux relations avec des clients de qualité et liée à des membres distingués de la société vénitienne dont elle connaissait nombre de secrets, donna Livia était une bonne source d'informations et une complice efficace dans la conjuration.

– Vuesignoria a pris sa colazione?

– Oui. Merci.

– Poco, on m'a detto.

C'était exact. Frugal comme à son ordinaire, Alatriste avait bu un verre de vin et mangé un morceau de pain avant de se rendre à la Douane de mer, laissant intact le reste du petit déjeuner qui lui avait été servi par la jeune domestique. Du coup, il se rendit compte que la Tagliapiera l'observait avec curiosité. Habituée aux rapports avec les hommes et à leur conversation, il était clair que depuis son arrivée elle se demandait dans quelle catégorie le situer. Ce ne devait pas être fréquent, pour l'ancienne courtisane, de voir ceux qui logeaient chez elle décliner les avantages disponibles : bonne chère sur des nappes propres et plaisirs charnels réputés. Or cet Espagnol taciturne ne limitait pas sa frugalité aux petits déjeuners. La nuit précédente, sans autre excuse qu'un hochement de tête négatif et un sourire poli sous sa moustache, il avait refusé les services d'une femme au visage charmant et de plus belle tournure encore que la patronne lui avait envoyée dans sa chambre avec le message verbal que tout ce qui était sous la chemise, dont le cordon était défait de façon prometteuse, était offert gracieusement par la maison.

– Peccato. On m'a dit aussi que Gasparina no satifizo vuesignoria. Forse vostro gosto…

Elle laissa le dernier mot en l'air, donnant à son interlocuteur l'occasion d'exprimer ses goûts, quels qu'ils fussent. Alatriste, qui continuait de se chauffer devant la cheminée – l'humidité glacée de Venise ne cédait pas, campant obstinément dans ses vêtements –, se composa un sourire semblable à celui de la veille : poli, légèrement las.

– Je n'ai pas la tête à ça, madame. Mais je vous remercie de l'attention.

Il disait vrai. Il n'était pas de ceux qui font la fine bouche devant une jolie femme, et celle de la nuit précédente entrait dans cette catégorie. Mais Venise était dangereuse, et la tension le rendait méfiant et prudent. Baisser ici la garde, même entre des cuisses chaudes, diminuait les chances de survie pour quelqu'un qui s'obligeait à ne dormir que d'un œil et la dague sous l'oreiller. Lui-même avait jadis tué un homme à Madrid en le surprenant au lit avec une femme : travail payé selon le tarif en vigueur, à la demande d'un mari cocu. Cela s'était révélé absurdement facile d'entrer dans la maison indiquée, d'ouvrir la porte de la chambre, de surprendre le malheureux tout nu en pleine besogne, de lui donner juste le temps de se retourner et de tendre la main vers son épée avant de le clouer sur le matelas d'un coup dans la poitrine, tandis que la femme hurlait comme si le diable l'emportait.

– Peut-être une autre fois, ajouta-t-il.

La courtisane le regarda très fixement. Une lueur de brève curiosité. Puis elle eut une moue froide, qui ne pouvait que difficilement passer pour un sourire.

– Perché no – la bouche, généreuse, découvrait des dents régulières et blanches. Alora cercaremo pour vuesignoria quelque chose qui lui conviendra mieux.

S'agissant de ce qui pouvait lui convenir, pensa Alatriste en l'observant en détail, elle n'était absolument pas à dédaigner, même si ses meilleures années étaient derrière elle. Grande mais bien proportionnée, le visage à peine fardé était encore séduisant, avec de grands yeux bruns en amande. Le nez insolemment long lui conférait une arrogance très particulière. Pour le reste, robe et négligé laissaient deviner des formes rondes et fermes, et ses chevilles étaient blanches jusqu'à la naissance des pieds. Elle avait été à coup sûr une très belle femme. Elle l'était toujours : mûre, certes, mais toujours appétissante.

– Bisogna quelque chose di più, don Pedro ?

Elle continuait de le regarder comme si elle pénétrait ses pensées. Ou essayait. Il fit doucement non de la tête. Après l'avoir scruté encore un peu, la courtisane tourna de nouveau la tête vers la fenêtre, se découpant dans la lumière grisâtre. À la voir ainsi, se dit mélancoliquement Alatriste, si dans d'autres circonstances il avait pu choisir une femme, c'était elle qu'il aurait prise. À condition qu'elle fasse encore usage de son corps, ce qui n'était pas le cas. Saavedra Fajardo avait dit que la Tagliapiera ne prenait plus de clients, si choisis fussent-ils. Elle se bornait à fournir la chair fraîche de ses pupilles.

– Un sacré os à ronger, dit entre ses dents Sebastián Copons, laconique.

Je ne pus qu'être d'accord, bien que tâchant de ne pas ouvrir la bouche. Moi aussi je trouvais l'Arsenal impressionnant, avec ses hauts murs de brique, ses tours et ses fossés se dessinant sous le ciel de plomb. J'étais allé en compagnie de l'Aragonais et du Maure Gurriato reconnaître le terrain, profitant de ce qu'à cette heure-là il fourmillait de gens au milieu desquels on passait inaperçu. L'entrée des fameux chantiers de Venise était située à l'extrémité d'un large canal qui partait des quais longeant la lagune, où les bateaux se pressaient bord à bord. Deux hautes tours carrées flanquaient une énorme double grille, en bronze et en bois, qui commandait le passage vers l'intérieur par la voie maritime – on distinguait de l'autre côté des galères amarrées ou à sec –, tandis que sur la gauche se trouvait l'entrée terrestre, dans un édifice sur lequel trônait, gigantesque et arrogant, un bas-relief en marbre représentant le lion de Saint-Marc. Tout offrait une apparence de solidité, de puissance et de fermeté, et les soldats qui montaient la garde avaient l'air disciplinés et sur le qui-vive.

– Les mercenaires dalmates, murmura Copons, toujours sur le même ton.

Il passa une main sur sa barbe, songeur, puis cracha à ses pieds, dans l'eau vert-de-gris du canal. Il plissait ses paupières cernées de rides avec une expression qui trahissait le vieux soldat, habitué à combattre d'abord avec les yeux et ensuite avec les mains, semblable à celle du capitaine Alatriste quand il calculait risques et possibilités. Je suivis la direction de son regard, en m'efforçant de voir ce qu'il était capable de voir tout en me rappelant ce que, des années plus tôt, mon ancien maître m'avait dit avec un sourire ironique, en réponse à je ne sais quelle forfanterie juvénile dont j'avais perdu le souvenir :

C'est bien le fait d'un niais
De ne pas trouver d'issue,
Car comme il pense qu'il sait,
Il néglige d'en savoir plus.

Les sentinelles me parurent gens bien bâtis, plus grands que la normale, comme l'étaient ceux de leur pays. Ils faisaient sûrement partie de la troupe qui gardait le fort voisin et se relayait pour assurer le service au chantier naval. Je me consolai un peu en pensant que, si tout se passait comme prévu la nuit du coup de main, ils seraient de notre côté. Sinon, impossible pour les quatre chats que nous étions de forcer le passage de cette entrée impressionnante pour faire à l'intérieur les énormes dégâts qu'exigeait notre machination. Je regardai le Maure Gurriato qui, près de moi, observait tout en silence, et je fus incapable de deviner sur son visage brun et indifférent s'il admirait la puissance majestueuse de cette cité amphibie, représentée ici par sa réalisation et son symbole majeurs, ou s'il évaluait les dangers de notre entreprise. Nous étions tous les trois accoudés à la rambarde du pont-levis en bois qui reliait les deux côtés du canal, drapés dans nos capes, profitant de l'anonymat que nous procurait la foule qui passait d'un bord à l'autre.

– Qu'en penses-tu, Maure?

Aixa Ben Gurriat hocha à peine la tête, comme si ses pensées ne valaient pas la peine qu'on en parle. Au point où nous en étions de nos relations, je n'étais pas capable de les deviner; mais je connaissais suffisamment le mogatace pour savoir qu'il avait une confiance naïve en nous, en nos drapeaux, en la possibilité de réussir tout ce que nous entreprenions. En fin de compte, si Venise était une ville superbe, il servait, lui, une nation qui dominait l'univers. Pour quelqu'un de sa caste, soldat perdu avec une croix tatouée sur le visage, qui avait passé sa vie à chercher une cause capable de donner un sens à sa loyauté, la puissance de l'Espagne et la foi en des hommes comme le capitaine Alatriste l'avaient conduit à unir son sort au nôtre. Pour le guerrier qu'il était, de la tribu azouaoui des Beni Barrani – un nom qui signifiait «enfants d'étrangers» –, chrétiens depuis l'époque où les Goths habitaient le nord de l'Afrique, c'était la seule voie envisageable, sans retour possible. Ce pas franchi et sa parole donnée, il nous suivait aveuglément, jusqu'à la fin, comme il l'avait fait dans les bouches d'Escanderlu, comme il le ferait à Venise et partout où le métier et le hasard des armes nous conduiraient. Sans poser de questions ni attendre autre chose que d'être fidèle à son destin, aux côtés des compagnons de vie et de mort que lui-même, librement, s'était choisis.

– C'est d'ici qu'elles partent toutes, dis-je. Ces galères qui nous disputent l'Adriatique… Comment trouves-tu l'endroit ?

– *Mekran*. – Il retenait son souffle. – Grand.

Je ris.

– Et comment !

– Arrêtez de bavarder, dit Copons.

Je regardai les alentours, par-dessus la tête des gens qui se pressaient sur les quais de chaque côté du canal : barquarols et matelots, habitants des maisons voisines, vendeurs des barques chargées de fruits et de légumes amarrées sur la rive gauche, pêcheurs avec des paniers où ondulaient des anguilles, et mendiants – il y en avait plus qu'à Madrid et qu'à Naples – qui demandaient l'aumône assis sur les marches humides du pont. Inopinément, parmi la foule, je distinguai une silhouette familière : un homme immobile, portant chapeau et cape noire, posté entre le mât de la grande bannière rouge de Venise qui pendait mollement devant le corps de garde et une gargote de marins semblable à celles qui, à partir du coin, formaient un cercle autour de l'église

Saint-Martin. Il paraissait nous observer de loin. Il était à plus de cinquante pas, mais même en enfer dans la foule des damnés je l'aurais reconnu. Aussi dis-je à mes camarades de m'attendre, et, après avoir tâté discrètement le poignard que je portais sous ma cape, j'allai à sa rencontre.

— Ça faisait longtemps, marmouset.

Il avait vieilli, constatai-je. Plus sec et plus usé, avec des poils gris dans la moustache et les mèches qui s'échappaient du chapeau. La cicatrice sur l'œil droit semblait lui fermer un peu plus la paupière que la dernière fois que je l'avais vu, à l'Escurial, au moment où les archers de la garde l'avaient emmené à dos de mule, les fers aux mains et aux pieds, sous la pluie.

— Et tu as grandi... Giuraddio. Te voici aussi haut que moi.

Il me contemplait fixement, sardonique. Le sourire suffisant, cruel, était toujours le même. Je fus irrité de le constater.

— Que faites-vous ici ?

— À Venise ? Tu sais très bien ce que je fais.

— Ici, à l'Arsenal.

Il leva légèrement une main, la paume tournée vers le haut, comme pour montrer qu'elle était vide. Je regardai son côté gauche. Il portait, lui, sous le drap noir, une épée si longue qu'elle descendait jusqu'aux bottes.

– En réalité je ne fais rien… Je me promenais, c'est tout. Et je t'ai vu de loin. Je n'étais pas certain que ce soit toi, mais mes doutes n'ont pas duré longtemps.

Il indiqua le pont d'un mouvement du menton. Le sourire découvrait maintenant deux incisives brisées, dont il manquait presque la moitié. Je ne me souvenais pas de ce détail. J'en déduisis qu'il s'agissait d'un coup reçu durant le temps qu'il avait passé en prison. Je savais, par don Francisco de Quevedo, qu'il avait été sauvagement torturé.

– Tes camarades sentent le soldat à une demi-lieue… Tu devrais leur conseiller d'être discrets. De rester dans leurs tavernes et leurs auberges jusqu'à ce que l'heure soit venue.

– Ce n'est pas votre affaire.

– C'est vrai, ça ne l'est pas. – Il accentua son sourire sinistre. – À chacun les siennes. Et les miennes me suffisent déjà largement.

Il se tourna pour regarder l'établissement qui se trouvait derrière lui, comme s'il hésitait. C'était ce qu'on appelle là-bas un fritoin : un petit local, bon marché, semblable à nos cabarets de coin de rue, où l'on faisait frire de la viande et du poisson dans de l'huile. Puis il fit de la main le geste de m'inviter. Je fis non de la tête. Il acquiesça comme s'il comprenait mes scrupules et se borna à ôter ses gants et à faire quelques pas jusqu'au feu qui brûlait dans un petit four en tôle sous le toit de la gargote. Il resta là, à se chauffer les mains, jusqu'à ce que je le rejoigne.

– Tu as bonne mine, mon garçon, dit-il soudain. Je suis sûr que tu es capable de couper une rondache en deux et que tu es un bourreau des cœurs… Vraiment, tu n'as pas envie de sardines et d'un verre de vin ? En fin de compte, nous sommes en trêve. Toi, moi et ton ami le capitaine.

Copons et le Maure Gurriato, inquiets, s'approchaient. Gualterio Malatesta leur était inconnu, mais ils auraient été encore plus inquiets s'ils avaient su qui il était. Je leur fis signe de rester à l'écart, et ils demeurèrent près d'une des barcasses en nous observant de loin.

– Tu dois savoir que, le capitaine et moi, nous avons eu une conversation à Rome…

Il continuait de frotter ses mains sèches et noueuses devant le feu. Elles portaient de vieilles marques et des petites cicatrices de blessures causées par des lames, comme celles de mon ancien maître. J'observai que deux ongles manquaient à la gauche.

– Dommage de devoir remettre à plus tard tout ce que nous avons à régler, et qui n'est pas rien, dit-il, songeur. Mais tout viendra en son temps.

Suivit un long silence. Je fis mine de partir, mais il me retint du regard.

– Je ne t'ai pas encore dit merci pour ne pas avoir laissé Alatriste me tuer à Las Minillas, quand il pouvait le faire.

– Nous avions besoin que vous restiez vivant, dis-je sèchement. Pour pouvoir nous disculper.

– Même ainsi, mon garçon. Si tu n'avais pas retenu sa main…

Il baissa les paupières et celle qui portait la cicatrice sembla trembler légèrement, sans parvenir à se fermer complètement.

– Bien que ça m'aurait évité de sales moments, je t'assure.

Il étirait maintenant les bras comme si les cordes du chevalet le faisaient encore souffrir, et le sourire vénéneux découvrit ses dents ébréchées. Je sentis la haine monter. Si j'avais pu, je l'aurais poignardé sur-le-champ. J'avais des fourmis dans les doigts qui frôlaient la lame cachée sous ma cape.

– J'espère, dis-je, qu'ils vous ont bien tourmenté.

– Tu peux dormir tranquille, répliqua-t-il avec beaucoup de naturel. Ils l'ont fait. J'ai eu l'occasion de beaucoup penser à toi et au capitaine. À la manière de vous le faire payer… Mais il suffit d'attendre. Pour l'heure, nous sommes ici. Dans cette jolie ville.

Il promena son regard autour de lui comme s'il se réjouissait du spectacle. Puis, avant de le reporter sur moi, il sourit de nouveau.

– Je me suis laissé dire que tu es devenu très adroit à l'épée… Mais tu montrais déjà des dispositions. Tu te souviens de cette nuit à Madrid, quand vous avez attaqué le couvent des sœurs de l'Adoration perpétuelle, avant que tu sois mené à l'Inquisition de Tolède ?… Ou l'allée d'Hercule, à Séville, quand tu m'as fait la tête comme celle d'un marcassin ?

Il se donna une tape sur le côté, au-dessus de sa téméraire. On eût dit que quelqu'un venait de lui raconter une bonne blague. Puis il éclata de rire. Je me rappelais très bien ce croassement grinçant, sec. Mais ses yeux, rivés sur moi, ne riaient pas.

– *Dio cane*. En vérité, nous avons de bons souvenirs en commun.

– Vous mentez effrontément. Nous n'avons rien en commun.

– Dis donc, mon garçon… – Il continuait de me regarder fixement, sans s'émouvoir. – Te voilà devenu bien fort en paroles.

– Avec une langue pour les prononcer et tout ce qu'il faut pour les soutenir.

– Si c'est toi qui le dis…

Avec beaucoup de morgue, il se frotta de nouveau les mains devant le feu, retira ses gants de son ceinturon et les enfila.

– Eh bien, c'est tout. Je voulais juste te faire un clin d'œil. Ç'a été un heureux hasard.

Je regardai en direction de Copons et du Maure Gurriato. Ils étaient toujours à côté de la barcasse, nous observant avec une impatience mal dissimulée. Ils faisaient des efforts visibles pour se contenir et ne pas venir voir de quoi il retournait. Le sicaire remarqua mon inquiétude.

– Je dois m'en aller. Salue de ma part le capitaine Alatriste. – Il fit mine de reprendre sa marche. – Je suppose que nous nous reverrons un de ces jours.

Je l'interpellai :

– Malatesta !

Il s'arrêta pour me scruter, surpris, comme s'il découvrait soudain quelque chose dont il ne s'était pas rendu compte jusque-là. Jamais auparavant je ne l'avais appelé par son nom ni son prénom ; mais c'était la première fois que je voyais avec des yeux d'adulte notre vieil ennemi, comme un homme ordinaire. Autant à portée de son épée que lui de la mienne, si j'en avais porté une.

– Oui, mon garçon ?

– Vous avez vieilli.

Encore le sourire cruel. Mais, cette fois, juste un soupçon. Il passait la main distraitement sur son visage piqué de vieilles marques de petite vérole.

– C'est vrai, concéda-t-il avec un cynisme mélancolique. Les derniers temps n'ont pas été bons pour ma santé.

– Même ainsi je suppose que vous continuez d'être un serpent dangereux.

Il tarda trois ou quatre secondes à répondre, pendant que ses yeux noirs et froids cherchaient à comprendre où je voulais en venir.

– Je me défends, marmouset, finit-il par dire. Je me défends… Chacun fait ce qu'il peut. Mais ne me le reproche pas. En ce qui te concerne, rappelle-toi qu'un sage tire plus de profit de ses ennemis qu'un sot de ses amis… En tout cas, c'est ce qu'on dit.

Je fis résolument non de la tête. Le jour du Jugement viendra, pensai-je, où tout sortira à la lumière.

– Vous faites erreur, pour le capitaine. Ce sera moi qui vous tuerai.

Un autre rictus sardonique.

– *Minchia!*… Ça, je m'en souviendrai.

– N'y manquez pas. Je vous attendrai.

Ce n'était pas une bravade ni ne sonna comme tel. Je l'avais dit sur un ton posé, presque dans un murmure. Et je baissai encore la voix.

– Je le jure.

Le rictus s'effaça lentement. Les yeux de serpent restaient rivés sur moi. Sérieux comme je ne les avais encore jamais vus. Immobiles.

– Oui, dit-il enfin. Je suppose que oui.

En faisant attention à ne pas glisser sur la mousse humide qui couvrait les marches de l'entrée, Diego Alatriste descendit de la gondole devant la porte de l'ambassade d'Espagne et traversa la cour en forme de jardin de l'entrée principale. Rien d'étonnant à ce qu'un commerçant espagnol vienne y régler quelques affaires ; aussi écarta-t-il le lourd rideau de velours rouge pour se présenter au portier comme étant Pedro Tovar ; après quoi il parcourut un long couloir dont le haut plafond était soutenu par des poutres et les murs couverts de tapisseries qu'il supposa flamandes ; et, un moment plus tard, ayant posé cape et chapeau sur une chaise, il était assis, un verre de vin chaud à la main, près d'une table jonchée de papiers et pourvue de plumes taillées, d'un encrier et d'un sablier, non loin d'un brasero de cuivre où fumaient des charbons ardents et des brins de lavande. Lui tenaient compagnie le secrétaire d'ambassade Saavedra Fajardo et don Baltasar Toledo, le militaire qui avait le commandement général de l'entreprise et était arrivé la veille en barque par la Brenta, déguisé en moine dominicain. Toledo, moustache rasée afin de ne pas démentir l'habit, apportait pour régler les frais d'Alatriste et de son groupe une lettre de change de neuf cent cinquante réaux, que le diligent Saavedra Fajardo avait déjà transformée en une bourse de sequins d'or et une autre de demi-sequins d'argent

anciens. Et Alatriste, après les avoir comptés lentement – à chacun son métier, et les vaches seront
bien gardées –, rangea une bourse dans chaque
poche de ses culottes, vida le verre de vin chaud, en
accepta un second, allongea les jambes en direction
du brasero et se disposa à écouter les dernières
nouvelles.

– Le coup de main général aura lieu dans trois
jours, l'informa Baltasar Toledo. Dix galères avec
de l'infanterie espagnole rament en Adriatique vers
Venise, et les hommes qui manquent arriveront d'ici
demain ; mais tous les chefs sont là, comme vous, et
se familiarisent avec leur tâche.

Diego Alatriste l'observait, en en prenant les
mesures. De l'homme qu'il avait devant lui allaient
dépendre, d'une certaine manière, sa vie et celle de
ses gens. Le fils naturel du marquis de Rodero avait
bonne allure. Le visage était brun, avenant, et les
cheveux prématurément gris renforçaient son air
distingué. Tout en lui trahissait le soldat de bonne
famille qui, après avoir débuté en cherchant aventure
avec six écus de solde auprès d'un mestre de camp
respecté, était monté rapidement en grade dans
l'armée. Pendant un instant, Alatriste ne put faire
autrement que de comparer sa carrière à la sienne :
petit tambour, sac sur le dos à treize ans, et trente
années passées derrière les drapeaux du roi à piétiner
dans la boue et la merde.

– L'ambassadeur, don Cristóbal de Benavente, reste à l'écart, poursuivit Toledo. Même moi je ne le vois pas. Cela doit rester bien clair, si l'un des nôtres se trouve en mauvaise posture… La dernière expérience, lors de la conjuration attribuée aux Espagnols à l'époque de Bedmar et du duc d'Osuna, a fait trop de bruit. Officiellement, Son Excellence n'est au courant de rien.

Saavedra Fajardo écoutait en silence, fronçant les sourcils comme un maître d'école qui écoute un élève réciter une leçon difficile. Son aspect de furet de cabinet rappelait un peu celui du comptable Olmedilla qu'Alatriste avait connu à Séville avant de le voir se faire tuer fort honorablement dans l'embouchure du Guadalquivir, en accomplissant son devoir de veiller sur l'or du roi que le *Niklaasbergen* transportait en contrebande. Quant à l'honnêteté de l'homme qu'il avait maintenant devant lui, Alatriste manquait d'informations. Avec son habit noir de bonne qualité, la croix de Saint-Jacques brodée et la golille amidonnée, Saavedra Fajardo incarnait à la perfection l'image du haut commis de la monarchie espagnole : l'homme qui, depuis ses officines, entouré d'assistants mais sans dédaigner de se tacher lui-même les doigts d'encre, tenait ses dossiers et avait entre les mains, avec plus de pouvoir que des nobles ou des généraux, les nœuds du commandement et la gloire des rois et des ministres qu'il servait. Qui n'étaient finalement rien d'autre que la complexe arithmétique résultant des additions et des soustractions des loyautés et des bassesses.

– Mais vous et moi, objecta Alatriste après une gorgée de vin, nous savons que l'ambassadeur sait.

Les deux hommes le dévisagèrent. Le fonctionnaire avec curiosité, le militaire avec une pointe d'arrogance. Baltasar Toledo ne semblait pas apprécier que l'on mette en doute sa fermeté sur le chevalet.

– On dit que vous savez être muet.

Il ne s'incluait pas lui-même, et cela irrita un peu Alatriste. Vieux briscard, il savait que, dans les affres de la question, tout le monde pouvait laisser échapper une parole de trop. La seule différence était que certains tardaient moins à se retenir que d'autres. Et que, parfois, par leur obstination et avec beaucoup de chance – il fallait bien appeler cela d'une manière ou d'une autre –, les seconds rendaient l'âme avant d'avoir lâché du lest.

– Il y a bien des façons de danser. Tout dépend de la musique.

Fronçant encore les sourcils avec une expression hargneuse, Baltasar Toledo indiqua Saavedra Fajardo. En pareil cas, expliqua-t-il, qu'il s'agisse de certitudes ou de soupçons, tout serait mis sur le compte de l'initiative et des machinations de monsieur le secrétaire de l'ambassade à Rome, de passage à Venise, protégé par toutes sortes de privilèges, sauf-conduits et autres immunités de chancellerie. Personne ne croirait réellement que tout se réduisait à sa personne, mais c'était sans importance. On se bornerait à l'expulser sous bonne escorte, après lui avoir fait passer quelques mauvais moments. Point final. Les usages diplomatiques avaient leurs codes quand il s'agissait d'accepter une tête de Turc.

Saavedra Fajardo écoutait avec un demi-sourire, mi-rusé, mi-résigné.

– Ce qui nous amène à un autre point important, dit-il quand l'autre eut terminé. Vous devez rappeler à vos gens, comme les autres chefs à leurs groupes respectifs, que personne ne cherchera refuge ici, à l'ambassade… Pour cela, il a été accédé à la demande que vous avez faite à Milan. Deux embarcations seront prévues en des endroits différents, avec une île de la lagune comme point de jonction.

– Quelle île ?

Saavedra Fajardo déploya une carte sur la table. Elle était grande, dessinée à la main avec beaucoup de détails, meilleure que celle qu'Alatriste avait achetée dans les Merceries. L'autre désigna un endroit situé à une lieue au nord-est, au-delà des îles mentionnées sous les noms de Torcello et de Burano.

– Elle s'appelle San Ariano. Petite et discrète, non loin du chenal de Treporti. Là, vous serez recueillis par un bateau plus grand.

Il laissa la carte déployée le temps nécessaire pour que les deux militaires en gravent les détails dans leur mémoire. Puis il l'enroula de nouveau.

– Et permettez-moi, messieurs, d'insister, ajouta-t-il. Pas question de chercher refuge dans cette demeure… Une garde sera postée à la porte, avec ordre exprès d'en refuser l'accès à quiconque s'en approchera.

Il avait parlé au pluriel mais il s'adressait à Alatriste. Celui-ci eut du mal à imaginer l'ambassadeur Benavente refuser l'asile à don Baltasar Toledo. C'était autre chose que de le refuser au capitaine, comme au reste de la chair à canon.

– Qui sera le nouveau doge? s'enquit-il.

Un silence gêné. Saavedra Fajardo échangea un rapide coup d'œil avec Baltasar Toledo.

– Ce n'est pas de votre ressort, dit sèchement le militaire.

Avec un calme délibéré, Diego Alatriste reposa son verre vide sur la table.

– Cela dépend, rétorqua-t-il. Au point où nous en sommes, c'est important de le savoir. Je ne voudrais pas le tuer par erreur.

La bravade, ou l'impertinence, fit de nouveau froncer les sourcils à Baltasar Toledo.

– Je ne suis pas disposé…

Saavedra Fajardo leva une main pour l'interrompre, avec civilité.

– Monsieur Alatriste a peut-être raison. Au point où nous en sommes, comme il dit… Et compte tenu de sa responsabilité.

Toledo continuait à hésiter. Il ne semblait pas convaincu du bien-fondé d'une réponse. Mais le secrétaire d'ambassade trancha dans le vif. Il était peut-être opportun, convint-il, que monsieur Alatriste soit au courant, en cas de nécessité.

– Il se nomme Riniero Zeno et il est membre du Conseil des Dix.

Après quoi, il fournit des détails. Ennemi mortel du doge Giovanni Cornari, Riniero Zeno l'accusait, à juste titre, d'avoir créé avec sa famille et ses proches un réseau de corruption comme on n'en avait encore jamais vu dans une ville qui, par essence, était déjà corrompue : injustices, assassinats, subornation et dépravation des mœurs. Ancien ambassadeur à Turin et à Rome, Riniero Zeno était un homme honorable, ou tout au moins aussi honorable que pouvait l'être un Vénitien. Intransigeant, porte-parole de l'aristocratie locale moins favorisée, il avait réussi, quelques semaines plus tôt, à faire annuler l'élection scandaleuse de deux fils de Cornari, que leur père avait nommés sénateurs en mai en bafouant toutes les règles du protocole et de la décence. Par ailleurs, Riniero Zeno sympathisait avec l'Espagne et haïssait les Français et les courtisans du pape. Dans le passé, son affrontement avec le cardinal Dolfin, parent du doge précédent, qu'il avait accusé d'être à la solde de Richelieu grâce – soit dit en passant – à des preuves écrites que lui avait procurées l'ambassade d'Espagne, avait fait du bruit.

– En cas de disparition du doge, termina Saavedra Fajardo, ce qui inclut certaines mesures à l'encontre de sa famille qui ne sont pas de notre ressort mais de celui des Vénitiens eux-mêmes, toutes les dispositions sont prises pour que Riniero Zeno soit élu à sa succession. Imaginez, monsieur, ce que gagnerait l'Espagne à ce changement. Le coup mortel porté aux luthériens et aux Flamands… pour ne pas parler de la France et de son bon ami le pape Urbain.

Alatriste acquiesça. Les conséquences n'étaient pas difficiles à calculer. Même lui, simple chair à canon dans tout cela, pouvait se faire une idée des avantages que représentait le dénommé Zeno porté au fauteuil ducal.

– Beau travail, se borna-t-il à dire.

Baltasar Toledo passait une main sur sa face rasée, comme s'il regrettait sa moustache disparue. Dans tous les cas, ajouta-t-il pour compléter l'exposé du secrétaire d'ambassade, tout ce que déciderait par la suite le sénateur Zeno, devenu doge, n'était pas l'affaire d'Alatriste ni la sienne : des gens qualifiés s'en occuperaient.

– Nous avons, dans l'immédiat, d'autres préoccupations, poursuivit-il. Par exemple, les deux

principaux capitaines impliqués dans la conjuration
veulent connaître nos têtes, la vôtre et la mienne.

Il tendit la main vers le flacon de vin posé près
du brasero pour en offrir encore à Alatriste. Apparemment, il prétendait effacer ainsi les traces de sa
sécheresse antérieure ; mais celui-ci fit non de la tête.
Certes, il avait envie d'un troisième verre et même de
plusieurs autres, mais ce n'était pas le moment. Il avait
besoin de garder l'esprit clair pour digérer tout cela.

– Pourquoi nous ? s'enquit-il.

– L'un est Lorenzo Faliero, qui sera de garde
avec sa compagnie d'Allemands au palais du
doge… L'autre est un certain Maffio Sagodino, qui
commande les Dalmates du château Olivolo. Il doit
vous faciliter l'entrée de l'Arsenal et vous prêter
main-forte.

Cela parut logique à Alatriste.

– Il est naturel qu'ils préfèrent nous connaître…
Ils jouent plus gros que nous.

– Ce n'est pas si simple, objecta Toledo. D'abord,
ils veulent que nous leur remettions d'avance une
quantité d'argent qui n'était pas prévue. Ils disent
avoir beaucoup de frais.

– Cela aussi me paraît raisonnable. Même les
aveugles ne chantent pas gratis.

– Ce n'est pas le cas, précisa Saavedra Fajardo.
On leur a déjà versé de quoi acheter la moitié de
Venise… Et ils en demandent encore.

– L'inquiétant, dit Toledo, est qu'ils nous ont donné rendez-vous pour leur remettre l'argent dans un endroit qui ne me plaît pas... J'y ai jeté un coup d'œil ce matin, et il est parfait pour un piège.

Il se tut un moment, laissant ce dernier mot faire son chemin dans l'esprit d'Alatriste. Puis il eut un geste d'impuissance, comme s'il essayait d'attraper quelque chose dans le vide.

– Tout ça mijote depuis trop longtemps, ajouta-t-il. Et les espions de la Sérénissime sont efficaces. À mesure qu'on approche du jour fixé, de plus en plus de gens sont au courant... La possibilité que la conjuration ait été découverte n'est pas à écarter.

Impassible, Diego Alatriste soutenait son regard.

– Et dans ce cas?

– Eh bien... – L'autre regarda Saavedra Fajardo et haussa les épaules. – Si l'on envisage le pire, il peut s'agir d'une tentative pour nous soutirer davantage d'argent avant de nous livrer au bourreau.

– Il faut rester sur ses gardes, dit le secrétaire d'ambassade. Ici, on trahit comme on respire.

– Quel est l'endroit?

– Une taverne, de celles qu'on appelle un bacaro. Celle-là a mauvaise réputation, près du Campo San Angelo : putains, ruffians et mauvais vin sous une voûte, près du pont des Assassins.

– Joli nom.

Baltasar Toledo prit sur la table une feuille de papier et une plume qu'il trempa dans l'encrier. En quelques traits, il dessina un plan sommaire : un canal, un pont, un passage étroit.

– C'est au bout de la rue qui porte le même nom. C'est là qu'ont l'habitude de se rencontrer des sicaires, à la manière de notre cour sévillane des Orangers ou du porche de San Ginés à Madrid… En d'autres temps, le lieu regorgeait de tueurs à gages qui se promenaient dans l'attente d'un travail. Aujourd'hui il y en a moins, mais ils se promènent toujours.

Alatriste s'était levé pour voir le dessin.

– Irons-nous seuls ? questionna-t-il.

– Avec une escorte, nous attirerions l'attention. Et s'ils veulent nous tendre un piège, ça ne servirait pas non plus à grand-chose. Encastré entre le pont et une rue étroite, le lieu est une souricière.

– Toute cette île en est une… Une souricière à l'intérieur d'une autre.

De sa chaise, Baltasar Toledo l'observait, l'air vaguement impatient, ses doigts jouant avec la plume.

– Cela signifie-t-il que vous m'accompagnerez ? Ou non ?

La question ne plut pas à Alatriste. Et encore moins le ton. C'était le ton condescendant, supérieur, de quelqu'un qui estime avoir déjà donné trop d'explications. Aussi se borna-t-il à regarder son interlocuteur sans rien dire.

– Pardonnez-moi, dit Toledo avec une froideur qui démentait les excuses. Mais je ne vous connais pas suffisamment.

– Pas plus que je ne vous connais, précisa Alatriste.

Te voilà mal parti, pensait-il. Ou nous voilà mal partis tous les deux. Avec une grimace de déplaisir, Toledo accusa l'ironie. Puis il posa la plume, tendit une main et se reversa du vin.

– À Milan, don Gonzalo Fernández de Córdoba a été fort élogieux à votre sujet... En parlant de Fleurus.

Il dit cela en regardant Alatriste par-dessus son verre, d'un air entendu.

– Il était bien forcé, répondit celui-ci. Mais il n'empêche que don Gonzalo ne se souvenait pas du tout de moi, comme de juste.

– Vous êtes un personnage singulier... Est-il vrai que vous vous faites appeler capitaine, sans l'être ?

Ce *vous vous faites appeler* plut encore moins à Alatriste. Machinalement, très lentement, il leva la main et passa deux doigts sur sa moustache. Puis, comme par inadvertance, il regarda vers les vitres cerclées de plomb de la fenêtre donnant sur le jardin.

– Ce qui est vrai, monsieur Toledo, c'est qu'un coup d'épée dans cette cour reste toujours un coup d'épée, qu'il vienne d'un capitaine ou d'un soldat.

L'autre se leva, bondissant presque. Le vin se répandit par terre avant qu'il ne pose le verre sur la table en tachant les papiers.

– Sur ma foi! dit-il.

– Ou sur celle du Dieu tout-puissant.

Impassible et serein, le capitaine regardait Baltasar Toledo de ses yeux glauques, conscient du poids de la dague qu'il portait à la ceinture, au-dessus des reins. Aucun des deux n'avait d'épée – l'un étant moine et l'autre commerçant –, mais cela pouvait s'arranger. Les bonnes lames ne devaient pas manquer dans cette maison.

– Par pitié, messieurs, intervint Saavedra Fajardo en se levant à son tour. Ce n'est pas le moment... Reprenez votre calme.

Il y eut un silence épais et très long. Finalement, Baltasar Toledo fit un léger signe d'assentiment, comme au terme d'une longue réflexion intérieure. Peu après, Alatriste lui donna la satisfaction de l'imiter.

– Vous apporterez l'argent? demanda Saavedra Fajardo, pratique comme le commis efficace qu'il était.

– Il n'y a pas d'autre solution, confirma Toledo. Au point où nous en sommes, nous dépendons de Faliero et de Sagodino... Si leurs soldats se ravisent, ce sera un désastre.

Il contemplait, soucieux, la carte enroulée sur la table. Quand il leva les yeux vers Alatriste, l'hostilité semblait s'y être atténuée.

– Nous n'aurions même pas le temps d'arriver à cette maudite île.

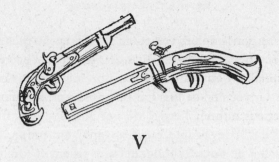

V

CONFIDENCES DE LOUPS
VIEILLISSANTS

Qui est près de la cuisine mange sa soupe chaude. Rien n'est plus juste que ce proverbe vénitien. Au troisième jour de ma résidence avec le capitaine Alatriste dans la maison de Livia Tagliapiera, qui, comme le sait le lecteur attentif, était une maison vouée à de nombreux usages, rencontres et manigances, j'étais devenu intime avec la servante Luzietta. Je ne le conte pas pour en tirer vanité – une domestique de maison galante n'est pas entreprise difficile pour un garçon bien fait de sa personne –, mais à cause de certaines conséquences qui devaient en découler. Elle était jolie et effrontée, sans les fards et la coquetterie dont usaient d'autres femmes : elle

faisait partie de ces créatures que l'on voit telles que
Dieu les a fabriquées. Bien que très jeune, sa vertu
se perdait dans les ténèbres d'un lointain passé, et
d'avoir vécu en ce lieu l'avait suffisamment aguerrie
pour lui donner l'envie de sympathiser avec moi ;
qui, en fin de compte, étais espagnol, fort propre, pas
mal fait de ma personne, de sang ardent et toujours
d'attaque, comme il convenait à mon âge. J'étais aussi
supposé être le domestique du commerçant Pedro
Tovar, que l'on estimait avoir les poches pleines de
bons écus, dont je devais bien par ricochet recueillir
quelques miettes. Car si la première chose que fait
un homme est de regarder le décolleté d'une femme,
il est non moins assuré que les yeux de certaines
vont droit au poids de sa bourse. Aussi n'eus-je pas
besoin que donna Livia m'envoie, comme à mon
prétendu maître, quelqu'une de ses pupilles – ce
genre de délicatesses n'étant d'ailleurs pas censées
concerner un soi-disant domestique comme moi –,
pas plus que je n'eus à me chercher une compagnie
mercenaire ; laquelle d'ailleurs, en ce lieu bien appro-
visionné, réputé et discret, n'était pas précisément
bon marché. J'avais su me débrouiller seul, comme
je l'ai dit, sans autre frais que les sourires appro-
priés, les mots opportuns – mêlant généreusement
l'espagnol et l'italien – et l'ardeur quasi militaire
que j'apportais à l'accomplissement de mes devoirs,
de mes tendresses et de mes assauts. De sorte que

je passais mes nuits sans voir filer les heures, et que les après-midi, quand Luzietta pouvait se dégager un moment de ses obligations, je battais la générale en mettant derechef ses charmes à sac. Comme dans cette vieille copla castillane :

> *Le temps, le lieu et l'intention,*
> *Nombreux sont ceux qui les ont eus ;*
> *Mais moins nombreux ceux qui ont su*
> *Profiter de l'occasion.*

Je dirai ici que le monde connaît des putains de toutes sortes : il y a des putains derrière leurs jalousies, des putains à leur fenêtre, des putains de cantonnement, des putains par nature, des putains toujours vierges, des putains de mère en fille, des putains deux fois putains et des putains de tout acabit, de même qu'il y a des putains qui ne semblent pas du tout l'être jusqu'au moment où elles se déshabillent et le sont. Ma gentille Luzietta était de ces dernières et, passé les premières pudeurs, qui n'étaient jamais nombreuses ni longues, sa langue se déliait dans ses emportements, sans aucune vergogne et fort vertement. Si bien que pour ne pas semer l'émoi dans toute la maison je devais parfois lui mettre la main sur la bouche, et qu'elle me la mordait sans se soucier de me faire mal, en continuant à clamer ses sentiments. Lesquels, même exprimés en dialecte vénitien, avaient une traduction universelle : au pas, au trot, plus vite, dépêche-toi maintenant, vas-y, tu connais le chemin et ne le perds pas, tiens bon, tu y es, fais aller ta pique et garde-la bien dure, accroche-toi à la crinière, mon cavalier, galope ferme, je sens que ça vient, j'y suis presque, et ôte ta chemise, tu es en nage. Et cetera.

Le jour déclinait quand, brisé par la chevauchée et convaincu que le roi n'était pas mon cousin, je sortis de ma chambre pour reprendre des forces grâce à un en-cas que Luzietta, qui était partie sur la pointe des pieds et en chemise, me promettait dans la cuisine. Et dans le couloir, où l'on avait déjà allumé une chandelle au mur, je rencontrai le capitaine Alatriste. Je fus surpris de le voir avec une épée : une lame de Solingen, courte, garde à branches torsadées et double fil bien tranchant, qu'il transportait dans ses bagages – les nôtres étaient restées à Milan – et que, jusqu'à maintenant, il n'avait jamais ceinte pour sortir dans Venise. Il la portait sous sa cape de drap brun encore ouverte, d'où dépassaient également le manche de sa dague et la crosse d'un pistolet. Il n'avait pas revêtu son vieux justaucorps en peau de buffle – trop militaire, il aurait attiré l'attention –, mais je remarquai que, caché sous le pourpoint qu'il était en train d'agrafer, il portait une cotte du genre que nous nommions «cotte de onze mille» : faite de fines mailles d'acier, un peu lourde et malcommode

– surtout en été, ce qui n'était heureusement pas le cas –, mais bonne pour protéger le torse de coups de lame inopportuns par-devant et par-derrière. Mon étonnement, en voyant mon ancien maître ainsi accoutré, fut tel que je restai immobile, dos au mur, à le contempler bouche bée, un frisson d'inquiétude parcourant mon épine dorsale.

– Sacredieu, commentai-je. Les Turcs arrivent ?

La question le fit sourire sous sa moustache, bien que son attitude reste grave. Il avait un rendez-vous, dit-il sans hausser la voix. Lui et Baltasar Toledo, dans un endroit mal situé et de fréquentation douteuse. Il venait justement me chercher. Son plan était que j'observe de loin, sans intervenir. À tout hasard.

– Prends ça et ton poignard, dit-il en me tendant le pistolet. Tu me suivras à vingt pas… Si tout se passe bien, tu bois un coup, ou tu fais semblant, et tu restes en marge. Si des complications se présentent et si tu trouves un moyen, tu viens en renfort. Mais ne prends pas de risques. En cas de coup dur, et s'il n'y a pas d'autre solution, préviens l'ambassade.

Je pris le pistolet et le soupesai. C'était un bon puffer, court et à rouet, une de ces armes dont se servaient les Allemands de notre cavalerie. Avec de la poudre de qualité et une balle de plomb d'une once et demie, il pouvait trouer un plastron d'acier à quinze pas. Je le glissai dans ma ceinture, retournai dans ma chambre et me lavai rapidement la figure dans la cuvette pour atténuer l'odeur de femme. Puis je pris ma dague, mon chapeau et ma cape, et je sortis derrière le capitaine sans plus poser de questions.

Quand nous arrivâmes dans la rue, la nuit tombait rapidement, mais la ville était encore entre chien et loup, et l'obscurité montait en rampant des voûtes et des ruelles les plus étroites. Éclairés par des torches de poix et de résine que l'humidité cernait d'un halo diffus, les bijoutiers du pont fermaient leurs boutiques, et plusieurs gondoles et barques qui circulaient à la rame sur le Grand Canal allumaient leurs fanaux. Après être passés sur le Rialto, nous tournâmes à gauche en prenant une des rues où déambulaient le plus de gens. Je savais que le capitaine recherchait la foule afin de désorienter d'éventuels espions attachés à ses pas, de sorte que je réussis à prévoir ses mouvements sans jamais le perdre de vue. Je le suivais, exécutant l'ordre qu'il m'avait donné, agile comme un furet : à vingt pas derrière lui, me faufilant parmi les passants et me dressant parfois sur la pointe des pieds pour l'apercevoir au loin. La rue, comme je l'ai dit, grouillait d'autant de monde que les poux sur la tête du soldat, et, une fois de plus, je restai stupéfait de cette effervescence et de la vie intense qui débordait de tous côtés, de ces gens circulant à pied et de cette étrange absence de voitures, carrosses et chevaux. En bon Espagnol, je savais parfaitement que cette république corrompue, construite sur l'eau par un peuple de sycophantes qui avaient fui la terre ferme, était la honte des nations et le cloaque des monarchies : un mal toléré par les Turcs pour mener la vie dure aux chrétiens et par les chrétiens pour mener la vie dure aux Turcs ; avec les Vénitiens qui n'étaient ni turcs ni chrétiens mais de la race des Ponce Pilate, tolérés par la Providence afin de châtier les uns comme les autres par leurs ingérences et leurs méfaits. Tout cela, comme je l'ai dit, je le savais ; et aussi que si Dieu, un matin, s'était éveillé raisonnable, il eût effacé cette île de la face de la mer et de la terre. Et pourtant je ne pouvais m'empêcher d'être fasciné par ce prodige de richesse infinie, de gaieté et d'abondance, où l'on pouvait trouver de tout ; car on croisait aussi bien un géant dalmate qu'un esclave éthiopien ou un grave ambassadeur avec cape et turban orientaux. Je marchais donc ainsi dans la rue, sans certes quitter des yeux le capitaine Alatriste, mais sans cesser non plus d'admirer les boutiques qui fermaient ou s'allumaient à l'intérieur, les vitres aux couleurs magnifiques, les épices et les odeurs pénétrantes malgré le froid, la foule qui, à cette heure, passait sur les ponts, les messieurs qui se promenaient, arrogants, portant chapeaux garnis

de fourrure, chaînes d'or en sautoir et capes vénitiennes sur les épaules, précédés de domestiques
tenant des torches prêtes à être allumées dès que la
nuit serait tout à fait tombée. Et les dames de bonne
famille, ou qui semblaient l'être, dans leur manteau
de martre sous le zendaletto de soie blanche dont elles
se couvraient la tête ; car en cette saison la mantellina
noire était réservée aux femmes moins respectables,
comme celles qu'évoquait Lope de Vega :

> *Femmes honnêtes n'en trouveras,*
> *Mais j'en sais qui, pour s'arranger,*
> *À une mère s'acoquinent,*
> *Qui cherche à bien les accoupler.*

Ou ces autres, en réalité les mêmes, dont Francisco de Quevedo a si bien fait le portrait :

> *D'une dame ayant dit tant de charmes certains,*
> *Qui surpassait Lucrèce en son honnêteté,*
> *J'ai choisi, pour rimer, d'en faire une putain.*

Mon admiration pour Venise, cependant, ne
m'empêchait pas d'avoir froid ; et mes membres en
étaient tout glacés sous la cape. Car, bien que basque
et natif d'Oñate – où l'on ne peut dire que le soleil
brille plus qu'il ne faut –, dans cette humidité et sous
ce ciel hostile, presque noir à cette heure, l'étoffe

ne m'était d'aucune protection. J'allais ainsi, en me dissimulant du mieux que je pouvais, toujours à distance prudente du capitaine, et je m'assurais que personne ne le suivait, ou que celui qui le faisait était assez malin pour se rendre invisible. Nous parcourûmes depuis le Rialto, comme je l'ai dit, la rue que les Vénitiens appellent rue de la Mandola, très longue et très animée ; et avant d'arriver au Campo San Angelo et à l'enseigne d'une auberge dite de l'Acqua Pazza, qui en fait le coin, je dus presser le pas, car le capitaine tourna à gauche et, pendant un instant, je le perdis de vue. Je parvins à le revoir à un carrefour de rues très étroites, s'enfonçant dans l'ombre qui était ici fort épaisse : l'ultime clarté au-dessus des corniches des toits avait laissé place à la noirceur de la nuit, et seule une torche qui brûlait en dégageant une fumée résineuse sur un pont de pierre me permit de le déceler. Je vis sa silhouette emprunter le pont et disparaître de l'autre côté, sous une voûte qui couvrait toute la rue, et à l'entrée de laquelle la lumière rougeâtre éclairait, au-dessus d'une porte en forme d'arc, une tête barbue et sinistre sculptée dans le marbre. Je sentis mes muscles se crisper en reconnaissant l'odeur familière du danger et, d'instinct, je me libérai suffisamment de ma cape pour palper le manche d'ivoire de mon poignard, qui était un stylet avec trois arêtes que l'on nomme « à démailler », sans tranchant mais effilé comme une aiguille, long d'une paume, capable, si l'on donnait le coup assez fort, de percer un justaucorps de cuir ou une cotte qui n'aurait pas les mailles trop serrées. Quant au pistolet, je le portais dans le dos, glissé dans mon ceinturon, à l'abri des regards ; et son poids me rassurait un peu. Il y avait quelques ombres immobiles qui se découpaient dans le clair-obscur de la rue, juste avant d'arriver au pont : noires silhouettes, masculines et féminines. On entendait des murmures, des rires contenus, des bribes de conversation. Je passai rapidement au milieu, scrutant tout avec la plus grande méfiance, sans que nul ne m'adresse la parole. Je franchis à mon tour le pont – ce pont des Assassins n'avait pas de garde-fou et traversait un canal étroit, dont l'eau était noire et stagnante comme de l'huile –, et, sur l'autre berge, à la lueur d'une seconde torche fixée au mur, je me trouvai subitement face aux tétons nus d'une femme.

À Venise, les femmes publiques – onze mille recensées, disait-on en cette année seize cent vingt-sept – exhibaient leurs charmes avec plus d'impudeur que celles d'Espagne ou du reste de l'Italie. Se montrer les seins découverts était un signe d'identité locale, y compris en hiver, tant aux fenêtres d'où elles guettaient les clients que dans les rues où elles exerçaient leur métier. La rue des Assassins, avec le pont auquel elle donnait son nom et la taverne tapie sous la voûte un peu plus loin, était un terrain plus que propice. Passé la première impression – que vos seigneuries imaginent ce que cela suppose de franchir un pont et de tomber à l'improviste sur deux seins volumineux à une paume de leur nez –, je constatai que l'endroit abondait en exhibitions de cette sorte : les marches descendaient en rétrécissant dans une rue où la lueur de la torche montrait dans la pénombre une douzaine de femmes adossées aux murs ; si bien que le passant circulait dans une espèce de couloir de chairs nues, frôlant celles-ci même à son corps défendant, tandis que leurs propriétaires proféraient toutes sortes de suggestions et d'obscénités, avec beaucoup de *vieni qua, galantuomo*, beaucoup de *meti qui se denaro* et beaucoup de *ti farò felice come nessuna*. J'avais perdu de vue le capitaine Alatriste, mais je me rassurai en constatant que le *bacaro* où devait avoir lieu la rencontre se trouvait à quelques pas. De sorte que je contournai les tétons dressés – le froid, assurément – de la dernière sentinelle et franchis le seuil de l'antre.

L'assemblée qui le remplissait me fut un soulagement, et je compris tout de suite le choix d'un tel lieu pour notre rendez-vous. Passer inaperçu y était facile. La taverne était une grande nef, avec des poutres noires au plafond et des barriques au fond, pourvue de longues tables et de bancs sans dossier. Y abondaient, femmes mises à part, les *bravi*, qui étaient connus en Italie pour être ceux qui louaient leurs services à tant le coup de couteau, ainsi que les maquereaux, tricheurs, chevaliers d'industrie, barquarols et soldats libres du service. Et ces derniers étant, comme presque tous ceux qui servaient Venise, de diverses nations et langues, l'endroit était un pandémonium de conversations dans tous les idiomes imaginables. Ajoutez à cela la lumière résineuse des torches qui enfumaient le plafond et raréfiaient l'air, les peaux imprégnées de crasse et de sueur, l'odeur de vin rance, de vomi et d'urine qui venait de la cour intérieure – donnant sur un canal au bord duquel hommes et femmes se soulageaient avec une égale impudeur –, la sciure souillée du sol, les cris, les rires et la fumée des pipes en bois et en terre que beaucoup fumaient.

Je commandai du vin – on me l'apporta dans un pot sale et ébréché, mais ce n'était pas le moment de faire le délicat –, jetai un coup d'œil au capitaine Alatriste qui avait rejoint don Baltasar Toledo et deux autres hommes, et, après m'être assuré que personne ne semblait faire particulièrement attention à eux, j'allai m'asseoir à une table où se pressait la fine fleur de la bravoure, c'est-à-dire presque tous les présents, et où les truands qui s'y arrosaient le gosier me firent une place. Je m'installai sur le banc de bois graisseux, le pot à la main, le dos contre le mur, le stylet et le pistolet – son long canon et le rouet m'entraient dans le croupion – dissimulés sous les plis de ma cape, et observant la compagnie d'un œil de faucon : pas seulement les gens qui étaient avec le capitaine mais aussi ceux qui arrivaient de la rue. Je goûtai à peine au vin, qui était un raboso du Frioul si infâme que l'on eût hésité à le donner à boire au mauvais larron crucifié avec le Christ ; aussi reposai-je le pot sur la table pour l'oublier derechef. Je regardais de tous côtés, attentif aux visages et aux attitudes, faisant non de la tête chaque fois qu'un de ces bougres s'adressait à moi pour m'offrir les services de sa protégée, ou qu'un individu prétendait m'enseigner le catéchisme du quarante et huit, qui comporte autant de cartes que Mahomet compte d'années. Et j'en conclus que si, par malchance, nous devions avoir une rixe dans cette porcherie, ni le capitaine ni moi n'en sortirions vivants.

– Nous voilà donc d'accord, dit Baltasar Toledo.

Diego Alatriste, qui ne desserrait pas les lèvres, étudiait les deux autres hommes. La vie et ses aléas lui avaient appris à situer les gens plus par ce qu'ils taisaient que par ce qu'ils disaient. Les oreilles, habituées à juger les paroles, les gestes ou les intentions, étaient plus trompeuses que les yeux.

– Vuesignorias apportent l'argent ?

Le capitaine Lorenzo Faliero maniait avec une aisance convenable la langue castillane, qu'il avait apprise très jeune, disait-il, à Naples et en Sicile. Il devait avoir dans les trente-cinq ans et était bien fait de sa personne : grand, blond de teint et de cheveux – il les portait longs, jusqu'aux épaules –, et de barbe. Selon ce qu'avait conté Saavedra Fajardo, le capitaine de la compagnie allemande au service de la Sérénissime était vénitien de naissance, rejeton de la branche pauvre d'une illustre famille, dont certains membres occupaient des charges publiques dans la ville. Des gens partisans de l'opposant au doge, Riniero Zeno.

– Nous l'avons apporté, répondit Baltasar Toledo.

Alatriste le vit faire un mouvement discret sous la table, à l'abri de sa cape, tandis que le Vénitien se penchait un peu. Quand Faliero se redressa, l'air satisfait, les deux hommes échangèrent un regard d'intelligence.

– Le poids me paraît bon, commenta Faliero.

– Je suis heureux que vous en soyez content, car il n'y en aura plus d'autre avant que tout ne soit terminé.

Le Vénitien ne sembla pas relever le ton sévère du commentaire.

– Les pièces ne sont pas en argent, j'imagine. Come si dice ?… Plata.

Toledo fit non de la tête.

– Ce sont des ducats de cent vingt-quatre carats, de Santa Giustina.

Faliero se tourna à demi vers son compagnon.
De la tête, celui-ci fit un bref signe d'assentiment.
En arrivant, l'autre l'avait présenté comme étant le
capitaine Maffio. Il était commun de visage, gros, avec
des mains larges comme des pertuisanes. Alatriste, qui
l'étudiait encore plus attentivement que Faliero, savait
que Maffio Sagodino était un renégat de Raguse,
commandant la compagnie de mercenaires dalmates
qui serait de garde à l'Arsenal la nuit de l'attaque.
Aussi l'intérêt qu'il lui portait était-il plus grand, du
fait de la partie qui lui revenait. Soldat professionnel
jusqu'à la moelle, déduisit-il. Quarante ans bien
sonnés, cicatrices, manières militaires. Il se demanda
ce qui motivait sa trahison, encore qu'à Venise, république perfide et retorse par nature, ce mot prît des
contours imprécis. Le cas du capitaine Faliero était
plus évident : sa sympathie, probablement familiale,
pour la cause de Riniero Zeno, aiguisée par une bonne
quantité d'or comme celui qui venait de changer
de mains sous la table. Pour ce qui était de Maffio
Sagodino, Alatriste ne voyait pas les choses aussi
clairement. Peut-être s'agissait-il, dans son cas, d'un
avancement refusé, ou du désir de venger une vieille
offense. Peut-être aussi de la soif de richesses, de la
lassitude d'un métier, de l'ambition d'une femme. Il
y avait des frontières, conclut-il, que tout homme était
capable de franchir à n'importe quel moment de sa
vie. Un instant, il se demanda où était la sienne.

– Buvons, dit Faliero. À la felicità de notre affaire.

Ils levèrent pots et timbales. Alatriste, après avoir bu son vin d'un trait, observa que Baltasar Toledo goûtait à peine au sien. Il était pâle, avec des cernes gris sous les yeux, et la lumière graisseuse de la taverne ne contribuait pas à améliorer son aspect. Trop de tension, peut-être. Trop de responsabilité. Marcher dans des rues pareilles avec un sac plein d'or n'avait pas dû être une partie de plaisir.

Diego Alatriste sentit le regard de Lorenzo Faliero posé sur lui. Le Vénitien l'observait avec curiosité, un coude sur la table, en caressant sa barbe blonde d'un air songeur.

– Don Pedro Tovar, n'est-ce pas ? finit-il par dire.

– Lui-même, répondit Alatriste.

L'autre se tourna vers son camarade, sans pour autant quitter Alatriste des yeux.

– Le capitaine Sagodino non parla la lingua de la Castille. Mais il me charge de vous dire que, de son côté, tutto è aposto… Au lieu et à l'heure prévus.

– J'aimerais bien avoir un plan ou un croquis des lieux.

Faliero et Sagodino échangèrent quelques mots en dialecte vénitien.

– Vuesignoria l'aura, confirma le premier… Et le capitano Sagodino dice anche que vous devriez visiter les lieux.

– Cela semble difficile.

– Pas tellement. È solito, à la veille de Noël, d'ouvrir les portes au public… L'occasion le pare perfetta.

– N'est-ce pas trop risqué de faire autant d'allées et venues ? s'inquiéta Baltasar Toledo.

Il était toujours aussi pâle, avec ses cernes cendreux, et Diego Alatriste crut deviner que les mains qu'il tenait croisées sur son ventre, sous la table, tremblaient légèrement. J'espère, pensa-t-il alarmé, que ces deux roublards ne s'en apercevront pas. Et que ce ne sont pas des appréhensions de dernière heure. Il peut être malade, ou sur le point de l'être ; mais il peut avoir aussi un moment de faiblesse. Cela cadrait peu avec ce que l'on racontait de Baltasar Toledo ; mais Alatriste savait d'expérience que même les hommes les plus courageux sont sujets à des états d'âme. Dans tous les cas, conclut-il, ce serait désastreux qu'à trois jours du coup de main le responsable militaire des Espagnols perde son sang-froid. Sa fermeté.

– Questo è Venezia, disait Faliero. Qualunque va et vient. Nous courons nostro pericolo et vuesignorias il suo.

Il continuait de regarder Alatriste avec son demi-sourire songeur, et celui-ci ne goûta ni le sourire ni le regard.

– Y a-t-il quelque chose qui retient votre attention ? s'enquit-il calmement en passant deux doigts sur sa moustache.

L'autre acquiesça en accentuant son expression.

– Un amico commun m'a parlé de vuesignoria, poco fà.

– Un ami ? De quand cela ?

– De quand vous ne vous appeliez pas ancora Pedro Tovar.

Le monde tient dans un mouchoir de poche, pensa Alatriste. Et Venise, plus encore. Derrière le sourire du capitaine Lorenzo Faliero il entendait Gualterio Malatesta siffler son *tiruri-ta-ta*. C'était comme si tous, y compris lui-même, avaient gardé les cochons dans la même porcherie.

– Plus que amico, expliqua Faliero, è parente mio. Lontano, cugino de un cugino… Et presto à de grandes actions.

– Comme d'assister à la messe de minuit. À ce qu'on dit.

Cela, il le précisa à voix très basse, en se penchant vers Faliero au-dessus de la table sans cesser de le fixer de ses yeux glacés et glauques. Pour la première fois, le Vénitien sembla gêné. Il regarda Baltasar Toledo avant de jeter un coup d'œil méfiant sur les alentours.

– Mon parent n'a pas desiderio d'y rester, murmura-t-il. Il a des affaires à régler dopo. Più tarde.

Faliero scruta encore un peu plus Alatriste.

— Prima il veut un po' de parla, ajouta-t-il. Y voyez-vous un inconvénient ?

— Aucun.

— Parfait. Parce qu'il vous aspète sur le ponte, tout de suite.

Je vis se lever le capitaine Alatriste. Ce faisant, il jeta un regard autour de lui d'un air détaché et finit par poser les yeux sur moi, comme distraitement. La mimique que je distinguai était presque imperceptible : reste où tu es, m'ordonnait-il. Puis il marcha entre les tables le long desquelles se pressaient les gens, fendant la fumée et le bruit des conversations, passa près de moi sans me prêter attention et disparut par la porte de la rue. Obéissant, je demeurai à ma place, observant ceux qui restaient. J'avais identifié don Baltasar Toledo grâce aux signes que m'avait adressés le capitaine, mais j'ignorais qui étaient les deux autres. Un moment plus tard, ils se levèrent en même temps : Toledo s'en fut par la porte du canal, où devait probablement l'attendre une barque, et les autres se dirigèrent vers la porte principale, ainsi que l'avait fait mon ancien maître. Comme je l'ai dit, aucun de leurs visages ne m'était familier ; mais je vivais depuis cinq ans auprès de mon ancien maître.

Cela valait licence de Salamanque dans l'art de reconnaître le porc à son grognement et le sanglier à sa défense : fait à l'armée comme à l'odeur de la soupe, j'étais capable de flairer en bon chien de chasse soldats et spadassins. Ces deux-là étaient l'un ou l'autre, ou les deux à la fois, aussi sûr que le soleil se lèverait à l'orient. De sorte que, au cas où leur départ aurait à voir avec la bonne santé du capitaine, trop sensible au froid vénitien, je me mis debout, arrangeai ma cape et partis derrière eux, exerçant mon œil de lynx et tâtant en cachette le manche du poignard et la crosse du pistolet.

Ils ne prirent pas à droite, vers le pont, mais s'en allèrent par la gauche, en s'éloignant dans la rue jusqu'à ce qu'ils disparaissent dans l'obscurité. Ce voyant, je restai sur le seuil de la taverne, déconcerté. Puis je fis de nécessité vertu et décidai de partir à droite, en reprenant dans l'autre sens le couloir de seins nus que j'avais emprunté en venant. Je dus donc subir de nouveau une succession de claquements de langue, murmures et moult suggestions obscènes que je laissai derrière moi aussi prestement que je pus ; car je n'avais pas l'esprit à batifoler ni à me payer des gâteries avariées.

Il faisait nuit noire. L'obscurité était totale. À cette heure, la lune devait briller, mais le ciel couvert et épais au-dessus des toits masquait sa clarté. Je reconnus la silhouette du capitaine Alatriste à la lueur résineuse de la torche qui se consumait à l'entrée de la ruelle. Il était arrêté sur le pont, en compagnie d'un autre homme drapé comme lui dans sa cape. Ils parlaient à voix très basse, au point que je pus à peine entendre le chuchotement de leur conversation quand je passai près d'eux, après avoir armé mon pistolet à l'abri d'un porche. J'observai, inquiet, les deux silhouettes qui se découpaient. Et cela d'autant plus que je crus reconnaître dans la seconde l'ombre de Gualterio Malatesta.

– Trois jours, dit le sicaire. Ensuite, nous pourrons revenir à nos affaires.

Cela semblait être, dit de la sorte, la simple expression d'une pensée. Ou peut-être l'amorce d'une menace, plus que la menace elle-même. L'aspect de Malatesta était aussi sinistre qu'à l'ordinaire : la lumière agonisante de la torche voisine teintait d'un noir rougeâtre la cape sur ses épaules et le bord de son chapeau, laissant ses traits dans l'obscurité.

– Je vous vois fort assuré de sortir sain et sauf de cette messe de minuit, dit Diego Alatriste.

Le rire grinçant de l'Italien résonna. Le vieux croassement sec, guttural.

– Ce n'est pas si difficile… En réalité, c'est même étonnamment facile. De ces choses qui sont si simples qu'il ne vient à personne l'idée de pouvoir les faire. Jusqu'à ce qu'arrive quelqu'un qui les fait.

Il se tut un instant, en bougeant un peu. Il inclinait maintenant la tête, et la lumière rougeâtre se refléta sur son visage en en éclairant la partie inférieure, la moustache taillée et le trait blanc de la bouche, qui continuait à sourire.

– Vous connaissez Saint-Marc?... Bel endroit.

– J'y ai jeté un coup d'œil hier après-midi, admit Alatriste.

– Curiosité de métier, j'imagine… Vous vous demandiez comment je pense m'y prendre, n'est-ce pas?

– Plus ou moins.

Le rire de Malatesta grinça de nouveau : il semblait apprécier l'intérêt professionnel de son interlocuteur. Puis il conta tout à voix basse et en peu de mots, sans aucune emphase, comme s'il bavardait le plus naturellement du monde. Le trajet de la rue jusqu'à la sacristie était chose réglée, dit-il. Lui et son complice, le prêtre uscoque, entreraient par la porte latérale qui donnait sur la Canonica, près des deux lions de pierre : le prêtre vêtu comme il se doit, et lui portant l'uniforme de la garde ducale. Une fois à l'intérieur, ils seraient à vingt pas du doge Giovanni Cornari, à cet instant agenouillé sur son prie-Dieu, à côté du grand autel; et, pour des raisons de protocole, à bonne distance des autres.

— L'idée est d'entrer par une chapelle latérale, poursuivit-il. Là, il n'y a qu'un seul garde devant la porte qui communique avec l'autel, fermée pendant la messe. Je tue le garde, j'ouvre la porte, et l'Uscoque, qui s'appelle Pulo Bijela, arrive jusqu'à l'autel et poignarde le vieux Cornari... Avec ses soixante-dix ans passés, je ne crois pas que celui-ci résiste beaucoup.

Il se tut brusquement, car trois hommes passaient pour se rendre à la taverne. Le pont n'avait pas de protection sur les côtés, comme la plupart des ponts de Venise, et Alatriste se félicita de porter sa cotte de mailles sous son pourpoint. Il eût été très facile pour Malatesta de lui donner un coup de poignard et, d'une poussée, le précipiter dans le canal qui stagnait au-dessous. Encore que l'inverse pouvait aussi bien se produire : que ce soit lui qui le poignarde et le pousse.

— Et qu'arrivera-t-il à ce Bijela ? demanda-t-il.

— Moi je m'occupe de la porte, et le reste sera son affaire. Le fanatique, c'est lui. Martyr de son peuple et tutti quanti... Le temps qu'ils se jettent sur lui, j'espère bien être déjà dehors, hors de danger.

Il le dit avec beaucoup de froideur. Indifférent. La torche du mur crachotait sa dernière flamme et ses traits étaient de nouveau dans l'ombre.

— À cette même heure, poursuivit-il, on suppose que nos amis Faliero et Toledo se seront emparés du palais ducal, vous-même ayant atteint votre objectif, et les autres remplissant chacun leur mission.

Il fit une courte pause. Avec une sorte de soupir, remarqua Alatriste.

– Une nuit inoubliable, si tout se passe bien.

Alatriste regarda le ruban d'eau huileuse, noire, qui s'étendait sous leurs pieds. Au loin, à l'extrémité du canal, une fenêtre éclairée se reflétait sur la surface immobile. Un rectangle de lumière en haut, et un, jumeau, identique, en bas. Nulle ondulation ne troublait le reflet.

– Vous gardez votre Uscoque en lieu sûr, j'imagine.

– Vous imaginez bien.

C'était un personnage étrange, expliqua Malatesta, que le dénommé Pulo Bijela. Avec ces fanatiques aux yeux fiévreux, on ne prenait jamais assez de précautions. Il était caché dans une maison sûre, avec interdiction de pointer le bout du nez dans la rue, et il resterait ainsi jusqu'au moment convenu. En se concentrant à force de jeûne et de prières.

– Nous ne divergeons que sur un point. Son idée est de tuer le doge pendant la consécration, quand le prêtre élève l'hostie. À cet instant, tous seront pris au dépourvu, du fait de la solennité de la chose.

– Et sur quoi porte votre désaccord?

Le sicaire parut hésiter un peu.

– Eh bien… Je ne suis pas précisément religieux, comme vous le savez. Tout ce latin de curés et de vieilles, je m'en fiche comme de ma première chemise. De même que vous, j'imagine… Mais tout le monde a ses… Je ne sais pas. Ses idées.

Alatriste contempla l'ombre à côté de lui, stupéfait.

– Ne me dites pas, risqua-t-il, que cela vous pose un problème de tuer quand l'hostie est en haut plutôt qu'en bas.

Malatesta semblait s'agiter, mal à l'aise.

– Ce n'est pas ça. Bien que, même chez un mécréant, il y ait des détails qui restent en mémoire. Je suis sicilien, tenez-en compte.

– Vous avez des scrupules ? Vous ?… Impossible. Je ne vous crois pas.

– Le mot *scrupules* est excessif, protesta le sicaire, vexé. Et absurde.

Alatriste riait maintenant, méchamment, entre ses dents. Sans se cacher. Tout cela était d'une nouveauté qui frisait l'extravagance.

– En tout cas, personne ne l'aurait dit. Vous…

L'autre l'interrompit par un juron : quelque chose de très fort, en dialecte sicilien, qui mêlait le Christ et sa mère.

– Chacun dit-il, au bout d'un instant, a ses… Enfin. Ses propres choses dans la tête.

Ici, la pause se fit plus longue. Et déconcertante. Malgré lui, Alatriste en vint à la conclusion qu'il commençait vraiment à s'amuser de cette conversation insolite. Qu'on le larde comme un nègre s'il avait jamais imaginé un jour une situation comme celle-là : Gualterio Malatesta lui faisant des confidences.

– Petit j'ai été un temps enfant de chœur, à Palerme.

– N'en rajoutez pas.

Intervint un silence brusque et significatif. De nouveau le sicaire s'agitait, gêné. Incapable de se contenir, Alatriste rit encore, dents serrées.

– Sacredieu ! Vous parlez sérieusement ?… Vous, avec aube et robe, vidant en cachette les burettes ?

– *Porca Madonna*. Arrêtez de vous moquer.

– Vous vous faites vieux, Malatesta.

– Oui. C'est possible. Peut-être que je me fais vieux, comme vous dites. Et vous de même.

Ils se turent de nouveau. On entendit le bruit d'une rame qui cognait contre un mur, sur le canal. Peu après, le profil de l'éperon en fer d'une gondole qui approchait se détacha de l'obscurité.

– Quelles étranges coïncidences, murmura l'Italien. Le pont des Assassins. Et nous voici dessus tous les deux… On dirait qu'il existe une harmonie dans les choses, après tout. Une lecture cachée de ce que nous sommes.

– Il s'agit de gagner notre pain, je suppose.

– Oui. Et quelque chose de plus, si possible.

Le contour de la gondole, semblable à celui d'un cercueil, passa silencieusement sous le pont. À la lueur du petit fanal accroché à la poupe, on distinguait deux formes enveloppées dans des couvertures sous le toit qui protégeait les passagers, et la silhouette du gondolier qui ramait à l'arrière.

– Ne vous sentez-vous pas quelquefois fatigué, capitaine ?

– Toujours.

L'obscurité avait de nouveau avalé la gondole. Sur la surface noire du canal, le rectangle du reflet de la fenêtre éclairée cessa peu à peu d'onduler pour finir par redevenir immobile.

– Ce garçon, Iñigo, dit Malatesta. Il a grandi.

– Plus que vous ne l'imaginez.

– Il a dit qu'il me tuerait.

– Dans ce cas, gardez-vous de lui. Il n'est pas de ceux qui parlent pour ne rien dire.

Cette fois, le silence se prolongea. Différent.

– Cette femme… Vous vous souvenez ?… Celle de la rue du Printemps.

Alatriste n'eut pas besoin de chercher dans sa mémoire. Il se rappelait fort bien la vieille auberge du Lansquenet, à Madrid. La maison misérable où il avait été par deux fois sur le point de tuer Gualterio Malatesta.

– Celle qui vivait là avec vous?

– Elle-même.

– Par deux fois elle vous a sauvé la vie… Comment va-t-elle?

– Elle est morte. Pendant que j'étais en prison.

– Vous m'en voyez désolé.

– Elle a été très maltraitée. – Le ton de l'Italien était de nouveau dépassionné et froid. – La Justice, vous savez. Alguazils, argousins et autres… Ils ont voulu lui faire dire tout ce qu'elle savait de moi.

Alatriste ferma les yeux. L'imaginer ne demandait aucun effort.

– Et, naturellement, elle ne savait pas grand-chose, dit-il.

– Presque rien. Même ainsi, elle a fini dans la rue, malade et sans ressources… Elle n'a pas duré longtemps.

Malatesta fit claquer sa langue et respira très fort et très profondément, comme si soudain l'air manquait sur le pont des Assassins.

– Le jour de Noël, dit-il après quelques instants, notre trêve aura pris fin.

Alatriste acquiesça dans l'obscurité. La torche s'était complètement éteinte. Tout juste une petite braise rouge en haut, sur le mur.

– À condition, bien sûr, que nous soyons encore vivants, précisa-t-il.

La forme noire de l'autre s'agita. Précautionneux, à ce point de la conversation, Alatriste fit un pas en arrière, ouvrit sa cape et passa la main sur la poignée de l'épée qu'il portait au côté. Mais l'alerte semblait superflue. Malatesta avait encore envie de parler :

— Savez-vous, capitaine, ce que je pense ?... Nous ressemblons à deux loups vieillissants au museau pelé, en train d'échanger des confidences avant de s'entretuer à coups de crocs. Pas pour de la nourriture ni pour des femmes, mais pour...

— Leur réputation ? suggéra Alatriste.

— C'est possible.

Un silence. Cette fois il fut très long.

— Leur réputation, répéta Malatesta, un ton plus bas.

Diego Alatriste regardait de nouveau l'eau du canal. Le double rectangle de lumière tranquille. C'était difficile de déterminer lequel était le vrai et lequel son reflet. Brusquement, déconcerté, il se dit que, peut-être, il connaissait l'homme qu'il avait près de lui mieux que personne au monde.

— Les gens, aujourd'hui...

Il s'interrompit, laissant la phrase inachevée, et demeura immobile, encore plus muet, observant le reflet.

— Ce sont d'autres temps, dit-il enfin. Et d'autres hommes.

Quand il leva les yeux et regarda derrière lui, Malatesta était parti.

J'étais resté à épier, caché sous mon porche, veillant à ce que tout se passe sans traîtrises ni mauvais coups entre le capitaine Alatriste et son interlocuteur. Quand finalement ce dernier s'en alla et que le capitaine, après être resté un moment immobile, marcha dans ma direction, je remis le pistolet sous ma cape, sortis de l'ombre et le rejoignis. Il accueillit ma présence par un de ses silences habituels. Puis il chemina sans desserrer les lèvres et perdu dans ses pensées, moi à son côté et le guettant du coin de l'œil. Les rues étaient vides et noires. Canaux, ponts et voûtes répercutaient, depuis leurs profondeurs obscures, l'écho de nos pas. Je ne me décidai à parler que lorsque nous fûmes près du Rialto.

— Tout s'est bien passé, capitaine ?

Il fit encore quelques pas avant de répondre, comme s'il récapitulait intérieurement sa conversation.

— Je crois que oui, dit-il finalement.

— L'homme du pont était Malatesta ?

— C'était lui.

— Et comment le trouvez-vous ?

— Comme toi… Bavard.

Je ne voyais pas clairement s'il voulait dire que notre vieil ennemi était toujours aussi en veine de confidences que lors de notre rencontre à l'Arsenal – je la lui avais rapportée la veille – ou s'il n'appréciait pas que je lui adresse la parole à ce moment. Dans le doute, je retins ma langue. Nous franchîmes un pont de pierre près d'une église, au-dessus d'un canal qui, sur la gauche, allait rejoindre la vaste surface obscure du Grand Canal. Le pont était à demi éclairé par une petite lampe qui brûlait à la porte de l'église, là où, à toute heure du jour et de la nuit, les habitants pouvaient venir demander les sacrements. En arrivant de l'autre côté du canal, le capitaine, d'un air détaché, se retourna pour jeter un regard derrière nous, au cas où quelqu'un aurait flairé notre trace.

– Nous entendrions les pas, dis-je à voix basse, devinant son intention. Tout est silencieux.

– On ne sait jamais.

Il paraissait par trop taciturne, et je me demandai si c'était dû au conclave de la taverne ou à sa conversation avec Malatesta sur le pont. En tout cas, il y avait quelque chose dans son comportement qui m'inquiétait ; et j'eus la certitude que cela ne devait pas être seulement le fait des événements de la journée. J'étais habitué aux silences de mon ancien maître. Mais celui de Venise était différent. Depuis le début de l'aventure, je percevais chez lui une sorte de résignation méfiante. On eût dit que

son instinct de vieux soldat, habitué aux inquiétudes, aux revers et aux mauvais coups, lui suggé-
rait des perspectives funestes dans cette entreprise
ambitieuse, voire démesurée, où nous nous étions
embarqués avec le risque énorme d'y laisser notre
peau. J'y réfléchis pendant que nous nous orientions
dans la nuit vénitienne; et j'en conclus, troublé,
que la confiance du capitaine en notre succès était
très limitée. Ce qui m'impressionnait, c'était qu'il
restait impassible, disposé à poursuivre jusqu'à la
fin, comme il en avait l'habitude : soldat en territoire
ennemi, le regard en alerte à défaut de mieux, sans
foi en la patrie ingrate et lointaine que le sort lui avait
donnée, ni en le monarque – «Ton roi est ton roi»,
m'avait-il dit un jour, en me donnant une tape sur la
tête, devant Breda – qui l'incarnait. Dans mon cas,
tout était beaucoup plus simple : jeune, entraîné dans
l'action jusqu'à en perdre le jugement, je me bornais
à le suivre comme je l'avais fait durant ce qui me
semblait être toute une vie. Cela allait de soi : depuis
mes treize ans, je ne connaissais rien d'autre et, à
son côté, j'avais appris tout ce que je savais de bon
et de mauvais. Malgré les désaccords et la distance
que le temps et l'ardeur de mon sang juvénile intro-
duisaient parfois entre nous, je ne perdais jamais de
vue le principal : Diego Alatriste était ma famille et
ma bannière. Yeux fermés, je bondissais chaque fois
derrière lui, l'épée tirée, jusque dans la gueule même

de l'enfer. Et par cette nuit incertaine, marchant dans les ténèbres d'une ville hermétique et dangereuse qui semblait nous envelopper comme pour un guet-apens, sa présence toute proche, immuable, aussi muette et sereine qu'à l'ordinaire, me réconforta. Et je compris alors pourquoi, des années plus tôt, sur les rives d'un fleuve gelé en terres de Flandres, alors qu'un petit groupe d'hommes désespérés luttaient pour leur vie comme des chiens enragés autour du chef de la meute, je l'avais, pour la première fois, appelé *capitaine*.

VI

LA PORTE DES GONDOLES

Nulle femme n'est laide quand elle a de l'ardeur, dit un proverbe de soldats. Ma jolie Luzietta n'était certes pas laide et elle avait de l'ardeur à revendre ; de sorte que ce soir-là, à l'heure des vêpres, dans le calme de la maisonnée où chacun avait regagné ses pénates, la jeune servante de donna Livia Tagliapiera vint comme d'habitude dans ma chambre en catimini, pieds nus et en chemise, dans le but d'échanger avec l'auteur de ces lignes beaucoup plus que des paroles.

– Dove sestu, cane asasino ? chuchota-t-elle tout de suite. Vieni qua, que non te cato… Metime una manina in la muzeta.

Et cetera. Je profitai ainsi, encore une fois, de ce que d'autres, même en dépensant jusqu'au dernier sol de leur bourse, ne pouvaient obtenir ; car, comme je l'ai dit, toute servante qu'elle était dans cette maison, la fille n'était pas de celles qui font payer leurs charmes. Encore que, et j'en prends Dieu à témoin, nul ne l'eût soupçonné : elle arrivait avec une pudeur de nonne, vous regardait avec une assurance de femme mariée et se dénudait avec des manières de bachelière du déduit ; et dès que le clairon avait sonné la charge, elle devenait insatiable et jouait des hanches avec une remarquable et savante application. Car, comme disait don Francisco de Quevedo, et il n'était pas le seul, chez certain genre de femmes la beauté sans luxure est un plat sans sel. Pour ma part, je fus comme le jeune taureau qui fonce sur tout ce qu'il voit ; et si je parle ici de ma vigoureuse jeunesse d'alors, je me garderai d'entrer dans les détails superflus ou de me laisser griser par les vapeurs de la renommée – ce qui est plus le propre de la vantardise méridionale que de la sobriété basque – ; je dirai seulement qu'avec Luzietta je fus, une fois encore et pendant un bon moment, paraphrasant certains vers du bon Miguel de Cervantès, leste de mains ; et de langue, je fus Rodomont. Et pour ne pas quitter les poètes, recourant ensuite à Dante, je conclurai en disant que mon cheval d'épées galopa trois fois, à bride abattue, jusqu'au milieu du chemin de nos vies. Car, comme l'a écrit un autre illustre barde :

Quelles que soient mes souffrances,
Je ne veux d'autre récompense
Que de voir mon cœur prisonnier
En l'endroit où je l'ai placé.

Même si en réalité, tendresses mises à part – car la gentille petite servante m'en inspirait aussi, une chose n'empêchant pas l'autre et Angélica d'Alquézar se trouvant au-delà des mers et même d'un océan –, mon cœur n'était guère engagé dans ces épanchements. Quoi qu'il en soit, il s'écoula un bon laps de temps, pas loin de deux heures, au cours duquel je battis le tambour jusqu'à mon dernier maravédis. Et à la fin, lorsque, fort naturellement, le sommeil nous gagna, la belle sortit de mon lit pour regagner le sien, faisant valoir que donna Livia n'apprécierait guère d'apprendre qu'elle se réveillait hors de sa chambre. Cela me parut raisonnable, de sorte que je la laissai partir de bonne grâce ; mais son départ me réveilla moi-même si fort que je me tournai et me retournai sous la couverture, entre des draps froissés qui conservaient l'odeur de ma fougueuse absente. La nuit était déjà avancée. J'éprouvai le besoin d'uriner, cherchai sous le lit et n'y rencontrai pas le pot de chambre ; aussi, contrarié, jurant et pestant, je passai chemise et souliers, jetai mon pourpoint par-dessus, et sortis dans le couloir en quête de la cour et de la petite pièce qui s'y trouvait et que, pour nos besoins intimes, nous appelons lieux d'aisances ou de nécessités. Cela me conduisit à passer près de la porte de derrière de la maison, la petite porte des gondoles, qui donnait sur l'étroit canal. Et, de la manière la plus inopinée du monde, je tombai là, presque de plein fouet, sur une scène singulière.

Luzietta, un châle sur les épaules et un bougeoir allumé à la main, conversait avec un homme sur le seuil de la porte. Tous deux chuchotaient ; à ma vue, ils se turent aussitôt, la fille effrayée et son compagnon le regard mauvais. Ce dernier était encore jeune, visage hirsute, plus fort que mince, et il portait une capote ouverte, un gilet de laine grossière, de larges culottes froissées et un petit chapeau rond à bord très court, toutes choses qui étaient le propre des barquarols, gondoliers et autres gens vénitiens de la rame. Il portait également, pendu sur le côté, le couteau habituel dans son métier, et mon regard se fixa particulièrement sur celui-ci, car à peine m'eut-il vu qu'il y mit la main et m'en donna un coup qui aurait pu m'expédier illico *ad patres* ; et si je n'avais su jouer prestement des jambes malgré ma stupeur, il m'aurait cloué au mur comme un papillon sur du liège. Ce fut le pourpoint jeté sur mes épaules qui, en tombant et en rencontrant la lame, me sauva la vie. Luzietta émit un cri étouffé, le sacripant voulut répéter son attaque, et moi, bien décidé à le mettre hors d'état de nuire – me battre était mon métier –, je recourus à une vieille ruse d'estaminet, esquissant d'instinct un coup sur le bras qui tenait l'arme et balançant au dernier instant mon pied dans les génitoires du gaillard, qui se plia en deux en poussant un beuglement. Et comme, également par expérience, je savais que la douleur qui suit de tels coups tarde un peu à se faire pleinement sentir, même s'il ne vous reste plus ensuite qu'à ramper par terre, j'y ajoutai un coup en pleine figure, si sauvage que, le poing en l'air, je vis trente-six chandelles, mais que l'autre chancela. Tout cela dans le seul but qu'il ne me plante pas son eustache dans le corps, de sorte que, lorsque j'estimai que le coup de pied dans les grelots commençait à faire son effet, je me jetai promptement sur lui en agrippant le bras qui tenait l'arme pour l'empêcher de s'en servir.

Se battre en chemise et tout nu au-dessous de la ceinture, les bijoux de famille à l'air et pendouillants, n'est pas une partie de plaisir ; et encore moins si l'on a la vessie pleine. On se sent diablement vulnérable. Nous tombâmes tous les deux par terre, aussi étroitement enlacés que Caïn et Abel. À ce moment, la lumière s'éteignit, soit que Luzietta l'ait fait exprès, soit que, dans son affolement, elle ait laissé choir le bougeoir – j'étais surpris qu'elle ne crie pas, mais j'avais trop à faire pour en chercher les raisons. La porte donnant sur le canal était restée ouverte, et seules la séparaient de l'eau quelques marches de pierre, jouxtant des palines plantées dans le fond pour l'amarrage des embarcations. Si je peux décrire ainsi les lieux, c'est parce que je les avais vus auparavant à la lumière du jour, mais j'avais pour l'heure mieux à faire que de m'attarder à ce genre de détails : enlacés, comme je l'ai dit, nous nous roulions sur le sol, le gondolier et moi, au seuil même de la porte et à quatre pas de l'eau noire, où j'entrevis dans l'ombre une gondole ; si, pensai-je dans un éclair, je tombe dans le canal poignardé et par ce froid, je coule à pic. Mon ennemi grognait, à bout d'efforts, ahanant bruyamment mais gardant bouche close, et cherchant toujours à me planter son couteau ; tandis que moi, qui malgré Luzietta conservais encore quelque vigueur, je m'acharnais à l'en empêcher. Car si, en cet instant, j'avais perdu les deux facultés de l'entendement et de la mémoire, je conservais, très ferme, celle de la volonté, bien déterminé à ne pas me laisser trucider. Nous poussions et tirions dans tous les sens, fermement décidés à nous mettre mutuellement en charpie, en nous tordant les membres et nous frappant de nos mains libres. Le gondolier faisait tout ce qu'il pouvait pour parvenir à se mettre sur moi, m'immobiliser et me donner assez de coups de sa lame pour régler définitivement la question ; mais je n'étais pas de ceux qui se laissent expédier dans l'autre monde par le premier venu. Je me démenais, je pesais de tout mon corps et ne lâchais jamais la main armée de l'autre. Finalement, par un de ces hasards propres à ce genre de rixe, je pus me mettre sur lui un moment, dans une position favorable pour lui asséner en pleine face un bon coup de coude qui le fit gémir. Voyant qu'il accusait le choc, je lui en collai un autre – et là, cet enfant de putain jura en dialecte vénitien – et encore un autre. Ce dernier fit craquer quelque chose dans sa figure, tout de suite le bras qui tenait le couteau se relâcha, et je le sentis au bord de l'évanouissement. Moi aussi j'étais épuisé, mais cela me rendit assez de forces pour m'acharner sur sa tête, cherchant furieusement son visage avec mes dents. Plongeant ma bouche dans ses cheveux rêches, trempés de sueur, je rencontrai enfin une oreille ; et d'une morsure rapide et brutale – cela fit tchac ! – je lui en arrachai la moitié.

Cette fois, le malandrin cria pour de bon. Et comment ! Aaaaah ! Le hurlement résonna dans mes oreilles en m'assourdissant. Et la brusque douleur insuffla tant d'énergie à mon adversaire que, arquant son corps, il réussit à me rejeter de côté. Prudent, je roulai sur moi-même en essayant de préserver mon corps du coup d'eustache dont j'étais sûr qu'il viendrait aussitôt ; mais, au lieu de me frapper, l'autre se releva à demi en gémissant et, d'un bond, franchit les marches pour se jeter dans la gondole : un heurt contre le fond et le bruit d'une rame. J'hésitai entre rester où j'étais, satisfait de m'en être tiré, et me précipiter derrière lui pour empêcher sa fuite. Mais le dilemme fut résolu par mon adversaire lui-même, qui, avec une rapidité stupéfiante, défit ou coupa net l'amarre de l'embarcation et poussa celle-ci dans l'obscurité, où il disparut.

Assis par terre, adossé au montant de la porte, je crachai le morceau d'oreille dans le canal. Puis je repris comme je pus mon souffle et me calmai, tandis que l'air nocturne figeait la sueur sur ma chemise. Le cri du gondolier avait alerté la maisonnée et, du couloir, arrivaient des bruits de voix et des lumières de chandelles. À cette première clarté, je parvins à distinguer Luzietta. Elle était recroquevillée dans un coin et tremblait de froid, ou de peur.

Donna Livia Tagliapiera quitta la pièce où elle avait enfermé Luzietta et tourna deux fois la clef dans la serrure. Même à quarante ans passés et réveillée à cinq heures du matin, le visage nu sans apprêts ni fards, elle restait belle. Elle avait les cheveux serrés dans une coiffe de dentelle, des babouches de cuir fin et une simarre d'intérieur couleur gorge-de-pigeon, ouverte par-devant sur une chemise de nuit qui lui descendait jusqu'aux pieds et modelait les formes encore pleines qui, en d'autres temps, avaient fait sa fortune. Le beau visage vénitien était sombre.

– Dice que è su innamorato.

Je fis un geste d'ignorance. Je sentais rivés sur moi les yeux du capitaine Alatriste.

– C'est possible, concédai-je. Il s'est battu comme s'il l'était.

– Tant d'acharnement pour de simples soupçons ? s'enquit le capitaine.

– Pas si simples que ça. Luzietta est jolie fille.

– Et elle a tout dit à son amant ?... Elle lui a dit qu'elle se donnait du bon temps avec un autre ?

Il continuait à m'étudier avec beaucoup d'insistance. Je soutins son regard un instant, puis je détournai le mien, mal à l'aise.

– Le ruffian a pu le soupçonner. Il est peut-être venu parce qu'elle lui avait mis la puce à l'oreille.

– La serva a paura, observa Livia Taglipiera. Troppo.

La chambre avait un tapis sur le sol, des tapisseries aux murs, une table en marqueterie, une ottomane et un poêle également turc, en faïence, qui était éteint. Par la grande fenêtre en ogive se glissaient les ombres des toits et des cheminées qui bordaient le Grand Canal. Il faisait encore nuit noire.

– Il y a un vieux proverbe de Venise, ajouta la courtisane. Forse un poco sporco : *Non so se è merda, ma l'a cacato il cane.*

Elle dit cela avec le plus grand naturel. Elle avait pris un flacon en métal doré et en versa le vin dans deux verres de cristal rouge : un pour le capitaine, un pour moi. Puis elle les posa sur un plateau en argent, sur la table.

– C'est normal que Luzietta ait peur, protestai-je. Elle craint de perdre son travail.

Le capitaine hochait la tête, sceptique. Il n'était pas né de la dernière pluie.

– C'est une autre sorte de peur. Je la sens… Et pour ce qui est de sentir la peur, je m'y connais.

– Quelle autre explication, alors ?

Je me frottai le cou, mal remis de la lutte. J'avais aussi horriblement mal au coude. Je m'étais habillé avec difficulté, tout endolori par les coups et les efforts récents : culottes, chemise et pourpoint. Le capitaine Alatriste portait des culottes à la wallonne dégrafées sur les bas, il était en manches de chemise, la dague glissée en toute hâte dans son ceinturon de cuir. Je remarquai qu'il regardait donna Livia et que celle-ci, comme si elle comprenait ce qu'il avait en tête, faisait un léger signe d'assentiment. Mon ancien maître resta un moment pensif, puis il se tourna lentement vers moi.

– Qu'un valet dorme avec une pute, ça n'a rien de neuf… Mais tu aurais pu me le dire.

Je jetai un rapide coup d'œil sur donna Livia et me frottai derechef le coude, moins atteint par la douleur que par le reproche.

– Je ne suis pas un valet et la fille n'est pas ce que vous dites, protestai-je. Et puis ce n'est pas le genre de choses qu'on va crier sur les toits.

J'en restai là. Le capitaine me scrutait de ses yeux glacés, comme s'il n'avait rien entendu.

– J'espère que tu as tenu ta langue.

Cela me blessa. Beaucoup.

– Ça dépend pour quoi, répliquai-je, piqué au vif.

– Réfléchis bien. – Il continuait de me regarder, indifférent à mon irritation. – Lui as-tu fait des confidences?

– Pas la moindre, que je me souvienne.

– T'a-t-elle posé des questions? A-t-elle montré de l'intérêt pour quelque chose en particulier? Pour moi?... Pour notre présence ici?

– Je ne sais pas. Je ne crois pas... Rien que de normal, je suppose.

– Qu'appelles-tu normal?

Je le regardai droit dans les yeux. Avec tout le calme que je pus manifester.

– Je n'ai rien dit.

De nouveau il semblait ne pas m'avoir entendu, car il continua de me contempler sans changer d'expression. Finalement, il leva lentement une main, la pointa vers moi, puis posa un doigt sur sa poitrine.

– Il en va de notre tête. – Il élargit son geste pour inclure donna Livia, qui s'était assise sur le divan et écoutait en silence. – Et aussi de la sienne.

Tant de méfiance m'attristait réellement. Je ne méritais pas cela.

– Cela fait des années que je partage tout ce que vous faites, protestai-je.

Cette fois, il parut convaincu, car il finit par faire un bref mouvement de la tête. Puis il regarda la Tagliapiera, en quête d'autres suggestions.

– Forse n'era gondoliere, dit celle-ci. O non solamente.

Le capitaine passa deux doigts sur sa moustache. Il était allé à la table et tenait un verre de vin. Réfléchissant.

– C'est possible, concéda-t-il après un instant.

– S'a sentito sorvellato vuesignoria?

– Surveillé?... Je ne sais pas. – Il but une gorgée, parut apprécier le contenu du verre et en but une autre. – Je me méfie de tout, mais je ne sais pas.

– Moi non plus, admis-je.

Le capitaine Alatriste contempla la porte fermée à clef. J'imaginai Luzietta de l'autre côté, baignée de larmes, terrifiée à l'idée du sort qui l'attendait. Bien malgré moi, l'idée que le gondolier pouvait ne pas être un amoureux jaloux fit son chemin.

– C'était peut-être bien une surveillance, opina le capitaine.

Donna Livia manifesta son accord. C'était du domaine du possible, dit-elle. Surveiller d'éventuels espions dans la ville, ajouta-t-elle, était à la charge de l'Inquisition, directement subordonnée au Conseil des Dix, qui utilisait aussi bien des sénateurs que des marchands, des boutiquiers, des domestiques et des couche-dehors. En l'écoutant, je décidai que l'ancienne courtisane possédait une voix légèrement rauque, très agréable, que j'aurais appréciée en d'autres circonstances ; mais mon imagination était concentrée sur les cachots de Saint-Marc, près du pont que l'on appelait des Soupirs. La seule idée de finir là me donnait la chair de poule, et je n'avais rien d'un pleutre. À cette pensée, j'avais la gorge sèche, mais je ne voulais pas boire devant le capitaine. Pas cette nuit. Il était tout à fait capable de le faire pour deux, cette nuit et n'importe quelle autre.

— Venezia è un isola piccola, conclut donna Livia. Un pesce in una rete de confidenti, assassini e delatori.

Le capitaine vida son verre de vin et fit claquer sa langue. Puis il passa les doigts sur sa moustache humide.

— S'ils ont mordu dans un os, ils ne le lâcheront pas, assura-t-il.

— Può essere solo rutina… Vuesignorias son de nazione spagnola. Esso justifie certaines enquêtes naturelles, adesso.

— Ce qui nous ramène à Luzietta.

Il y eut un silence, pendant lequel mon ancien maître alla au flacon et se resservit du vin.

– S'il s'agit de l'Inquisition des Dix, dit-il après une nouvelle gorgée, en me regardant, la fille doit savoir ce qu'on lui a demandé de vérifier… Si elle a couché avec toi de bon gré ou sur la demande de tiers.

– Ça ne semblait pas être de mauvais gré.

– Il faudrait l'interroger.

– Nous l'avons déjà fait, objectai-je, gêné.

– Plus à fond.

Il dit cela avec beaucoup de froideur et, ce faisant, il regardait la Tagliapiera. Elle hésita un instant, et cette hésitation m'alarma plus que tout. Le calme de cette femme m'inquiétait davantage que le ton du capitaine.

– Beaucoup de choses sont en jeu. – Mon ancien maître s'adressait à moi, mais il continuait de la regarder. – Une entreprise et de nombreuses vies… Y compris celle de madame.

– La serva lavora in casa mezzo anno fa.

Donna Livia dit cela lentement, à la manière de quelqu'un qui réfléchit à voix haute. Comme si elle acceptait peu à peu une idée peu plaisante.

– Il y a d'autres personnes ici ? voulut savoir le capitaine.

– Non. Tutti sono fuori. Tous.

– Elle a de la famille ?

– È orfana. Di Mazorbo.

– Elle ne manquera à personne ?

Il y eut un autre silence. Court, je suppose qu'il fut court mais, à moi, il me parut une éternité.

– Nessuno.

J'explosai, indigné. Je ne pouvais en croire mes oreilles.

– Et après? Si elle nous espionnait, qu'est-ce que nous en ferons après l'avoir interrogée?… Vous ne pensez quand même pas à un corps flottant dans les canaux, si?

Je compris que cette éventualité était passée par la tête du capitaine Alatriste quand je le vis regarder de nouveau la Tagliapiera. Il but une gorgée de vin, puis une autre, en continuant de la regarder. Comme si c'était à elle que revenait de dire le dernier mot.

– Solo mancan tre giorni, dit la femme, toujours très calme. Trois jours. Potremo tenerla rinchiusa.

– Enfermée?

– Ecco. En lieu sicuro.

– Et ensuite?

– Allora, arrive que pourra, darà eguale.

Le capitaine posa son verre sur le plateau. Je me demandai s'il allait reprendre une troisième fois du vin. Il tendit la main comme s'il en avait l'intention mais ne le fit pas.

– Si quelque chose tourne mal, dit-il, songeur, elle vous dénoncera.

La courtisane eut un sourire distant. Il y avait un étrange dédain sur sa bouche encore belle.

LE PONT DES ASSASSINS

– Arrivato il caso, si non è Luzietta, saran'altri…
C'est ormai, maintenant, que je me soucie de savoir
si elle est une menaccia pour nostri affari.

Ce *nos affaires* me donna à réfléchir. Je me
demandai ce que la Tagliapiera savait de la conjuration, et pour quel motif elle prenait de tels risques.
Ce qu'elle pouvait gagner et ce qu'elle pouvait perdre
dans tout cela.

– Bien, murmura le capitaine.

Il regarda encore une fois la porte de la pièce
sans fenêtres où Luzietta était enfermée. Il allongea
le bras et se reversa du vin du flacon.

– Va te recoucher et attend dans ta chambre,
me dit-il.

Je serrai les poings et les dents, décidé. Tendu.

– Pas question. Je tiens à rester… Je veux dire,
à être présent.

Les yeux glauques me parcoururent de haut en
bas. Cette fois, il vida le verre d'un seul lent et long
trait.

– Pouvez-vous nous excuser un moment, donna
Livia?

Il posa une main sur mon épaule et, de l'autre,
indiqua le couloir.

– Viens.

Nous sortîmes, et le capitaine referma la porte.
Une fois dehors, il m'arrêta en me prenant par le
pourpoint. Il était tout près, et il rapprocha encore

son visage du mien. Il me frôlait presque avec sa moustache.

– Écoute… S'ils sont sur nos traces, tout peut s'en aller au diable. Nous serons faits comme des rats. Une centaine de vies, dont celles de Sebastián, du Maure et des camarades, en dépendent… – J'ouvris la bouche pour protester, mais il me fit taire en faisant non de la tête. – Je ne veux pas voir le barigel de l'Inquisition me tomber dessus avec vingt argousins sans me laisser le temps de me défendre, ni finir mes jours en mangeant le pain de Saint-Marc avant d'être étranglé en secret par le bourreau, comme ils ont l'habitude de le faire ici.

Il me laissa un instant de silence, pour que je me pénètre bien de l'idée. Puis il contempla la porte de la pièce où attendait Luzietta.

– Nous n'avons pas le choix. – Il baissa la voix jusqu'à ce qu'elle ne soit plus qu'un murmure. – C'est la fille contre tout le reste.

Je sentis la moutarde me monter au nez. D'un mouvement brusque, j'écartai la main qui tenait mon pourpoint.

– Ça m'est égal. Je n'ai pas l'intention de consentir…

– Tu n'as pas l'intention, et alors ?

Il m'attrapa brusquement, en me poussant sans ménagement contre le mur. Et lorsqu'il me tint là, rapide comme l'éclair il dégaina sa dague et me la mit sur la gorge.

– Nous l'avons déjà. Tu comprends ?… Le couteau sur la gorge. Toi, moi et les autres.

Son ton était aussi froid que l'acier qu'il appuyait sur ma peau. Plus décontenancé que furieux, plus ému qu'en colère, je tentai de me libérer. Mais il me maintint avec force.

– Ici, plus personne n'a le choix, je te dis. On ne peut qu'aller jusqu'au bout.

Il me regardait de très près. Il appuya encore plus la lame de la dague, comme si, à cet instant, ma vie lui était parfaitement indifférente. Son haleine était forte, elle sentait le vin bu trop vite.

– C'est un ordre que je te donne. – Ces mots, il les cracha presque. – Un ordre militaire.

La rétine glauque de ses yeux me glaçait les os jusqu'à la moelle. Et par le Dieu qui m'a fait, j'eus peur.

– Et donc, ou tu ne te mêles pas de ça, ou je te tue.

Diego Alatriste avait déjà torturé : des bourgeois flamands ou allemands au cours du sac d'une ville, pour savoir où ils cachaient leurs richesses ; des Turcs capturés lors d'incursions, pris en otages

avec leurs familles ; des soldats ennemis prison-
niers, pour les faire parler ou découvrir dans quelle
doublure de leur justaucorps ils cachaient de l'or.
Ça ne lui plaisait pas, mais il l'avait fait. Par le fer,
la corde ou le feu. Enfant de son temps et de son
monde, il savait d'expérience que survivre n'est pas
facile quand on a des scrupules. Que les rois dans
les palais, les théologiens du haut de leur chaire
et les philosophes dans leurs livres étaient une
chose, et que gagner sa vie avec cinq paumes d'acier
à la main en était une autre. Sans compter que,
quand les choses tournaient mal, rois, théologiens et
philosophes n'étaient pas mécontents d'avoir à leur
disposition des hommes comme lui pour débrous-
sailler les chemins de la vertu. Tous – y compris
les philosophes – tuaient et torturaient de loin,
par main interposée. Sans avoir besoin de jouer
eux-mêmes un as ou un valet. Un jour, à Madrid,
Alatriste avait lu une vieille feuille manuscrite qui
circulait clandestinement, copie de la lettre d'un
natif du Guipúzcoa du nom de Lope de Aguirre au
roi Philippe II : après avoir participé sur le Marañon
à la triste expédition d'Ursúa et fini par se rebeller
avec ses gens, il l'avait écrite lorsqu'il avait résolu
de rompre les liens avec le monarque – qu'il tutoyait
sans façon, d'égal à égal – et de vivre sans maître
dans les Indes. Le dénommé Aguirre avait payé de

sa tête cette lettre arrogante et d'autres crimes. Mais Alatriste n'en oubliait pas un passage :

Que tu portes le titre de roi juste ne nous est d'aucun intérêt dans ces contrées où tu n'as rien risqué. Ni moi ni mes compagnons n'attendons ni ne demandons ta miséricorde, et quand bien même tu nous l'offrirais, nous cracherions dessus tant elle serait déshonorante. Nous avons moins confiance dans tes promesses que dans les livres de Martin Luther.

Il regarda Luzietta et pensa que lui-même avait dépassé, depuis longtemps, le stade de la vie où l'on écrivait, si tant est qu'il aurait eu le courage de le faire, des lettres comme celle de ce Lope de Aguirre. En cet instant où les vapeurs du vin lui brouillaient la vue, mais pas la lucidité, il souhaitait seulement ne pas mourir encore. Ou tout au moins, si ce devait être le cas, que cela se passe d'une manière honorable, en un lieu digne de son métier. Pas, à coup sûr, dans cette ville sombre, où il était naturel de finir noyé comme un chien dans un sac. Vue sous cet angle, la fille qui, en le voyant entrer et fermer la porte à clef, reculait épouvantée pour se rencogner contre le mur, ne représentait guère plus qu'une formalité parmi d'autres. Une larme dans le lac glacé de désolation en quoi Dieu – s'il existait vraiment dans tout cela un Dieu stupide et irresponsable – avait transformé le monde à son image et ressemblance.

– Parle, petite.

Dans la pièce sans fenêtres, il n'y avait qu'une table basse, un tabouret et un coffre. Sur la table fumait, sans s'éteindre, un chandelier à deux branches dont la lumière faisait luire les yeux de la fille, mouillés et exorbités par la peur. Elle n'était toujours vêtue que de sa chemise de nuit et de son châle, les cheveux noués par un ruban. Ses pieds étaient nus. Elle ne doit pas avoir encore dix-huit ans, pensa Alatriste avec dégoût.

– È il mio fidanzato, eccellenza… Lo giuro.

Il n'avait ni le temps ni l'envie d'user de persuasion ou de menaces. Pas cette nuit. Il était trop fatigué, et le temps, indifférent aux délicatesses et aux sentiments, jouait contre lui. Après une courte hésitation, il gifla Luzietta, la main ouverte, sans excès. Suffisamment fort pour que son visage aille cogner contre le mur.

– Lo giuro !

Elle pleurait avec désespoir, épouvantée. Mon aspect ne doit rien avoir de plaisant, se dit Alatriste. Sûrement pas, sacredieu. Et j'espère que ça aidera à accélérer les choses.

– Parle. Qui était le gondolier ?

Il frappa de nouveau, de la même manière. Sec et efficace. La gifle résonna dans la pièce aveugle comme le coup de fouet d'un garde-chiourme. La fille émit un gémissement d'angoisse et tomba à genoux, les cheveux dénoués. Mal à l'aise, avec un frisson de pitié, Alatriste pensa fugacement qu'elle disait peut-être vrai : un amoureux jaloux. Mais il devait en obtenir la certitude. C'était une question de vie ou de mort. La sienne et celle des autres.

– Parle.

Pourvu qu'elle ne s'évanouisse pas, pensait-il. Pourvu qu'elle reste en état de parler. Il l'attrapa par les cheveux, l'obligeant à se relever, et leva la main pour frapper de nouveau le visage ruisselant de larmes, décomposé par la terreur. Mais la nausée qui montait de son estomac arrêta sa main. Je ne pourrai pas, se dit-il, écœuré. Je ne suis pas sûr d'aller jusqu'au bout. Et pourtant c'est impossible de revenir en arrière.

Il porta la main à son ceinturon et dégaina sa dague. À ce geste, Luzietta hurla de nouveau en voulant se dégager ; mais elle était trop terrifiée et ses faibles efforts furent vains. Sans lâcher les cheveux, Alatriste appuya le fil de la lame sur la joue gauche.

– Parle, ou je te marque pour le reste de ta vie.

Il n'avait pas l'intention de le faire – il croyait en être sûr –, mais c'était vrai aussi qu'il l'avait fait douze ans plus tôt, à Naples : il avait marqué au visage une femme d'un coup de lame et, dans le même élan, tué un homme. Une maîtresse et un ami.

C'était pour cela qu'il avait quitté le régiment et fui en Espagne, abandonnant son métier pour gagner sa vie à Séville et Madrid. Tuant pour de l'argent et pour le compte d'autrui et, une fois, pour le compte du roi. Ce souvenir, qui n'était pas de ceux qu'il aimait évoquer, fut accompagné d'une nausée dont l'amertume lui monta à la gorge. C'était un de ses remords, et non le moindre.

Il tarda un peu à s'apercevoir que la fille, entre deux sanglots, s'était mise à tout avouer : le visiteur nocturne était un gondolier du Rialto et un espion de l'Inquisition, comme beaucoup de ceux qui faisaient ce métier. Nicolo, tel était son nom, avait demandé à Luzietta d'entrer dans l'intimité du valet espagnol et d'encourager ses confidences sur miser Pedro Tovar, et il venait chaque nuit entendre son rapport – elle avait touché pour cela un demi-ducat de soixante-deux carats. Le dénommé Nicolo était un homme résolu et violent ; et, se voyant découvert, il avait voulu poignarder le valet pour déguiser l'affaire en vulgaire altercation à propos d'une femme, comme il y en avait chaque jour une demi-douzaine à Venise.

Il semblait qu'une fois rompue la digue le flot de larmes et de paroles de Luzietta fût intarissable. Elle était tombée à genoux et le suppliait de ne pas la tuer. Alatriste la regarda, médusé, en s'efforçant de suivre attentivement ce qu'elle disait. Le vieil épisode napolitain menait une danse endiablée dans sa mémoire, entre les brumes du vin. À la fin, il hocha la tête, tout en rengainant sa dague. Par le sang du Christ, murmura-t-il. Et par la merde de tout. Puis il fit quelques pas en s'éloignant autant qu'il le pouvait de la lumière du chandelier, appliqua une main sur le mur, et vomit tout ce qu'il avait absorbé cette nuit-là.

Il verrouilla la porte, enfermant de nouveau Luzietta. En deux enjambées il fut près de Livia Tagliapiera qui le regardait, muette. Au passage, sans s'arrêter, il lui donna la clef et sortit dans le couloir en direction de sa chambre. Une fois là, il lança la dague sur le lit, se jeta de l'eau sur la figure, se rinça la bouche et demeura un moment immobile, la tête penchée en avant, les mains posées sur la cuvette pendant que l'eau ruisselait de ses cheveux et de sa moustache. Après quoi, il s'essuya le visage avec une serviette et revint sur ses pas. Livia Tagliapiera était toujours dans la pièce où il l'avait laissée. Elle non plus ne dit rien quand elle le vit entrer.

— Ce n'était pas seulement un gondolier, confirma Alatriste. La fille espionnait sur commande.

La femme acquiesça, le visage grave.

— Lo so... Io stava scoltando près de la porta.

Alatriste fit quelques pas dans la pièce en réfléchissant. Il se demandait quelle tête feraient Saavedra
Fajardo et Baltasar Toledo quand il leur conterait
cela. Jusqu'à quel point cet incident pouvait modifier
tous les plans.

— Che pensa fare vuesignoria ?

Il haussa les épaules. En réalité, conclut-il
dans son for intérieur avec soulagement, lui-même
n'avait rien à penser. Ou pas trop. Cette nuit, il avait
accompli la part qui lui revenait. Ou à peu près. Une
fois l'information transmise, les décisions ne seraient
pas son affaire. Avoir des supérieurs simplifiait admi-
rablement les choses. C'était le bon côté de l'armée :
la chaîne du commandement. La hiérarchie et les
responsabilités.

— Poursuivre, je suppose, répondit-il avec
simplicité. En principe, le fait qu'ils nous surveillent
ne signifie rien que d'habituel… Comme vous l'avez
dit vous-même, toute Venise est surveillée.

— Parlo de la serva.

Une fois de plus, il admira le sang-froid de Livia
Tagliapiera. Évidemment, son métier l'avait endurcie.
Et la trahison d'une domestique n'était pas facile à
digérer. Pourtant, il n'oubliait pas son regard indifférent quand il était entré interroger Luzietta.

— Je ne sais pas. — Il désigna la porte fermée à
clef. — Pouvez-vous la tenir sous bonne garde jusqu'à
ce que tout soit terminé ?

– È pericoloso, objecta la courtisane. Dans la journée, il y a altri servitori… Anche qualcuna amica, come sape vuesignoria.

Elle prononça ces derniers mots en le regardant dans les yeux, avec un aplomb qui tenait beaucoup du défi tranquille. Et qui n'était pas exempt de curiosité. Depuis qu'il était entré interroger la domestique, conclut Alatriste, la Tagliapiera le regardait différemment. Elle l'étudiait, c'était probablement le mot. Allongée sur l'ottomane. Rivés sur lui, ces yeux lui donnaient une vague sensation de gêne.

– La fille est terrifiée, commenta-t-il. Elle en a dit plus qu'elle n'aurait dû, et maintenant elle a peur de Nicolo et de ses acolytes.

La courtisane manifesta son accord. Voilà, précisa-t-elle avec un grand sens pratique, qui aiderait beaucoup à ce que Luzietta se montre docile. On la sortirait de la maison dans une gondole fermée pour la conduire en lieu sûr. Quant à miser Pedro Tovar et à son valet – elle s'interrompit pour le dévisager de nouveau, l'air interrogateur –, il conviendrait qu'à l'avenir ils prennent des précautions supplémentaires.

– Vous aussi, opina Alatriste.

Il le dit avec une sincère sollicitude. Cela ne lui plaisait nullement d'imaginer Livia Tagliapiera aux mains des *zaffi*, les redoutables sbires de l'Inquisition vénitienne.

Maintenant, elle souriait doucement.

– Je suis pendalio di forca?... Come si dice en spagnolo?

Il sourit à son tour. Plus des lèvres que des yeux. Un rictus à demi résigné sous la moustache.

– Gibier de potence, traduisit-il.

Elle pencha légèrement la tête de côté, comme si elle pesait le son de ces mots en langue castillane.

– Si, conclut-elle. Penso que si.

Elle avait porté lentement une main à sa gorge – blanche et douce, apprécia Alatriste –, d'où sortait cette voix légèrement voilée, presque rauque. Sous la simarre damassée, les seins généreux remplissaient la chemise de nuit; laquelle, dans la position où se tenait sa propriétaire, allongée sur le divan, modelait des formes opulentes et encore superbes. Un instant, Alatriste se demanda si tout cela était fortuit, et il décida que c'était impossible. Une femme qui avait l'expérience de Livia Tagliapiera ne laissait rien au hasard. Sans nul doute, elle contrôlait son corps, par instinct et du fait de son ancien métier, comme une danseuse ou une actrice quand elles sont sur scène. Elle savait tirer parti de chacun de ses mouvements, ajuster le tir et le diriger. Chaque attitude et chaque regard.

– Vuesignoria è un uomo singulare, miser Pedro.

Elle était juive, se souvint Alatriste. Même si elle ne le paraissait pas. Juive d'origine espagnole : de ceux que l'on appelle marranes, qui avaient dû

fuir l'Espagne en se dispersant aux quatre coins du
monde. Il avait couché avec des femmes de cette
race en d'autres temps, et toutes il se les rappelait
brûlantes, fermes de peau et de chair. Raffinées
et faites au plaisir. Elles avaient souvent des yeux
tristes, qui parfois devenaient dangereux. Des yeux
vengeurs. Mais ceux de Livia Tagliapiera n'étaient pas
ainsi. Il y avait en eux un calme, une sérénité distante
due à beaucoup d'hommes, beaucoup d'étreintes et
beaucoup de vie, où se mêlaient cette nuit, comme
par contraste, la curiosité, la fixité étrange, neuve,
avec lesquelles elle l'observait. Dans sa longue vie
de soldat et de tueur à tant le coup d'épée, Diego
Alatriste n'avait guère fréquenté de prostituées. Pas,
en tout cas, en les payant. Il était de ceux qui, même
avec cette catégorie de femmes, pouvaient obtenir
leur compagnie sans débourser un maravédis, ou
presque. Et il aurait même pu, s'il l'avait voulu, vivre,
consommer et se payer du bon temps, comme bien
d'autres camarades, aux dépens de la sueur d'une
concubine. De toute manière, son existence de soldat
l'avait habitué à la totale indifférence qu'en matière
de sentiments les professionnelles manifestaient
d'ordinaire à l'égard des hommes, y compris quand
ils puisaient dans leur bourse. Tout cela, enfin, faisait
que les grands yeux en amande de Livia Tagliapiera
lui donnaient une sensation de malaise. Aucune de
ses expressions, aucun de ses gestes n'échappait à

ce regard attentif. Et puis il y avait ce mot étrange, *singulier*, qu'elle venait d'utiliser. Car s'il y a quelque chose de singulier, se dit-il après avoir réfléchi avec calme et résignation, c'est plutôt le désir que, bien malgré moi et vu les circonstances, je ressens pour cette femme.

— Qualche jour, conosco pure vostro vero nom, dit-elle.

Il fut sur le point de le lui dire. Qu'est-ce que ça peut bien faire, pensa-t-il un instant, au point où nous en sommes, que je m'appelle Pedro Tovar ou Diego Alatriste. Mais il se retint. Pour cette raison, précisément. Parce que cela n'avait plus d'importance.

— Peut-être, se contenta-t-il d'acquiescer. Un jour.

— Vous avez toujours été soldato?

— Je n'ai jamais dit que je l'étais.

Elle souriait de nouveau. Du coup, sans bien savoir pourquoi, Alatriste se sentit gauche. Presque honteux. C'était absurde de nier l'évidence. S'il y avait bien une chose que savait faire cette femme, c'était observer.

— Du plus loin qu'il m'en souvienne, admit-il. Ou presque.

Il le dit d'un ton contraint, fâché, en regardant autour de lui. Ses yeux se posèrent sur la cruche de vin et sur les verres, toujours sur le plateau et la table.

Il eut la tentation d'y chercher du secours, mais, en un éclair, le souvenir de Luzietta décomposée par la peur, le tranchant de la dague contre sa joue mouillée, le retint. Non, plus une goutte maintenant, mordieu, se dit-il. Pas une goutte. Ni une larme.

– J'ai connu des soldati, dit Livia Tagliapiera. Ma ils n'étaient pas come vuesignoria.

Du coup, il reporta ses yeux sur elle. L'image de Luzietta avait refroidi son regard et remis de l'ordre dans ses idées. Il était de nouveau maître de lui, comme toujours. Un vieux guerrier, se déplaçant en terrain familier à force d'être totalement hostile, sans autre fardeau ni patrimoine qu'une épée. Si loin de chez lui.

– J'ai connu des femmes… Elles non plus n'étaient pas comme vous.

C'était elle, maintenant, qui paraissait déconcertée. Pendant un long instant, elle scruta les yeux froids d'Alatriste comme si elle les voyait pour la première fois.

– Sempre mira cosi, miser Pedro ?

– Non.

Ils se dévisagèrent encore un peu. Finalement, ce fut elle qui détourna les yeux. Pour la première fois.

– Questo è riesgoso per tutti, dit-elle, presque à voix basse. Même si ciascuno a ses raisons.

Elle parlait de la ville, supposa le capitaine. De l'entreprise risquée qui les unissait.

– Mais une femme… aventura-t-il.

Il la vit se redresser un peu sur l'ottomane. Un éclair d'orgueil déchirait le calme de son visage.

– Et vénitienne? compléta-t-elle, sarcastique.

– C'est vrai.

Comme si elle ne prêtait pas attention à ses gestes, presque distraitement, elle se défit de sa coiffe de dentelle en secouant doucement la tête. Ce faisant, elle libéra l'épaisse chevelure noire, qui se répandit sur ses épaules. Trop noire pour être naturelle, se dit de nouveau Alatriste, en observant la peau légèrement fanée. De près, dépourvue à cette heure d'onguents et de fards, des petites rides étaient visibles autour des paupières et à la commissure des lèvres. Mais, à vrai dire, cela n'importait guère. L'âge donnait à Livia Tagliapiera un autre genre de beauté, mûre et sereine. Il faut toute une vie, conclut-il, pour arriver à une belle beauté.

– Questa città è affari di famiglia, rivalità mercantile, ambizioni… Tutto entorno a lo stesso: potere e denaro.

Elle se tut un moment. Et quand elle reprit la parole, le ton de sa voix s'était durci.

– C'è question di scelta, poursuivit-elle. De choisir… Conosco il dogo Cornari. Conosco il senatore Renier Zeno… Et je choisis Zeno.

– S'il ne recule pas au dernier moment, lui fit remarquer Alatriste.

C'était seulement ouvrir une porte pour voir si elle allait s'y engouffrer ou non. Il était curieux de savoir où la mènerait ce ton amer, nouveau. Et d'où il venait.

– Il tiendra parole, affirma-t-elle catégoriquement. Zeno odia il dogo de tutta l'anima.

– Et vous ?

C'était la dernière question possible. Ou presque. Alatriste ne pouvait guère aller plus loin, et il le savait. Il n'était pas habitué à ce genre de conversation. Mêler les femmes et le travail était s'engager sur un terrain glissant, et les événements de cette nuit lui donnaient raison. Avec elles, mieux valait en dire peu qu'en savoir beaucoup.

– C'est prendre trop de risques pour un simple pari politique, ajouta-t-il. – Et c'était déjà trop. – Les femmes n'agissent ainsi que par amour, ou par vengeance.

– Vuesignoria è un gentiluomo… Vous oubliez l'argent.

Elle se poussa sur un côté du divan, laissant un espace libre. Elle le tapotait doucement de la main, invitant Alatriste à l'occuper. Il fit non de la tête et elle insista sans dire mot. Elle souriait, maintenant. Après une courte hésitation, il s'assit près d'elle. Tendu, et juste sur le bord, en essayant de ne pas même frôler la femme.

– Voglio raccontar una storia, miser Pedro... Una amica d'una amica.

Elle la raconta. Le regard fixé sur un point indéterminé de l'espace, le visage tourné vers une des tapisseries du mur – une scène biblique, Judith et Holopherne, supposa Alatriste –, Livia Tagliapiera rapporta l'histoire d'une courtisane de Venise, jeune et belle, qui bien des années auparavant, au temps du doge Leonardo Dona, avait entretenu une liaison avec un jeune patricien de la ville, futur sénateur, fils de l'également futur doge Giovanni Cornari. Amoureux, le jeune Cornari avait dilapidé pour cette femme une authentique fortune. Certaine nuit, à la suite de scènes de jalousie et de reproches, elle lui avait interdit la porte de sa demeure, donnant la préférence à d'autres amants. Il la supplia de lui accorder une nouvelle rencontre, elle finit par céder, et l'on convint d'un souper intime à Mala-mocco, entre la lagune et la mer, où ils passeraient la nuit dans la maison de certaines connaissances. Ils partirent de Venise en compagnie de plusieurs gondoles portant musique et rafraîchissements, et une fois là-bas tout se déroula comme prévu jusqu'à la fin du souper, auquel assistèrent aussi divers amis du jeune patricien. L'emmenant au lit, celui-ci lui fit l'amour, puis la livra à une demi-douzaine de ses amis qui la violèrent. Mais la nuit ne s'était pas terminée là. Ensuite, ce furent des gondoliers, des pêcheurs, des paysans et des domestiques qui jouirent d'elle de toutes les manières possibles, pendant que Cornari faisait des marques sur le mur avec un morceau de charbon. Il y eut trente et une marques, dont les dernières correspondaient à des frères du couvent de San Lorenzo. Au petit matin, la femme fut ramenée à Venise dans une barque chargée de melons.

En narrant cette histoire, Livia Tagliapiera n'avait pas cessé un instant de contempler Judith et Holopherne. Quand elle eut fini, elle demeura immobile, le visage toujours tourné dans cette direction. Le regard perdu à mi-chemin.

– Je comprends, murmura Alatriste.

La courtisane se tourna lentement vers lui.

– Je ne suis pas sicura que vous comprenez tutto, ma codesta è la storia.

Le ton avait monté d'un cran. Plus frivole, maintenant. La jeune courtisane de Malamocco, amie d'une amie, était déjà loin. Au côté de Diego Alatriste, il y avait une femme au faîte de la maturité, pleine et belle. Et elle souriait.

– Diremo que j'ai des amici più vicini d'un côté que de l'altro. Più avec Renier Zeno che avec il dogo Cornari.

Elle le regardait de nouveau dans les yeux, devinant son désir. Même sans la toucher, il pouvait sentir la chaleur toute proche de sa chair superbe.

– Tutto si concita, come vede vuesignoria.

— Tout, murmura-t-il.

Elle élargit son sourire. Puis elle se laissa aller sur le divan, ouvrant davantage sa simarre. Alors Alatriste posa ses mains sur ses hanches et se pencha lentement sur elle.

La trouble clarté du jour, qui s'annonçait aussi pluvieux que les précédents, me trouva dans la rue, emmitouflé dans ma cape et assis sur une borne en pierre, près de l'endroit où le petit canal rejoignait le grand. Il y avait là un bacareto où les bateliers qui, depuis l'aube, déchargeaient aux abords du Rialto venaient reprendre des forces. Je m'étais posté à la porte avec un pichet de vin chaud et un morceau de pain tout frais que je trempais dedans en guise de petit déjeuner, en espérant que la fraîcheur de l'air me dégagerait une tête trop tourmentée pour trouver le repos sur un oreiller. Je regardais circuler toutes sortes d'embarcations chargées de fruits, de légumes et de bois, j'écoutais les cris des rameurs qui se prévenaient les uns les autres de leurs manœuvres et j'avalais des bouchées chaudes de pain émietté dans le vin. L'ardeur de ma rixe avec le gondolier et la colère due à l'incident avec le capitaine Alatriste avaient désormais cédé la place à une profonde mélancolie, que la grisaille de l'aube et l'humidité des canaux n'étaient certes pas faites pour atténuer. Tout d'un coup je souhaitais me trouver loin de Venise, du capitaine et de tout ce qui était censé me retenir ici. Cette ville, que, dans mon enthousiasme initial, j'avais rêvée fascinante, riche et dangereuse, ne m'apparaissait plus maintenant que sous cette dernière forme : un sombre piège où il n'était même pas possible d'établir de quel côté étaient la vertu et le bon sens. L'image de la malheureuse Luzietta épouvantée, défaite, brisée par les sanglots, me tourmentait jusqu'à l'indicible. Je continuais à ne pas croire à une trahison délibérée. Dans la confusion de mes réflexions, tantôt je protestais intérieurement, convaincu de son innocence, tantôt je tentais de la disculper en cherchant avec avidité les justifications les plus extravagantes. Je jure à vos seigneuries sur le nom de mon Créateur que si, à ce moment, j'avais été pleinement maître de mes décisions et n'avais pas été lié par ma promesse d'être fidèle au capitaine Alatriste et aux autres camarades, à notre nation et à notre métier, j'aurais quitté Venise sans hésiter, indifférent à la fin de l'aventure qui m'y avait conduit.

C'est à cet instant que je crus voir la fille. Je regardais vers la porte de la maison donnant sur le canal étroit, celle-là même où je m'étais battu, quand une gondole à deux rames, couverte du toit qu'à Venise on appelle felze, s'arrêta devant. Elle était à trente pas, sur la berge d'en face ; mais je crus reconnaître donna Livia Tagliapiera dans la femme qui se montra un moment à la porte pour parler aux hommes qui étaient aux rames. Puis elle disparut à l'intérieur de la maison, et bientôt en sortirent d'autres qui avaient l'allure de *bravi* vénitiens, grossiers de vêtements et de manières, encadrant une silhouette plus fragile, enveloppée d'une longue cape de drap noir avec une capuche. Ils montèrent dans la gondole, les rameurs écartèrent l'embarcation de la berge, et celle-ci passa devant moi, qui, pris d'effroi, m'étais levé et me tenais sur le bord même du canal, sans que je puisse voir autre chose que les rideaux fermés. Puis la gondole se dirigea vers le Grand Canal, tourna à gauche et disparut en direction du pont et du Fondaco dei Tedeschi.

S'il s'agissait bien de Luzietta, comme je le crois, je l'ai vue ce matin-là pour la dernière fois. Les jours suivants, les événements se précipitèrent, et j'eus l'esprit et l'épée occupés par des choses plus graves. Son nom ne fut prononcé de nouveau qu'une fois, plus tard, entre le capitaine Alatriste et moi. Des mois après que tout fut fini, je décidai de poser la question à mon ancien maître. Il me contempla un instant en silence, comme s'il doutait ; non de sa réponse, mais de mon désir de la connaître. Tu veux vraiment savoir, me demanda-t-il finalement, presque surpris, bien que rien, dans le ton de sa voix, n'indique une interrogation. Je répondis que oui, je voulais. Et que j'avais tous les droits de savoir. En m'entendant dire cela, il acquiesça, impavide, sans cesser de me regarder avec les mêmes yeux glacés que ceux qu'il avait rivés sur moi lorsqu'il avait appuyé le tranchant de sa dague sur ma gorge, dans la demeure de Livia Tagliapiera. Elle s'est pendue, dit-il. Avec le cordon de sa chemise, la nuit même, dans la maison où on la tenait enfermée. Puis il pencha la tête pour continuer ce qu'il était en train de faire – raccommoder à la lumière d'une chandelle de vieux bas de laine. Et je sus que je venais de joindre, pour toujours, mes remords aux siens.

VII

L'ARSENAL DE VENISE

Le matin du vingt-deux décembre, le capitaine Alatriste entendit sans moi la messe de midi. Cette fois, il s'agissait pour les trois chefs espagnols de se réunir avec don Baltasar Toledo, qui se trouvait fort mal en point dans le couvent où il logeait. Une question, avait-on fini par déceler, de coliques néphrétiques et de pierres qu'il n'expulsait pas, et qui le clouaient au lit avec d'atroces douleurs, inapte pour le service. Les frères du couvent étaient des dominicains, favorables à l'Espagne et partisans du sénateur Zeno. Et donc, bien qu'ignorant les implications finales de la conjuration, ils étaient gagnés à notre cause ; de sorte que tout avait été arrangé pour que, durant la messe, où l'affluence était grande, le capitaine, Roque Paredes et Manuel Martinho de Arcada se glissent en cachette dans la sacristie et passent dans le couvent contigu, du côté du Dorsoduro, dans l'ancien bâtiment des Gésuates de Sienne. Pour ma part, après avoir accompagné le capitaine jusqu'à la porte de l'église, je restai dehors, car le conclave était réservé aux chefs, et la troupe n'était pas concernée par ce qu'ils y cuisinaient.

Vos seigneuries se souviendront que la mission de Roque Paredes était de mettre le feu au quartier juif, et celle du Portugais Martinho de Arcada de seconder don Baltasar Toledo et Lorenzo Faliero dans la prise du palais ducal; pendant que le capitaine Alatriste et son groupe, avec cinq artificiers suédois – qui n'étaient pas encore arrivés à Venise –, et sous la protection des mercenaires dalmates du capitaine Maffio Sagodino, se chargeraient de l'Arsenal. Le mauvais état de santé de Toledo, cependant, modifiait les plans, et il devenait nécessaire de repréciser le rôle de chacun. C'était le but de la réunion à laquelle, comme je l'ai dit, je ne participai pas, car, de l'église, je partis me promener avant de me rendre au lieu du rendez-vous que m'avait donné le capitaine pour plus tard, lequel était la pointe de la Douane, toute proche.

À cette heure, le bureau officiel des marchandises, qui ouvrait très tôt, était déjà fermé; et l'endroit, les gens partis, était tranquille. Il y avait beaucoup de ballots et de tonneaux empilés sur le quai. Le léger clapot faisait se cogner les flancs des gondoles et des sandali contre les pieux auxquels ils étaient amarrés. Je marchai avec beaucoup de liberté, bien protégé par ma cape, admirant ce carrefour de mondes et de mers peuplé de bateaux de tout genre et de toutes nations qui, voiles carguées, étaient rangés si serré que l'on aurait presque pu passer de l'un à l'autre sans se mouiller les pieds pour traverser la large embouchure du Grand Canal, de la Douane à la place Saint-Marc. Et même en détestant cette ville comme je la détestais, et malgré le ciel hostile et lourd de pluie qui gravitait comme une panse d'ânesse au-dessus des toits, des campaniles et des cheminées, je ne pouvais m'empêcher d'admirer le paysage de cette Tenochtitlán du Vieux Monde, qui se déployait sous mes yeux avec une telle superbe et une telle grandeur que ni Séville, ni Barcelone, ni même Gênes ou Naples, ne pouvaient rivaliser avec elle, comme si c'était là, et nulle part ailleurs, que se trouvait la machine de l'univers. Et je me dis que nous les Espagnols, maîtres du monde comme nous l'étions, aurions aimé avoir parmi nos villes une cité aussi riche et commerçante que celle-là; où la principale qualité des citoyens, leurs vices mis à part, était le travail. Tandis que nos efforts et l'or des galions s'en allaient en chimères qui n'avaient rien à voir avec le commerce et la prospérité des peuples mais nourrissaient l'arrogance, la religion, l'oisiveté et la vantardise de chrétiens archaïques. Car rien ne définit mieux l'Espagne de mon siècle et de tous les autres que l'image de l'hidalgo pauvre et misérable, mourant de faim, qui ne travaille pas parce que c'est au-dessous de sa condition ; et qui, bien que jeûnant tous les jours, sort dans la rue avec son épée en prenant des grands airs, et parsème sa barbe de miettes de pain pour que ses voisins pensent qu'il a mangé à sa faim.

Le capitaine Alatriste, Roque Paredes et Manuel Martinho de Arcada firent leur apparition après deux heures bien sonnées, marchant tranquillement sur le quai que l'on appelle les Zattere. Ils s'arrêtèrent près de moi, observant la lagune, l'embouchure du canal et l'île San Giorgio, et finirent de commenter entre eux, profitant de ce qu'il n'y avait pas à proximité d'autres oreilles que les miennes, certains détails de l'affaire. Je sus de la sorte que les coliques néphrétiques de don Baltasar Toledo s'étaient compliquées d'une fluxion ulcéreuse, que la trémentine du Tyrol administrée par l'apothicaire du couvent ne faisait aucun effet, et que don Baltasar avait, bloquée dans le canal urinaire et sans pouvoir l'en expulser, une pierre presque aussi grosse qu'un silex d'arquebuse. Outre de terribles douleurs, cela lui occasionnait des fièvres très fortes ; de sorte qu'il n'avait pu faire autrement que de se démettre de son commandement, car c'était peu probable que son état s'améliore dans les prochains jours. En conséquence, le militaire avait désigné le capitaine Alatriste pour le remplacer, sans que ni Paredes ni Martinho n'y voient d'objection. Au contraire, en soldats de métier qu'ils étaient, ils semblaient plutôt soulagés de ne pas être chargés d'une aussi lourde responsabilité. On ne peut pas dire non plus que mon ancien maître se montrait heureux de ce changement ; mais il assumait, avec son habituel fatalisme devant l'inévitable, la part qui lui était imposée. Le plan original était maintenu dans ses grandes lignes, à cette différence près que l'attaque de l'Arsenal serait maintenant dirigée par Sebastián Copons, aux ordres duquel je restais assujetti, tandis que Manuel Martinho de Arcada et ses hommes seraient sous le commandement du capitaine Alatriste pour le coup de main contre le palais ducal. Quant à Roque Paredes, il restait chargé de l'incendie de la juiverie.

— L'idée, dit le capitaine, est que nous nous réunissions après-demain à la tombée de la nuit. Sans attirer l'attention.

— Il nous faut un lieu public et discret à la fois, précisa Manuel Martinho en chuintant toujours les « s » à la manière lusitanienne.

– Le pont des Assassins, avec sa taverne et ses deux entrées, est parfait… Vous le connaissez ?

Roque Paredes partit d'un éclat de rire dont le souffle se condensa dans le froid. On eût dit qu'il fumait.

– Non. Mais sur la vie de Judas, le nom me plaît.

– Je dessinerai un plan, bien qu'il soit facile à trouver. Nous arriverons par petits groupes, sans trop nous concentrer, pour une dernière revue et pour échanger les dernières nouvelles avant que chacun gagne son poste.

Nous nous tûmes tous, car un groupe de matelots passait à proximité en se dirigeant vers les embarcations amarrées aux bricoles proches du quai. Puis le capitaine eut un mouvement du menton pour indiquer le Grand Canal et le nord de la ville.

– Je suppose, dit-il à Paredes, que vous avez pensé à jeter un coup d'œil sur la partie qui vous revient.

L'autre rit de nouveau, en plongeant ses doigts gantés dans sa barbe noire. Il avait les manières aimables d'un sanglier, décidai-je ; mais l'œil vif et la main forte.

– Vous supposez juste, confirma-t-il. J'y suis allé hier, mais je suis resté de ce côté du pont… J'ai prévu d'y entrer ce soir, et pas seulement pour voir des bonnets jaunes. – Il m'adressa une grimace complice. – J'irai avec un de mes hommes, sous prétexte de visiter le bordel d'une certaine Sara

Cordovesa, dont on dit qu'elle parle la langue de Castille mieux que moi-même.

– On saura tenir sa langue, j'imagine. Et sans trop s'humecter le gosier.

– Vous imaginez bien. – Le sourire de Paredes se figeait lentement. – Vous m'offensez en en doutant.

Je vis le capitaine Alatriste, prévoyant ce qui allait suivre, faire un geste de conciliation. Formé à rude école, il connaissait la musique. Pas question de s'entretuer pour un simple mot sur la pointe de la Douane, à la veille de ce qu'ils auraient à affronter. Et il était le chef, maintenant. Mieux que personne, il savait comment se conduire avec des Espagnols.

– Effaçons cela, seigneur soldat… Ce n'était pas mon intention.

Il regardait Paredes bien en face, avec franchise et fermeté. Après avoir conservé un moment l'air sombre d'un homme qui rumine son ressentiment, les traits de l'autre se détendirent.

– Non, conclut-il. Je suppose que non. En fin de compte, c'est vous, maintenant, qui avez le commandement… Et puis il n'est jamais mauvais d'enlever la suie du canon de l'arquebuse avant d'entrer en campagne.

Il marqua une pause et fit un geste amical en ma direction, toute trace de mauvaise humeur déjà disparue. Ce Roque Paredes, me dis-je, était un brave homme.

– À ce qu'on dit, vous-même et le garçon n'êtes pas non plus mal logés.

– Il y a de pires endroits, en effet, admit le capitaine.

Tous rirent, sauf moi. Une pluie fine tombait maintenant, superficielle, qui ne pénétrait pas le drap de nos capes et de nos chapeaux. Nous regardions la lagune grise, brumeuse au loin où mer et ciel se confondaient.

– Ce qui continue de me préoccuper, confia Paredes à voix basse, est que je n'ai pas encore les mèches de goudron, les allumettes et les chemises à feu.

– Elles arrivent ce soir de Fusina, en terre ferme, dans une barcasse qui transporte du bois, répondit le capitaine. Elle s'amarrera dans le canal Girolamo, près de l'église. À deux pas du quartier juif.

L'autre fit claquer deux doigts, bruyamment, avant de cracher dans l'eau. C'était un vieux soldat – il avait été présent à Crevacuore, à la prise d'Acqui et au siège de Verrua avec le régiment de Lombardie – et, dans les affaires d'épée, il se méfiait de tout, même du soleil sur le mur.

– Tant que je n'aurai pas touché la marchandise de mes propres mains, je n'aurai pas confiance.

– C'est naturel… Comment sont vos hommes?

– Pressés d'en finir. Ça n'a rien de plaisant de vivre caché et de ne sortir dans la rue qu'avec la barbe sur l'épaule. Chaque jour qui passe leur ronge l'estomac… Mais mes gaillards gardent bouche close. Ils dorment, ils boivent, jouent aux cartes et attendent.

Le capitaine se tourna vers Martinho de Arcada.

– Et les vôtres ?… Comment les trouvez-vous ?

Le Portugais prit un air résigné.

– Impatients, eux aussi. Attendre est épuisant. Bien que, comme vous le savez, il me manque encore la moitié de mes gens.

– Ils débarqueront demain, avec les Suédois.

– Tant mieux, car au moins ils arriveront détendus. Ici, chaque heure qui passe augmente la sensation de danger. Ne pouvoir faire confiance à personne est très dur à supporter.

– C'est la même chose pour moi, dit Roque Paredes. Chaque fois que je vois une canne de boiteux, je crois que c'est une verge d'inquisiteur.

– Tout arrivera à temps.

– Avec ou sans le foutre de Dieu, sans parler de sa Gloire.

– Ainsi soit-il.

Pour sa part, Martinho acquiesça en touchant l'agnus-Dei en argent qu'il portait sur la poitrine, entre les plis de sa cape. La bruine qui désolait sa moustache couleur paille accentuait son air mélancolique. Triste, comme tout vrai Portugais.

– Oui, par le Christ. Tôt ou tard, tout finit par arriver… Y compris la mort.

En bon Lusitanien qu'il était, sa mine n'était pas précisément celle du joueur de flûte à un baptême. Cette note de mélancolie fut accueillie diversement. Roque Paredes et le capitaine Alatriste se regardèrent, ce dernier avec amusement, tandis que l'autre faisait subrepticement, avec deux doigts, les cornes italiennes pour conjurer le mauvais sort.

— Mes hommes supportent bien l'attente, insistait Martinho. Ils savent ce qu'ils ont à faire, et nous avons étudié un plan du palais. Tout dépend de ce Lorenzo Faliero, s'il tient sa parole. – Il reprit son air funèbre. – Sinon, nous serons taillés en pièces avant même d'avoir franchi la porte.

— Pardieu! Personne ne sera taillé en pièces. – Le capitaine embrassa d'un geste le panorama de la ville. – Dans la nuit d'après-demain, nous serons les maîtres de tout cela… Maîtres et seigneurs, tout au moins.

— Et riches, ajouta Paredes avec cupidité.

— Riches comme Crésus.

Il était difficile d'établir si mon ancien maître parlait sérieusement ou s'il plaisantait ; mais moi qui le connaissais comme le couteau connaît le melon, je crus noter une certaine réticence. Je vis Martinho de Arcada se signer.

— Avec la permission de Dieu, dit-il.

— Ou du diable, renchérit le capitaine Alatriste. Mettons, par précaution, un autre cierge au diable.

– Amen, rit Roque Paredes.

Le capitaine se tourna vers moi. D'un coup il avait recouvré sa bonne humeur – cet humour parfois noir et désespéré qui était le sien –, et je fus surpris de le voir ainsi, car cela faisait à peine une demi-heure qu'on venait de faire peser sur ses épaules une énorme responsabilité. Mais je devinai, ou je sus, tout de suite que c'était justement de cela qu'il s'agissait : de manifester détachement et confiance, comme quand on plaisante avant de respirer profondément, de serrer les dents et de se lancer à l'assaut d'une tranchée ennemie. Il fit le geste de lever la main et de me taper amicalement sur l'épaule ; mais moi, qui restais sous le coup de l'histoire de Luzietta et de la dague sur ma gorge, j'esquivai le mouvement. Il me regarda fixement, l'air pensif.

– Quant au jeune monsieur Balboa, dit-il aux autres, il reste affecté au groupe des chantiers navals ; mais, jusqu'à ce que le moment arrive, il sera notre messager. Il fera la liaison entre nous, en transmettant les nouvelles.

Il continuait de m'observer, calmement. Sous le chapeau à bord court, la fine pluie mouchetait son visage de gouttes minuscules.

– Des questions, Iñigo ?

Je secouai la tête et regardai l'eau trouble du canal.

– Aucune.

Il se tourna vers les autres.

– Dans ce cas, tenons-nous-en à ce qui a été dit. S'il n'y a pas de contrordre, après-demain à la tombée de la nuit nous nous retrouverons sur le pont des Assassins, avant de faire passer au doge l'envie de souper… Tous armés sous nos capes, prêts à ce que Dieu ou le diable nous emportent.

– Amen, répéta Roque Paredes.

Saavedra Fajardo était pressé. Portant cape et chapeau de cuir noir, il descendit de la gondole couverte et monta le long de la rampe inclinée de l'escuero – tel était le nom que l'on donnait ici aux chantiers de petites embarcations, qui se comptaient par douzaines –, en faisant bien attention de ne pas glisser sur le plancher moisi par les marées et l'humidité. Arrivé devant nous, le souffle coupé par le froid malgré ses vêtements, il me lança un coup d'œil inquisiteur.

– C'est mon messager, dit le capitaine Alatriste. Je vous ai parlé de lui.

Le secrétaire de l'ambassade à Rome acquiesça et observa les alentours, avec cette manière de vérifier l'absence d'éventuels yeux et oreilles indiscrets qui, à Venise, était chose commune et salutaire. L'escuero était très voisin des Zattere et longeait un large canal qui faisait communiquer le Grand Canal avec celui de la Giudecca. Au-dessus des hangars en bois qui abritaient les ateliers et les magasins nous pouvions apercevoir, tout proche, le fronton triangulaire de l'église San Trovaso.

– Des nouvelles ? s'enquit Saavedra Fajardo.

– Pas d'autres que celles que vous apportez.

Nous marchâmes entre les gondoles et les sandali désarmés et à sec. Cela sentait l'humidité, le bois et la poix de calfatage. Dès qu'il nous vit apparaître, le propriétaire du chantier traversa la demi-douzaine d'artisans qui maniaient gouges et varlopes, se découvrit fort respectueusement et nous conduisit dans un hangar voisin où il n'y avait personne et qui servait de remise pour les outils, les rames et les forcoles, en nous y laissant seuls. Il faisait aussi froid dedans que dehors, aussi restâmes-nous capes remontées et chapeaux enfoncés jusqu'aux yeux, comme les conspirateurs que, d'ailleurs, nous étions.

– Les nouvelles dispositions sont confirmées. Vous restez au commandement.

On frappa à la porte du hangar pour demander la permission d'entrer, et le responsable du chantier passa la tête, échangea quelques mots à voix basse avec Saavedra Fajardo, puis disparut de nouveau. À ce moment, un nouveau personnage fit son entrée. Il s'agissait d'un homme d'âge moyen, petit, épaules larges et mains rudes, revêtu du sayon en toile cirée que portent ordinairement les pêcheurs de la lagune, ouvert sur un gilet de cuir dont dépassait le manche en corne d'un couteau. Quand il quitta son bonnet de laine, nous découvrîmes des cheveux noirs et frisés, des sourcils d'une épaisseur de deux doigts et des pattes très longues, presque féroces, qui envahissaient sa face jusqu'à la commissure des lèvres. Le secrétaire d'ambassade le présenta :

– Voici Paoluccio Malombra. Plus connu comme le *paròn* Paoluccio... Son métier, la contrebande.

– De quoi ? voulut savoir le capitaine.

– Dernièrement, de viande de porc et de sel. Les taxes qui grèvent ces produits sont trop hautes, à Venise. Et comme il n'y a pas de remparts, la contrebande arrive de la terre ferme, cachée dans des barques... Paoluccio fait ce commerce depuis toujours : viande, vin, huile... Ce qui se présente, suivant l'époque. Il connaît la lagune comme personne.

L'autre acquiesçait comme s'il comprenait ce que nous disions, bien que Saavedra Fajardo s'exprimât en castillan. Je l'étudiai de haut en bas et le trouvai fort malpropre. Il avait les ongles incrustés de crasse et répandait une odeur de poisson : thon salé ou séché, sardines en saumure. Un peu de chaque ou tout cela à la fois, déduisis-je. Son dernier chargement clandestin.

– Cet ami, expliqua le diplomate, est votre sauvegarde. Si quelque chose tourne mal, il se chargera de vous mettre à l'abri.

Le capitaine Alatriste et moi regardâmes l'inté-
ressé en le scrutant jusque dans le blanc des yeux.
Conscient de cet examen, il se laissait faire, impavide.
Son métier semblait l'avoir habitué à ce qu'on le
regarde avec suspicion.

— Je suppose qu'on peut lui faire confiance,
conclut le capitaine.

— Absolument. Ce ne serait pas la première
fois qu'il ferait sortir de Venise des individus pris
d'un besoin urgent de voyager. Et compte tenu des
circonstances, ses tarifs ne sont pas bon marché.

Le dénommé Paoluccio Malombra continuait
de nous contempler placidement, sans ouvrir la
bouche. Et, de temps à autre, d'acquiescer à ce qu'il
entendait.

— Il est muet ? risqua le capitaine.

Le ton était sarcastique ; mais, à ma grande
surprise, Saavedra Fajardo, très sérieux, répondit par
l'affirmative.

— Il se trouve que oui. Muet de naissance, bien
que sachant parfaitement se faire comprendre. — Ici,
il adressa un coup d'œil gêné au manche du couteau
sous le sayon du contrebandier. — Pour ceux qui
louent ses services, ce mutisme constitue un avantage
supplémentaire.

— Je vois, dit le capitaine.

Nous regardâmes Paoluccio Malombra avec
un intérêt renouvelé. Maintenant il souriait, l'air

faussement bonasse, en exhibant une denture grise et largement incomplète. Je n'aimerais pas, pensai-je derechef, me retrouver la nuit au milieu de la lagune en compagnie de ce sourire en devant de l'argent à son propriétaire.

— Tout nous permet de supposer, disait Saavedra Fajardo, que l'affaire se passera comme nous le souhaitons… Mais si un trajet en mer se révélait indispensable, Paoluccio a fixé le lieu de rendez-vous ici même, sur cet escuero. Il y attendra, la nuit de Noël, entre la tombée du jour et deux heures du matin.

— Quel genre d'embarcation ? voulut savoir le capitaine.

— Une embarcation appropriée, capable de transporter jusqu'à dix passagers. De celles qu'on appelle des bragasses… Typique des pêcheurs, avec des rames et deux voiles latines.

Mon ancien maître prit une expression soucieuse. Puis il passa deux doigts sur sa moustache, regarda le contrebandier, dont les yeux noirs et vifs allaient de l'un à l'autre, suivant attentivement la conversation, et se tourna vers le secrétaire d'ambassade.

— Ce seront plus de dix hommes qui, si cela se révèle nécessaire, devront sortir de Venise… Vous vous attendez donc à si peu de survivants, en cas de problèmes ?

Le secrétaire leva une main, se hâtant de dissiper le malentendu. Il ne s'agissait nullement de cela, dit-il. Pour les autres, il avait pris des dispositions semblables en d'autres points de la ville. Chaque groupe avait son lieu de rendez-vous spécifique.

– San Trovaso est le vôtre et celui des gens du palais ducal, précisa-t-il. Le second est sur la pointe de la Celestia, pour ceux qui s'occupent de l'Arsenal et du quartier juif.

Sans quitter des yeux le capitaine, Paoluccio Malombra avait approuvé en entendant chaque nom, confirmant l'exactitude du propos. Finalement, il se mit à se curer soigneusement le nez avec un de ses ongles noirs comme le péché. Quant à moi qui écoutais cela, je pensai que, pour ma propre sauvegarde, je devais chercher sans retard la pointe de la Celestia sur le plan de la ville que le capitaine gardait dans sa chambre, et aussi consacrer un moment à reconnaître le chemin qui y conduisait depuis l'Arsenal. Si quelque chose tournait mal, j'aurais à faire ce chemin en pleine nuit et en courant, avec la moitié de la ville à mes basques, ou même la ville entière. Sans avoir la possibilité de poser des questions ni le temps de m'orienter.

– En cas de difficultés, résumait le fonctionnaire, chaque groupe devra se diriger vers son point d'embarquement. Paoluccio et ses hommes vous conduiront à l'île dont nous avons parlé l'autre jour…

San Ariano est, comme je l'ai dit, de l'autre côté de la lagune. Proche de la passe qui s'ouvre sur la pleine mer. Là, vous serez recueillis par un bateau plus important.

– Quand ? voulut savoir encore le capitaine.

– Cela ne dépend pas de moi. Dès que possible, j'imagine.

Le capitaine et moi échangeâmes un regard professionnel, car nous pensions tous deux la même chose. Si nous parvenions là-bas, nous y arriverions poursuivis, avec les troupes fidèles à la Sérénissime battant la lagune à notre recherche.

– Quel genre d'endroit est-ce ?... Offre-t-il des possibilités de se défendre ?

Saavedra Fajardo nous regarda comme si on lui avait posé une question sur la face cachée de la lune. Se défendre contre quoi, semblait-il se demander. Puis il finit par comprendre.

– Pas beaucoup, admit-il. L'intérêt du lieu est surtout d'être discret... On m'a dit que c'est un îlot dissimulé au milieu des autres, avec des chenaux peu accessibles. Il a l'avantage de posséder une petite source d'eau potable. On y trouve aussi quelques ruines d'un monastère abandonné voici deux cents ans... Il est connu sous le nom d'île des Squelettes.

Nous regardâmes Paoluccio Malombra, qui avait laissé son nez en paix et dont la bouche grisâtre et ébréchée souriait de nouveau : un large sourire qui allait d'une patte à l'autre. Le capitaine repassa les doigts sur sa moustache, songeur.

– Sacredieu… Quel nom rassurant.

Saavedra Fajardo insista en disant que le lieu, lui, l'était. Tranquille, certifiait-il. Venise l'utilisait comme ossuaire depuis que les cimetières avaient commencé à déborder. De ce fait, il n'était que rarement visité. En été il était infesté de serpents, mais avec le froid on n'avait pas à s'en inquiéter.

– Et puis, de toute manière, trancha-t-il, espérons que ni San Ariano ni les services de Paoluccio ne seront nécessaires.

– Espérons.

À ce moment, le contrebandier se mit à gesticuler, agitant beaucoup les mains et lançant des regards qui allaient de l'un à l'autre. Puis il désigna sa poitrine et imita de façon éloquente les mouvements de quelqu'un qui s'en va, après quoi il croisa les doigts et resta à nous contempler du même air placide qu'auparavant.

– Il veut que ce soit bien clair, traduisit Saavedra Fajardo, que lui et ses hommes n'attendront pas plus que le temps convenu… En cas de retard, avec ou sans passagers, les barques hisseront les voiles. À deux heures du matin, le jour de Noël.

Le jeudi vingt-trois, le froid se fit plus intense. Par-dessus l'eau couleur de cendre, le vent du nord apporta une neige blafarde à demi fondue qui ne parvint pas à geler sur le sol, mais dont l'humidité était plus pénétrante que les jours précédents. Et je vous jure que je l'éprouvai à mes dépens quand, en compagnie de Sebastián Copons, j'allai au canal des Mendiants, qui s'enfonce dans la ville en partant des quais neufs du nord-est. Le souffle glacé des Alpes courait librement sur le canal, me faisant grelotter, y compris à l'abri de la Scuola San Marco où nous nous arrêtâmes près de la statue de bronze impressionnante du condottiere Bartolome Colleone. Il était tôt. À cette heure, le lieu grouillait de matelots, de pêcheurs et de paysans en cape marron et sabots, qui déchargeaient entre la place et les quais neufs les nombreuses barcasses apportant des produits de la terre ferme et des passagers en provenance de Marghera, Fusina, Trévise et Mestre. Dans l'une de ces barques que l'on appelle à Venise battelli grandi, chargée de bois, arrivaient des passagers qui nous intéressaient particulièrement : les cinq artificiers suédois qui devaient nous aider dans l'incendie de l'Arsenal et les quatre soldats espagnols qui manquaient pour compléter le groupe affecté à l'attaque du palais ducal.

– Devine lesquels ils sont, me dit Sebastián Copons.

Je n'eus pas besoin de forcer la vue. Parmi les gens qui allaient et venaient sur le quai des Mendiants, je distinguai facilement cinq hommes à barbe et moustache blondes, aussi à l'aise et désinvoltes que s'ils débarquaient à Corfou. Ils étaient habillés en matelots, avec les habituels sacs de toile sur l'épaule, et marchaient suivis de près par quatre individus de petite taille, rudes, bruns et le visage encadré de pattes, l'air fier, qui, avec leur besace sur le dos et la gourde de vin à la ceinture, sentaient à une demi-lieue les militaires déguisés en civils. Et tandis que les blonds avançaient impassibles, prudents, en regardant dans le vide comme s'ils étaient ailleurs, les quatre bruns jetaient des coups d'œil curieux aux alentours, en observant tout avec beaucoup d'intérêt. Particulièrement les femmes.

– Merde de merde, murmura Copons. Il leur manque juste un écriteau sur la poitrine avec le nom de leur régiment.

– Le régiment de Lombardie, confirmai-je, étant au courant des détails du fait de mon intimité avec le capitaine Alatriste.

– Foutue chierie… Que Dieu les envoie en enfer.

Là-dessus, nous vîmes Manuel Martinho de Arcada, vêtu comme un marchand, apparaître au milieu de la foule, l'air aussi mélancolique qu'à l'ordinaire. En passant près des Espagnols il dut leur faire un signe d'intelligence ou être reconnu par eux, car les quatre lui emboîtèrent le pas, le suivant de près, jusqu'à ce que nous les perdions de vue derrière l'église San Zanipolo, en route vers leurs propres affaires. Pendant ce temps, nos mercenaires suédois s'étaient dirigés, obéissant aux instructions qu'ils avaient reçues, vers la statue du Colleone, et, après s'être arrêtés un moment, ils poursuivirent leur chemin le long du canal pour atteindre le pont de bois goudronné que l'on appelle le pont des Boucheries. Là, ils s'arrêtèrent de nouveau, jusqu'à ce que Copons et moi, qui allions discrètement derrière eux, attentifs à ce que personne ne les suive – et nous en étant bien assurés auparavant en nous retournant –, passions à proximité. Mon compagnon donna alors, sans s'arrêter, le mot de passe convenu, qui était *Manzanares et Atocha*, un des Suédois répondit *Anvers et Ostende*, et dès lors ce furent eux qui nous suivirent deux rues plus loin, jusqu'au porche de l'auberge des Tre Fradei, où il était prévu qu'ils logeraient. Et après avoir échangé une rapide et furtive poignée de main avec celui qui nous sembla être le chef du groupe – un individu de haute taille, yeux très clairs et barbe de pirate viking, qui m'écrasa la main droite en la serrant, le fils de pute –, nous repartîmes à nos affaires sans échanger un mot, et ils restèrent pour s'occuper des leurs.

Le rendez-vous suivant de cette matinée, nous l'avions, Sebastián Copons et moi, une heure plus tard à l'Arsenal. Comme le savent vos seigneuries, cette puissante enceinte était l'orgueil de la ville ; et depuis des temps reculés une coutume étonnante – et, à ma connaissance, originale et sans équivalent dans le monde à ce jour – était d'en ouvrir les portes chaque veille de Noël aux visites d'un public curieux, de Venise ou d'ailleurs, qui pouvait ainsi admirer cette fameuse merveille de la construction navale en parcourant la partie qu'il était possible de lui montrer sans qu'il découvre de graves secrets de la République. La moitié du prix de l'entrée – qui consistait en la somme, nullement modique, d'un bezzo par personne – était destinée, par coutume aussi, aux ouvriers des chantiers et à leurs familles, en manière d'étrennes. Et il était habituel, à ce qu'on nous dit, que chaque année la collecte soit fructueuse.

Le fait est que ni le froid ni le crachin de neige fondue ne décourageaient les visiteurs, car dès la première heure se pressaient à la grille une bonne quantité de curieux munis de parapluies, de capotes cirées et de capes de fourrure, pour la plupart des voyageurs et des oisifs venus profiter de l'occasion. J'imagine que parmi eux, et pour des raisons différentes des nôtres, devaient se trouver des yeux

clandestins de diverses nations, Ottomans inclus.
Et bien que, comme je l'ai dit, le parcours autorisé
fût réduit, en barques à rames et presque entièrement limité à la partie ancienne des chantiers, il se
présentait toujours une occasion de jeter un coup
d'œil au-delà quand on passait sous les ponts-levis
et dans les canaux intérieurs, pour espionner la zone
où l'on construisait, armait, carénait et réparait les
fameuses galères de la Sérénissime ; lesquelles, avec
tant d'orgueil et de superbe démesurée, malgré l'Espagne et le Turc, continuaient de promener le lion de
Saint-Marc dans l'Adriatique et les eaux du Levant.

Nous avions étudié le plan des lieux que nous
avait fait parvenir le capitaine Maffio Sagodinó ;
mais une exploration sérieuse s'imposait, car, le
lendemain, nous devrions y entrer de nuit, en tapi-
nois et sans avoir le temps de nous orienter ni de
nous fixer des repères. De sorte que, après nous
être retrouvés sur le pont-levis et avoir fait la queue
comme tous ceux qui attendaient – il y avait parmi
eux bon nombre de femmes et quelques enfants –,
nous franchîmes le portail de l'entrée, payâmes
chacun notre demi-sol d'argent et embarquâmes par
groupes dans de grandes caorlines à rames avec des
bancs. Je m'installai dans celle que l'on m'assigna,
entre le Maure Gurriato et Jorge Quartanet, tandis
que Manuel Pimienta et Pedro Jaqueta s'asseyaient
sur le banc derrière nous. Malgré leurs efforts, ni

Sebastián Copons ni Juan Zenarruzabeitia ne purent monter avec nous, de sorte qu'ils durent attendre une autre embarcation. Sur la nôtre, six matelots du chantier étaient aux rames, et le contingent de passagers était complété par deux Anglais à l'allure de marchands, un père de famille vénitien avec un enfant de dix à douze ans, et un couple qui, à ce que j'en compris, était composé d'un commerçant de Pise, bedonnant et d'un certain âge, et d'une jeune personne avenante, bien qu'ordinaire de manières, sans doute une courtisane locale, qui portait un fastueux manteau en fourrure de martre tout neuf et esquivait nos regards avec force minauderies. En observant son compagnon, il me parut être de ceux qui se présentent à la soi-disant demoiselle la bourse bien pleine et eux-mêmes gras comme ces thons qui vont frayer et s'en retournent ensuite dans leurs eaux d'origine si maigres qu'il ne leur reste plus guère que les arêtes.

– Comme c'est beau, l'amour, entendis-je murmurer dans mon dos Manuel Pimienta, farceur comme d'habitude.

– Quand on s'aime pour de vrai, ajouta Jaqueta, en dévisageant avec beaucoup d'insolence le Pisan qui le regarda d'un œil noir.

Toujours est-il que notre barque à rames passa dans le large canal intérieur du vieil arsenal et que nous admirâmes à notre gauche, protégés des intempéries par de vastes toitures de bois et de toile, une longue succession de bateaux de petit tonnage en cours de construction sur leurs cales, avec toutes sortes de bois, fer et autres matériaux disposés dans un ordre parfait. À notre droite, de grands hangars posés sur des arcs et des piliers abritaient les magasins de voiles, gréements et câbles pour les navires ; et un peu plus loin, entre deux canaux qui communiquaient avec le miroir liquide des chantiers neufs, un autre hangar aux grandes portes ouvertes permettait de voir la splendide nef appelée le *Bucentaure*, galère de haut bord et de richissime construction dont usait le doge pour ses cérémonies officielles. Nous en prîmes bonne note, car ce navire était un de nos objectifs du lendemain ; et nous redoublâmes d'attention quand notre caorline passa sous un pont-levis et pénétra un peu dans la partie nouvelle de l'enceinte ; où, même si la plus grande partie des bateaux étaient dans les hangars, le spectacle était impressionnant. Les uns contre les autres, bord à bord, aussi bien dans l'eau qu'à sec ou couchés sur le flanc pour le carénage, il y avait au moins une centaine de bateaux de gros tonnage : navires à voiles carrées, galéasses, et les fameuses galères vénitiennes. Beaucoup de ces dernières, qui, comme les nôtres, étaient désarmées pendant l'hivernage, étaient sans mâts, avec tout l'accastillage à terre ; et il y avait d'énormes piles de bois de charpente, de toutes les formes et de toutes les tailles requises pour la construction navale, prêt à être assemblé dans cet arsenal prodigieux qui avait la réputation, sans doute exagérée, d'être capable de construire une galère en vingt-quatre heures.

– Cul de Sant Arnau! murmura Jorge Quartanet, dans son parler catalan.

Je ne dis rien mais, plein d'admiration, je pensais la même chose. Je me bornai à échanger un regard avec le Maure Gurriato, qui contemplait tout cela bouche bée. Puis j'essayai de bien le graver dans ma mémoire. À côté de cette darse s'ouvrait un autre large canal, qui permettait d'apercevoir des galères en construction; mais nous ne pûmes pas espionner convenablement cette partie, car notre caorline prit à droite pour nous débarquer sur un petit môle proche de l'endroit où l'on raffinait la poix de calfatage. De là partait à angle droit une allée de terre qui passait entre des bâtiments de deux étages destinés aux corderies. Le trajet était flanqué de centaines d'armes et d'ancres, de couleuvrines et de canons bien rangés les uns contre les autres à perte de vue.

Nous mîmes donc pied à terre, et nous parcourûmes cette allée au milieu d'autres visiteurs, admirant tout ce que nous voyions et effrayés, chacun pour son compte, par le but de notre présence en ces lieux; surtout lorsque nous dirigions nos regards sur les constructions qui se trouvaient au bout du chemin de terre, où nous savions qu'étaient entreposés trois mille barils de poudre ; la seule idée de mettre le feu à un tel volume suffisait à faire vaciller la sérénité du plus calme et du plus audacieux d'entre nous. Car si c'était une chose d'échafauder des projets sur un plan dessiné, c'en était une autre de découvrir de ses propres yeux la démesure de l'entreprise. L'Arsenal de Venise semblait invulnérable au fer, au feu et à toute tentative que ce soit.

— Ceux qui nous ont envoyés ici sont fous, entendis-je dire Pedro Jaqueta à voix basse.

— Par le sang du Christ, monsieur mon ami ! Les fous, c'est nous, répondit Manuel Pimienta dans un autre murmure.

— À qui le dites-vous… Sacré morceau à avaler.

— Oh oui. Pas même pour son poids en or.

— J'aimerais encore mieux les cachots de Tétouan.

— Bien dit. Et rien à ajouter.

Je lançai aux Andalous un regard réprobateur, dans le genre calmez-vous, tout ira bien, pour leur faire comprendre qu'ils parlaient plus que de raison ; mais ma jeunesse ne leur inspira aucun respect, et Pimienta prit même la mouche :

— Quelque chose ne va pas, gamin ?

— Ce n'est pas un endroit pour parler fort, suggérai-je.

— Commence par te raser le museau, sacredieu.

Les deux crocodiles rirent sous cape, en bons farceurs méridionaux. Dans d'autres circonstances, la plaisanterie et la réflexion désagréable sur ce que je rasais et ne rasais pas auraient donné lieu à un échange de plus graves paroles. J'avais assez d'estomac pour leur répondre quelque chose comme vous pouvez maudire l'heure de votre naissance et la cloche qui l'a sonnée, agrémentant le tout d'une paume d'acier dans les tripes ; mais j'avais appris auprès du capitaine Alatriste qu'il y avait un temps pour chaque chose, et que dans la vie militaire la patience était la qualité première du soldat. Noël n'est pas Carême ; et je dus donc me contenter de me mordre la langue en encaissant l'affront.

Naturellement, Pimienta et Jaqueta ne tinrent nul compte de mon avertissement et continuèrent à bavarder, mais je n'avais ni assez d'autorité pour les obliger à baisser le ton ni même l'envie de le faire. De son côté, Jorge Quartanet, qui marchait près de moi, hochait la tête avec beaucoup de gravité en admirant tout.

– Cul de Deu et de la meua mare, proféra-t-il finalement. Même les Drassanes de Barcelone ne sont pas si belles.

Ce qui, dans la bouche d'un Catalan, n'était pas peu dire. Quant à moi, je me tournai vers le Maure Gurriato. Le mogatace était enveloppé de sa cape d'épais drap bleu, capuche rabattue, mais le froid lui violaçait les lèvres. Il interpréta mon coup d'œil et y répondit par un demi-sourire songeur.

– *Effed*. Une chose sera d'entrer, si nous entrons… Et une autre sera de sortir.

La visite terminée, on nous dirigea vers une petite porte voisine d'une des tours de l'entrée, près du pont mobile et sur la rive faisant face au portique principal. Là, nous dûmes nous arrêter, car le pont était levé pour laisser passer un navire remorqué par des barques à rames. Pendant que nous attendions, nous fûmes rejoints par le groupe où se trouvaient Sebastián Copons et Juan Zenar-ruzabeitia, et nous restâmes sur le quai, mêlés aux autres visiteurs.

– Fous-y le feu tant que tu veux, mais tout tuer est impossible. Ou presque, dit le Biscayen.

Je regardai autour de moi, inquiet, bien que le langage approximatif de mon compatriote fût diffi-cile à comprendre pour un autre que moi. Plusieurs Dalmates armés de hallebardes montaient la garde à la porte, et je reconnus parmi eux un des deux hommes que j'avais vus avec le capitaine Alatriste et don Baltasar Toledo dans la taverne du pont des Assassins : le capitaine Maffio Sagodino. Il portait un justaucorps de cuir épais, un petit manteau allemand, le gorgerin d'acier de rigueur pour la garde et un bonnet de cuir avec une plume verte. Et je ne sais s'il me reconnut ou s'il avait été prévenu de notre visite ; en tout cas il nous suivit des yeux quand nous approchâmes et les garda rivés sur nous pendant un bon moment. Discrètement, je dis à Copons de qui il s'agissait, et celui-ci dirigea son regard vers Sagodino, qui dut s'en apercevoir, car il détourna le sien pour observer ses hommes à la dérobée, puis nous fixa de nouveau.

— Crénom! murmura l'Aragonais. Jolie gueule de coquin, le bonhomme, avec toute cette barbe… Et il est de confiance?

— C'est ce qu'on dit. Tant qu'il est payé.

— Merde du Christ!

Ce fut tout : gestes et regards s'arrêtèrent là. Le pont-levis fut abaissé et nous le franchîmes en prenant la direction de la taverne la plus proche pour nous réchauffer. Quand nous passâmes à proximité de la porte principale, j'observai les gens qui continuaient à faire la queue pour la visite et me tournai vers le Maure Gurriato, formulant la question que je ne lui avais pas posée dans l'arsenal.

— Tu crois que, si nous entrons là-dedans, nous en ressortirons, Maure?

Le mogatace haussa les épaules.

— *Uar esinegh*, dit-il. Je ne sais pas.

Puis il fit encore quelques pas avant d'ajouter, indifférent, à sa manière habituelle :

— Mais il y a un proverbe dans ma langue : *Qua benadhem itmeta, qua zamgarz zechemez.*

— Et ça veut dire quoi?

Il haussa de nouveau les épaules. Le gris de la lagune proche se reflétait dans ses yeux, sous l'ombre du capuchon trempé de neige fondue.

– Toute femme ment, traduisit-il. Et tout homme meurt.

VIII

ENVERS ET CONTRE TOUS

Le vingt-quatre décembre, Venise s'éveilla tapissée de blanc. Il neigeait depuis la première heure de la nuit sur les quais, dans les rues et sur les toits des maisons. Lorsque Diego Alatriste sortit, emmitouflé dans sa cape de drap brun et le chapeau de castor enfoncé jusqu'aux sourcils, le vent ne soufflait plus. Des flocons tombaient du ciel hostile et gris, et les gondoles amarrées dans les canaux étaient immobiles sur l'eau calme, recouvertes d'une nappe blanche.

Par chance il n'y avait pas de verglas, et il put marcher sans risque de glisser sur le sol encore immaculé qui crissait sous ses bottes. Il chemina ainsi, franchissant ponts et passages voûtés, en passant par les Merceries jusqu'à l'église San Zulian; et de là, il gagna la rue des Armuriers, où il s'arrêta devant un atelier qui avait quelques articles exposés à la porte : épées, longues ou courtes, et dagues, de bon aspect mais de médiocre qualité, à ce qu'il put constater au premier coup d'œil. Rien à voir avec les bonnes lames de Tolède, Bilbao, Solingen ou Milan. Puis il flâna parmi quelques autres boutiques en pensant que Gualterio Malatesta faisait preuve d'un sens de l'humour douteux en lui donnant rendez-vous en ce lieu.

Il le vit arriver peu après, contournant les passants dans la rue enneigée. Maigre, vêtu de noir de haut en bas comme toujours. La cape et le chapeau saupoudrés de flocons.

– Monsieur Pedro Tovar, je présume, dit-il en guise de salut ironique.

Il s'était arrêté près de lui, regardant d'un air méfiant les articles de l'armurier. Il en tâta quelques-uns et frappa même, de l'ongle de l'index, la garde d'une dague dentelée en la faisant résonner, dubitatif.

– Qu'advient-il de vos marchandises ? demanda-t-il. Toujours retenues à la Douane de mer ?

– Elles m'ont été remises hier.

Le sicaire émit son rire sec et grinçant.

– Je m'en réjouis… Ainsi, vous pourrez choisir une bonne arme pour cette nuit. – Il désigna les pièces exposées de la boutique. – Pas comme cette cochonnerie.

Ils s'éloignèrent en descendant la rue. Elle était étroite et les obligeait à marcher épaule contre épaule.

– Comment va le marmouset? s'enquit Mala-testa.

– Bien. Il s'occupe de ses affaires.

– Dites-lui que je lui souhaite bonne chance, pour la part qui lui revient.

– Je le lui dirai.

Parvenus au coin, l'Italien fit un geste vers la gauche.

– Auriez-vous envie d'un verre de vin?... Je connais un bon endroit tout à côté, dans la rue des Miroitiers.

Alatriste tordit sa moustache.

– Pourquoi pas.

Il y avait d'innombrables miroirs de toutes sortes et de toutes tailles sous les dais en toile des boutiques. Au passage, leurs reflets multiplièrent jusqu'à l'infini l'image de douzaines d'Alatriste et de Malatesta marchant l'un contre l'autre, comme de bons camarades.

– Ironie du mercure, commenta Malatesta en s'en apercevant.

Il semblait prendre un plaisir indicible à tout cela. Ils entrèrent dans la taverne en secouant leurs capes, sans les ôter. Le lieu était exigu : juste un comptoir en bois de pin noirci par la crasse. Du plafond, attachées aux poutres par des ficelles, pendaient des outres de vin pansues.

– Chaud ou froid ? demanda Malatesta pendant qu'ils enlevaient leurs gants.

– Froid.

– Vous avez raison. Le vin chaud monte à la tête et, aujourd'hui, il convient de la garder claire.

Le sicaire commanda une fiasque de vin de l'année et deux gobelets, remplit le sien et but sans façon une longue gorgée. Diego Alatriste se servit, lui aussi, et trempa à peine sa moustache dans le vin. Il était bon, constata-t-il. Léger et vaguement doux, plus levantin que de la région. Il en but une autre gorgée. Accoudé au comptoir, le pommeau de l'épée visible sous la cape – Alatriste ne portait que sa dague habituelle à la ceinture –, Malatesta regardait les outres, réjoui.

– Ça me rappelle l'auberge de Don Quichotte, commenta-t-il : *Je sais que tout dans cette maison est enchanté…* Vous lisez toujours des livres ?

– Et vous ?

De nouveau, le grincement sec. Malatesta riait entre ses dents.

– Je n'ai pas eu beaucoup d'occasions de lecture, ces derniers temps.

– Je me le figure.

– Oui. Je suppose que vous vous le figurez.

Le sicaire fit mine de chercher sa bourse et de ne pas la trouver ; et ce, en prenant tellement de temps qu'Alatriste mit la main à sa poche et posa deux doubles bagatins sur le comptoir.

– Revenons à nos affaires, dit-il en finissant son vin.

Malatesta fit de même avec le sien. C'était la première fois, pensa Alatriste, qu'ils buvaient ensemble. Et sûrement la dernière.

– Allons-y.

Il s'agissait de faire une reconnaissance du côté de l'église Saint-Marc, de la place et du palais ducal, dans le but de se préparer aux événements de la nuit suivante. Ils marchèrent en silence pour gagner la Canonica et les premiers abords de la place, où se dressait la façade ouest de Saint-Marc. À côté de la margelle de la citerne située au centre, avant d'arriver aux lions qui flanquaient l'entrée de la grande place et dont la neige blanchissait les crinières, Malatesta désigna une petite porte située à gauche, entre l'église et l'édifice qui s'y adossait, au-delà de l'arc du porche nord. La petite porte, fermée par une grille en fer forgé, se trouvait au bout d'une ruelle étroite et courte.

– C'est par là que nous entrerons, le prêtre uscoque et moi.

– Elle sera ouverte ?

– Non. Mais j'ai les clefs… Quant à l'Uscoque, il portera l'habit de son état, comme il convient.

– Malatesta indiqua une ruelle de l'autre côté de la piazzetta. – J'aurai changé de vêtements là-bas et mis le gorgerin, le chapeau à plume verte et l'écharpe d'officier de la garde ducale... C'est peu de chose, mais cela suffira pour gagner du temps si une sentinelle se tient à proximité. Une fois à l'intérieur, j'aurai dix pas à faire pour arriver au garde de la porte qui mène au grand autel et je l'expédierai *ad patres*, laissant la voie libre au prêtre... Venez. Allons de ce côté pour que je vous montre les lieux de l'intérieur.

Il avait tout expliqué avec un calme parfait. Chez un autre homme, Alatriste aurait pris cela pour de la forfanterie. Mais Malatesta n'était pas un autre homme.

– Et votre fuite?

Le Sicilien eut une grimace ironique. Le regard noir et dangereux parcourait la place en s'arrêtant sur chaque détail.

– Si ça tourne bien, ou si ça tourne mal?

– Dans les deux cas.

– Si ça tourne mal, je prendrai la poudre d'escampette, comme disent les Français. Si ça tourne bien, le temps que le prêtre agisse et je serai déjà dehors. Je passerai très vite par ici même, et j'irai au palais ducal pour voir comment vont les choses... Avec de la chance, à temps pour mettre la main sur quelque coffre bien rempli.

Tout en marchant, ils étaient arrivés sur la vaste place, recouverte par la neige qui continuait de tomber. Beaucoup de gens la traversaient, emmitouflés jusqu'au nez, et les bateaux amarrés au-delà des deux colonnes avaient leur gréement, leurs vergues et leurs hunes ourlés de blanc. Des gamins faisaient des boules de neige dont ils se bombardaient sous les arcades des Procuraties.

– Quant à vous, poursuivit Malatesta, je suppose que vous rejoindrez le groupe d'assaut là-bas, à la porte principale du palais.

– Vous supposez bien. Votre parent, le capitaine Faliero, doit nous dégager le passage avec ses Allemands.

– Et ensuite ?… Vous comprendrez ma curiosité.

Alatriste indiqua la basilique.

– Faliero viendra avec quelques-uns des siens. Sous le prétexte de rétablir l'ordre, il retiendra les sénateurs qui sont contre Riniero Zeno… Puis il escortera les autres jusqu'au palais ducal, où, avec mes hommes et ceux que Faliero me donnera, je couvrirai le grand escalier et le chemin de la salle du Conseil… Là, Zeno sera proclamé le nouveau doge.

Ils étaient entrés dans Saint-Marc et traversaient le narthex à colonnes où la splendide mosaïque du sol rivalisait de richesse avec les peintures et les ors du plafond. Peintures et ors se prolongeaient sur les arcs et les voûtes de l'intérieur, qui luisaient dans la

pénombre sous l'effet des cierges allumés. Il y avait
peu de fidèles – quelques femmes couvertes d'une
mante et quelques hommes priaient, agenouillés,
devant les chapelles latérales –, et le son de leurs pas
résonna dans l'enceinte, multiplié par les cavités et
les chapelles adjacentes de la basilique. Cela sentait
l'encens et la cire.

– Pas mal, n'est-ce pas ? commenta Malatesta.

Diego Alatriste contempla froidement cette
fantasmagorie orientale enrichie de marbres et de
sculptures, butin accumulé au cours de siècles de
puissance, de conquêtes et d'argent. Il n'était pas
homme à s'émerveiller davantage devant la beauté
d'une église ou d'un palais que devant les formes
d'une belle femme ; en réalité, il n'était guère impressionné. Son monde n'était pas un monde d'ors et de
peintures multicolores, mais de tons gris et bruns,
fait de la brume incertaine d'un petit matin et du
rude froissement du cuir d'un justaucorps poignardé.
Pendant la plus grande partie de son existence il avait
vu brûler des richesses, œuvres d'art, tapis, meubles,
livres et vies. Il avait aussi suffisamment tué et vu
mourir pour savoir que, tôt ou tard, le feu, le fer et le
temps détruisent tout, et que des œuvres qui visent
à l'éternité se défont en un instant, abattues par les
maux du monde et les désastres de la guerre. C'est
pourquoi la richesse de Saint-Marc ne l'émouvait
nullement et son esprit restait insensible à l'effet

que voulait produire tant d'écrasante ostentation : le souffle du sacré, la solennité de l'immortelle divinité. L'or avec lequel étaient édifiés palais, églises et cathédrales, c'étaient lui et ses semblables qui le payaient de leur sueur et de leur sang, du plus loin que l'Humanité pouvait se souvenir.

— Observez, je vous prie, le grand autel, chuchota Malatesta.

Alatriste regarda dans cette direction. Au-delà du transept, dont les voûtes et les arcs décorés d'effigies et d'inscriptions sacrées semblaient fondus dans de l'or pur, la lumière des cierges éclairait l'iconostase, qui était ornée de statues de saints et d'une grande croix grecque et par laquelle on accédait au presbyterium, où se trouvait le grand autel.

— Le doge s'installe à gauche, seul et agenouillé sur un prie-Dieu, exposa le sicaire entre ses dents. En face, à droite de l'autel, se placent les membres du Conseil.

Ils avancèrent encore de quelques pas, jusqu'aux cinq marches qui menaient au terre-plein du presbyterium. Là brillait la lampe du tabernacle, devant laquelle Malatesta se signa avec beaucoup d'impudence. Entre quatre colonnes richement ouvrées, avec pour fond un grand retable en or, émaux et pierres précieuses, le grand autel était éclairé par la clarté plus forte des cierges et la lumière grisâtre qui filtrait d'en haut, à travers les vitraux de la voûte.

– La porte par laquelle entrera le prêtre uscoque communique avec ce renfoncement à gauche. On l'appelle la chapelle de Saint-Pierre… Jusqu'au prie-Dieu du doge, il y a à peine vingt pas.

Alatriste acquiesça, étudiant tout comme si sa vie en dépendait. Ce qui, d'ailleurs, était la vérité. Finalement, ce n'était pas si difficile. Question d'audace plus que de difficultés. À condition que l'assassin accepte l'idée qu'il pouvait ne pas sortir de là en vie. Pour le reste, le plan brillait par son extrême simplicité. Il était clair que, une fois franchie la porte extérieure, aucun obstacle ne viendrait s'interposer entre le poignard meurtrier et le prie-Dieu où le doge serait agenouillé, seul et en prière.

– Que vous en semble ? questionna Malatesta à voix très basse.

– C'est peut-être réalisable, concéda Alatriste.

– Comment, peut-être ?… Si le prêtre accède à la chapelle, l'affaire est dans le sac.

Ils revinrent sur leurs pas en faisant mine de tout admirer, comme deux étrangers émerveillés par la basilique. Près du presbyterium, Malatesta trempa deux doigts dans l'eau bénite et se signa de nouveau. Sentant sur lui le regard d'Alatriste, il eut un sourire cynique.

– Faisons semblant d'être pieux, dit-il.

Alatriste conservait néanmoins un doute raisonnable : jusqu'à quel point le sicaire déguisait-il en assurance des appréhensions plus ou moins réelles, de vieilles hantises telles que celles qu'il avait décrites au cours de la conversation de l'autre soir ? Eh oui, conclut-il, amusé à cette idée. C'était plus que probable que, l'un comme l'autre, ils se faisaient vieux.

Ils ressortirent sur la place en se protégeant de la neige qui continuait de tout tapisser. Les mouettes, peu enclines à voler dans l'air inhospitalier de la lagune, laissaient des traces sur le sol blanc. Ils passèrent entre le campanile et l'entrée principale du palais, et ils étaient près des colonnes du quai lorsqu'un petit cortège arriva des arcades de la façade sud, sortant de la porte qui donnait sur ce côté. Une vingtaine de gardes ducaux s'alignèrent, coupant le passage aux gens, pour dégager un chemin entre le palais et l'édifice de la Zecca. Diego Alatriste et son compagnon s'arrêtèrent parmi les groupes de curieux.

– *Minchia*... Regardez. Quand on parle de la chute de Rome...

Sans protocole, précédé de quatre hallebardiers de sa garde, le doge Giovanni Cornari traversa la place. Il avait la main posée sur l'épaule d'un valet qui portait un grand parapluie ouvert pour le protéger de la neige. Une demi-douzaine de personnes de sa suite et de conseillers marchaient derrière. Les gens des alentours accouraient pour le voir et applaudissaient à son passage, bien que le doge demeure hiératique, impassible. C'était réellement un vieillard, constata Alatriste : usé, noueux, il avait largement dépassé les soixante-dix ans mais conservait prestance et agilité de mouvements. Le quatre-vingt-seizième prince de la Sérénissime République de Venise portait une cape cramoisie, et sa tête était coiffée d'un bonnet de même couleur. Il marchait d'un air solennel, les yeux fixés sur quelque point indéterminé de l'espace. Ce regard immobile le faisait ressembler à un oiseau de proie desséché, momifié par l'âge et le pouvoir.

– Il doit aller voir frapper de la monnaie, murmura Malatesta. Ou compter l'argent qu'il n'a pas encore volé.

Il accompagna sa mauvaise plaisanterie d'un rire étouffé, grinçant.

– Cinq fils placés aux plus hautes magistratures, ajouta-t-il de la même voix contenue. Jugez vous-même de ce qui les tient tous unis. Les affaires de la famille.

Mais Alatriste avait fixé son attention ailleurs. Parmi ceux qui accompagnaient le doge venait le capitaine Lorenzo Faliero, très droit et fort gaillard. Il portait le gorgerin requis par son service, épée au côté, chapeau à plume et élégante cape verte sur les épaules.

– Voici votre parent, dit-il à Malatesta.

– Allons donc… Venise est un mouchoir de poche.

L'autre passa devant eux sans les voir, ou en faisant comme si. Le petit cortège entra dans la Zecca et les curieux se dispersèrent. Les deux spadassins poursuivirent leur marche sur la place enneigée, entre les colonnes de Saint-Marc et Saint-Théodore. Alatriste guettait son compagnon du coin de l'œil, cherchant à savoir ce que signifiait le sourire songeur et cruel, à demi masqué par le haut de la cape noire semée de gouttes d'eau et de flocons blancs.

– Pourquoi le faites-vous ? questionna-t-il finalement.

Malatesta prit un moment avant de répondre.

– Pour sauver ma peau, naturellement, finit-il par admettre. C'était un bon moyen de me tirer d'affaire… Leur vendre en échange quelque chose de qualité. Et faire ma fortune.

– Je crois vous connaître un peu, objecta Alatriste. Ce ne peut être seulement cela… Rien ne vous empêchait de déserter et de disparaître de la carte. Et pourtant vous êtes là.

– Vous conviendrez que l'épisode a son intérêt. Vous imaginez ? – Le sicaire baissa encore la voix. – Il y a un an, je voulais assassiner un roi, aujourd'hui c'est un doge… Il ne me manque plus qu'un pape. Comme vous dites, vous les Espagnols : À moi la gloire, et taillez-moi en pièces !

– Je doute que la gloire vous importe le moins du monde. Vieux chien n'aboie pas à la lune.

Derrière la cape du sicaire grinça un éclat de rire.

– Disons qu'il y a autre chose. N'avez-vous jamais, enfant, rêvé du cheval de Troie ?... De conquérir une ville ?

– N'exagérez pas, Malatesta. Vous n'avez jamais été un enfant.

– Je vous ai déjà dit l'autre jour que si. J'ai même été enfant de chœur, à Palerme.

– Que le diable vous emporte !

Ils étaient arrivés sur le quai, laissant les colonnes derrière eux. Sous leurs yeux s'étendait le vaste paysage de la lagune qui reflétait le ciel comme une lame d'étain. À travers le fin rideau de flocons, ils pouvaient deviner l'île San Giorgio d'un côté et la pointe de la Douane de l'autre. Formant une épaisse forêt de mâts et d'antennes, grands et petits bateaux étaient amarrés au quai ou mouillés au confluent du Grand Canal et du canal de la Giudecca, si couverts de blanc qu'ils ressemblaient à des îlots de neige.

– Et vous-même ? voulut savoir Malatesta. Que gagnez-vous à Venise ?

Diego Alatriste regarda derrière lui et, sur sa droite, l'édifice de la Zecca, comme si cela expliquait quelque chose.

– De l'or, je suppose... Et des états de service.

L'Italien cracha dans la neige. Un épais jet de salive. Comme si les derniers mots d'Alatriste lui donnaient un mauvais goût dans la bouche.

– Le roi votre seigneur, dit-il, qui pour l'heure est aussi le mien, se torche le cul avec les états de service... Au mieux, ils vous seront utiles pour demander l'aumône quand on vous jettera comme une vieille chaussette. Et estimez-vous encore heureux si vous n'avez pas laissé un bras ou une jambe en chemin.

– C'est possible, admit Alatriste, avec beaucoup de calme.

– Vous n'avez jamais éprouvé la tentation de tout envoyer aux orties, et qu'importe le reste?... De les expédier tous au diable, rois, ministres, mestres de camp?

– Les tentations ne nourrissent pas leur homme.

Ils marchaient de nouveau, cette fois le long du quai, près des gondoles amarrées et tapissées de neige. Ils arrivèrent ainsi au large pont en pierre qui traversait le canal du palais ducal. Un peu plus en amont se trouvait l'arche couverte du pont des Soupirs. Il devait son nom, se souvint Alatriste, à ceux qui y passaient pour être conduits aux cachots de la Sérénissime. Fasse le ciel, se dit-il, mal à l'aise, que l'on ne m'y entende jamais soupirer.

– Je soupçonne, disait le Sicilien, que vous n'avez pas de meilleur endroit où aller. Pour vous, doge de Venise ou empereur de Chine, tout se vaut... Vous êtes là parce que vous ne savez pas faire autre chose.

Il poussait de ses mains gantées des petits tas de neige qui tombaient dans l'eau du canal. Sans dire mot, Alatriste continuait de contempler le pont des Soupirs.

– Vous devriez tenter votre chance aux Indes, ajouta Malatesta. Ou y envoyer le petit.

– Je suis fatigué. Il est trop tard pour ça... Quant au petit, comme vous l'appelez, c'est à lui de décider.

Le sicaire rit encore. Il avait, commenta-t-il, des nouvelles d'une vieille connaissance : Luis d'Alquézar. Ce fils de pute – il le désigna ainsi, froidement, sans infléchir la voix – savait toujours tourner les choses à son avantage. Il retombait sur ses pattes, comme les chats. Apparemment, il s'enrichissait avec l'argent du Taxco, ce qui lui permettait d'acheter tout le monde à la Cour. Cela incluait sa totale innocence dans l'affaire de l'Escurial, dont le roi était désormais à demi convaincu.

– Et il était innocent ? s'enquit Alatriste, ironique.

– *Dio cane*. Ne me faites pas dire ce que je ne dis pas. En tout cas, je crois qu'il reviendra bientôt à Madrid... Avec sa nièce.

Il se tut un moment. Il regardait le cours du canal sous le pont des Soupirs. Les flocons de neige fondaient en touchant la surface de l'eau verdâtre et immobile.

– Ce marmouset, Iñigo…

– Ce n'est pas votre affaire.

– Ça l'a été. Cette aimable relation m'a été un jour bien utile, vous le savez. J'aimerais voir comment finiront ses amours avec cette jeune personne.

– J'espère bien que vous serez mort avant.

Malatesta sifflotait sa vieille mélodie : *tiruri-ta-ta*. Il s'interrompit soudain, s'appuyant un peu plus sur la rambarde du pont. Ce faisant, la garde de son épée tinta contre la pierre blanche d'Istrie.

– On fera du mieux qu'on pourra, capitaine… Pour vous complaire, on fera du mieux qu'on pourra.

Ce fut le Maure Gurriato qui s'en rendit compte.

– Nous sommes suivis, dit-il.

Nous avions abandonné à leur sort Sebastián Copons et les autres à l'auberge de la Buranella, où ils logeaient ; et après avoir jeté un coup d'œil sur la pointe de la Celestia, dans le but de reconnaître l'itinéraire de notre fuite au cas où, la nuit prochaine, on serait à nos trousses, nous revenions par des ruelles voisines de l'église San Lorenzo. C'était à peine si nous croisions quelqu'un de temps à autre, car les parages étaient peu fréquentés : des constructions presque en ruine, des murs de brique rougeâtre et un long passage couvert sur toute sa longueur, qui bordait un canal étroit sur lequel tombait la neige.

Tous les sens en alerte, je ne décelai rien ; mais dans cette ville l'ouïe était trompeuse : les bruits de pas et de voix voyageaient de façon fantastique ou s'évanouissaient tout bonnement au gré des ruelles et de leurs détours.

– Tu es sûr, Maure ?

– Oui, sur ma vie.

Je me fiais plus à l'intuition du mogatace qu'à mes propres sens. Aussi fis-je encore quelques pas en soupesant la chose.

– Combien ?

– Un seul.

– Depuis longtemps ?

– Très.

Je le regardai à la dérobée. Il se tenait près de moi, drapé dans sa tunique bleue, le capuchon sur la tête. Impassible, à son habitude, comme si rien, en cet instant ou en n'importe quel autre, ne venait altérer le cours du destin dont le fil, semblable à celui d'un cimeterre, nous menaçait, impavide et aveugle.

– Et que faisons-nous ?

Il haussa les épaules, me laissant la responsabilité. J'essayais de réfléchir très vite, calculant risques et possibilités. L'épisode de Luzietta et du gondolier m'avait marqué : chat échaudé craint l'eau froide. De

plus, me dis-je non sans effroi, nous venions justement d'explorer le lieu où nous devions embarquer la
nuit prochaine si quelque chose tournait mal. Notre
voie de retraite. Celui qui nous suivait pouvait nous
y avoir vus et avoir compris.

– Et tu dis qu'il n'y en a qu'un?

– *Uah.*

Je fis halte pour uriner contre le mur, réfléchissant encore, et j'en profitai pour jeter un coup d'œil
derrière nous. Je ne pus voir personne mais, sur mes
gardes comme je l'étais après l'avertissement de
Gurriato, il me sembla bien percevoir qu'un bruit
de pas s'arrêtait non loin de nous. Le passage voûté
était presque obscur, car la lumière cendreuse de
l'extérieur, reflétée par la neige qui recouvrait les
quelques embarcations amarrées le long du quai,
ne suffisait pas à en éclairer les profondeurs. Et il y
avait un coude encore plus sombre, juste avant une
de ces volte-face habituelles aux rues vénitiennes
– des rues qui vont dans un sens puis dans l'autre
ou font de longs détours pour vous ramener à votre
point de départ –, donnant sur un pont de pierre que
l'on apercevait au bout du canal. Toujours est-il que
je refermai ma braguette, m'enveloppai de nouveau
dans ma cape et suivis le Maure jusqu'à ce coude,
en marchant lentement et en réfléchissant avec plus
de lenteur encore. Je savais d'expérience que, dans
des moments périlleux comme celui-là, certains

s'échauffent la cervelle pour tout rater ensuite, tandis que d'autres réussissent parce que, justement, ils se sont gardés de trop réfléchir. Au vu des circonstances, je voulais être des seconds. Au jeu comme à l'escrime, la meilleure défense est de savoir écarter.

– Tu t'en occupes, chuchotai-je.

À peine passé le coude, Gurriato disparut sans répondre. Habitué comme je l'étais à ses manières silencieuses, je fis quelques pas sans me retourner, dégageant prudemment mon poignard au cas où j'en aurais besoin. Jamais timide ne fit un bon chirurgien. Mais – et c'est tout à l'honneur de mon compagnon – je dois dire que je n'entendis guère plus qu'un bref bruit de lutte et un gémissement étouffé. Quand je revins sur mes pas, le Maure était agenouillé près d'un corps inerte, fouillant ses poches en toute tranquillité.

– Il y a du sang? demandai-je, inquiet.

– *Uah*… Non… Je lui ai brisé le cou.

– C'est mieux ainsi.

J'eus le temps de jeter un coup d'œil sur le cadavre pendant que Gurriato allégeait ses vêtements : il gardait les yeux ouverts et ses traits exprimaient encore la surprise, dans le genre «non, pas à moi, c'est impossible», en guise d'ultime pensée. C'était souvent le cas. L'individu était jeune, plutôt avenant ; car les mouchards sont souvent recrutés dans la fleur de l'âge. Plus blond que brun, pas rasé depuis plusieurs jours, habillé d'une cape de méchant drap et d'un costume de coupe grossière. Tôt ou tard, l'heure sonne pour tous, pensai-je en le contemplant. Mais mieux vaut la sienne avant la mienne. Le malheureux avait perdu un soulier en se débattant. Délateur ou espion – peut-être un passant étranger à tout cela, craignis-je un instant, mais je chassai vite cette idée –, il ne portait aucun papier sur lui, ou du moins nous n'en trouvâmes pas ; en revanche, nous découvrîmes une bourse contenant deux sequins, quelques pièces d'argent et de cuivre, ainsi qu'un tranchelard mince et aigu dans une gaine de cuir. Le bas du corps sentait mauvais, et j'en déduisis qu'il avait fait ses besoins sur lui pendant que le Maure lui tordait le cou. C'était aussi souvent le cas.

Gurriato s'appropria la bourse et laissa le couteau où il était.

– Viens, dis-je.

Nous regardâmes de tous côtés pour nous assurer que nous étions toujours seuls. Puis je pris le soulier tombé – la semelle était très usée, sûrement à cause des déambulations professionnelles de son maître – et nous traînâmes le corps en le tirant par ses vêtements jusqu'au bord du canal. Là, nous le laissâmes choir entre le quai et un bateau amarré. Il fit plouf et ne s'enfonça qu'à moitié, car la cape ou les vêtements se gonflèrent d'air ; mais, là où il était, il restait convenablement dissimulé. Personne,

LE PONT DES ASSASSINS

à moins de se pencher directement au-dessus, ne pouvait le voir. Néanmoins, je me mis à plat ventre sur la neige de la berge pour crever le tissu à coups de dague.

– Filons, suggérai-je ensuite en lançant le soulier dans l'eau.

Nous partîmes sans regarder derrière nous pour revenir sur nos pas et ressortir de l'autre côté, en franchissant le pont. Une fois là, je me retournai et ne vis rien d'autre que le long passage voûté, les bateaux amarrés et la neige qui continuait de tomber doucement sur le canal.

– Pas un mot au capitaine Alatriste, dis-je.

Les coups à la porte avaient réveillé le capitaine Alatriste, dont le visage reposait dans la moiteur des seins nus de Livia Tagliapiera. Après s'être habillé en hâte, il sortit de la chambre en agrafant son pourpoint, la main droite frôlant le manche de sa dague. Le secrétaire d'ambassade Saavedra Fajardo se tenait debout dans le couloir, l'air impatient, chapeau sur la tête et cape semée de neige.

– Ils ont arrêté le prêtre, dit-il, de but en blanc.

– Qui ?

– L'Uscoque. – Saavedra Fajardo baissa la voix. – Celui qui devait expédier le doge.

Il était nerveux, le visage blême et décomposé. Quant à Alatriste, il sentit le sol se dérober sous ses pieds : une sensation familière, qui pour être connue n'en était pas moins pénible. S'efforçant de garder son sang-froid, il prit l'autre par le bras pour l'emmener dans une pièce voisine, plus discrète que le couloir. Ils entrèrent et il ferma la porte.

– Et Malatesta ?

– Il est sauf, je crois.

– Où est-il ?

– Je l'ignore. En sûreté, m'a-t-on assuré. Ils ne venaient pas pour lui mais pour le prêtre.

Alatriste tentait de mettre de l'ordre dans ses idées.

– Comment est-ce arrivé ?

– Le barigel s'est présenté à l'auberge avec plusieurs argousins… En les entendant monter l'escalier, le prêtre a sauté par la fenêtre. Il s'est cassé les deux jambes et ils l'ont attrapé dans la rue.

– Ils n'ont arrêté que lui ?

– Ils ne s'en sont pris à personne d'autre. Que nous sachions.

– C'est très étrange.

On pouvait imaginer plusieurs raisons, avança le secrétaire d'ambassade. Être de nation uscoque était toujours suspect à Venise. Peut-être s'agissait-il seulement d'un hasard : quelqu'un avait prêté l'oreille à une vague rumeur et ce n'était qu'une simple arrestation de routine. Il était possible aussi que le curé ait perdu la tête et précipité les choses par sa tentative de fuite. Impossible d'en savoir plus pour le moment.

— Et les Vénitiens ? voulut savoir Alatriste. Le capitaine Lorenzo Faliero et l'autre, celui de l'Arsenal ?

— Faliero nous a joints voici une demi-heure. Il dit que tout est calme. Qu'il n'y a aucune agitation suspecte… En sa qualité de membre de la garde ducale, s'il y avait du nouveau, il serait le premier à le savoir.

Sombre, Alatriste s'était approché de la fenêtre et regardait tomber la neige. À cette heure, ses camarades étaient dispersés dans la ville, ignorant tout du danger qu'ils couraient. Sans flairer l'odeur du chanvre bien qu'ayant la corde du bourreau à deux doigts de leur cou.

— C'est étrange, répéta-t-il. Si la conjuration avait été découverte, nous devrions être déjà tous tombés.

— C'est ce que je pense, approuva Saavedra Fajardo. Et Son Excellence l'ambassadeur est du même avis… Mais très préoccupé aussi, bien entendu.

— Bien entendu.

Alatriste imagina l'ambassadeur Benavente, qu'il ne connaissait pas et ne connaîtrait jamais, rongeant ses ongles distingués au milieu des tapisseries des

Gobelins de sa résidence. Inquiet des complications diplomatiques, pendant que ce qui en préoccupait d'autres était d'être encore vivants au lever du soleil.

– En tout cas, dit le fonctionnaire, le prêtre ne sait pas grand-chose.

– Il supportera la torture ?

Saavedra Fajardo avait ôté son chapeau et se massait les tempes, l'air désolé.

– Je ne sais pas... En vérité, il ne semble pas être homme à fléchir facilement. Fanatique comme il est, on peut espérer qu'il mettra du temps à lâcher ce qu'il ne doit pas dire... Par ailleurs, il ne connaît que Malatesta. Il n'est pas du tout au courant du reste du plan. Pour lui, il s'agit seulement de tuer le doge. Si fort qu'on lui serre les cordes, il ne peut en avouer plus que cela.

– Et qu'en est-il de l'Arsenal, du palais et du reste ?

L'autre secoua la tête, abattu. Tout s'en allait au diable, dit-il, car le prêtre uscoque était la clef de Venise. Le doge vivant, le reste de la conjuration n'avait plus de sens.

– Quoi qu'il arrive, conclut-il, que la situation se complique encore ou qu'elle en reste là, le désastre est total. Il faut donner un contrordre pour tout arrêter.

Habitué de longue date aux aléas de la fortune, Alatriste acceptait le fait, résigné. C'était la décision la plus raisonnable. Et elle sauverait des vies, à commencer par la sienne. Il était sur le point de l'exprimer à voix haute quand il remarqua que le secrétaire d'ambassade hésitait, comme s'il avait quelque chose à ajouter et n'avait pas le courage de le faire.

– Il y a autre chose, dit enfin Saavedra Fajardo. Je ne devrais pas en parler, mais dans la situation qui est la vôtre ce serait honteux de me taire.

Ce *vôtre* fit sourire intérieurement Alatriste. Il mettait tout à sa juste place, se dit-il. Il traçait la ligne précise qui les séparait. Vos inquiétudes, voulait dire le fonctionnaire, sont différentes des nôtres : moi, par exemple, je n'ai pas comme toi le cou à portée du bourreau.

– L'ambassade a reçu des nouvelles de Mantoue, se décida finalement l'autre. Le duc Vincent II est au plus mal. Il peut mourir dans deux ou trois jours. – Il s'arrêta pour regarder Alatriste d'un œil critique. – J'imagine que la diplomatie italienne ne vous est pas familière.

– Vous imaginez bien. Les soldats ne sont pas au courant de ces choses. Jamais, en tout cas, de première main.

– Naturellement. Excusez-moi.

En peu de mots, sur le ton détaché et monocorde de ses fonctions officielles, le secrétaire d'ambassade le mit au courant des événements. Mantoue

et surtout le Monferrato étaient des enclaves importantes pour la politique espagnole dans le nord de
l'Italie. Le duc Vincent II n'avait pas de fils et sa
mort sans descendance représentait pour l'Espagne
une occasion d'assurer la protection du Milanais avec
quelques places fortes de ces États, en particulier la
forteresse de Casal, verrou sur le Pô. Cela mettait les
intérêts italiens de la France en mauvaise posture. Le
moment était adéquat, car le cardinal de Richelieu,
occupé à mater La Rochelle et les huguenots, avait
les mains prises de ce côté.

— En de telles circonstances, conclut Saavedra
Fajardo, notre affaire vénitienne ne vient plus qu'au
second plan.

Alatriste eut un rictus. Ironique.

— Vous voulez dire, avec ou sans le prêtre
uscoque… Sa capture peut même être tenue pour
un signe de Dieu.

Le secrétaire d'ambassade lui lança un regard
pénétrant, soudain soupçonneux, comme si cette
conversation allait trop loin.

— Cela ne va pas jusque-là, rétorqua-t-il, mal à
l'aise. Quant à vous et aux autres…

Il s'arrêta là, laissant la phrase en suspens. Mais
Alatriste saisissait le message. Du coup, les Espagnols étaient de trop à Venise. Entre la capture du
prêtre uscoque et les nouvelles diplomatiques, lui et
ses camarades étaient passés de l'état d'instruments

utiles à celui de problème épineux. Des barils de poudre à la merci de la première étincelle. Il n'était pas étonné que le secrétaire d'ambassade fût à ce point troublé. Il devait avoir reçu, peu avant, des lettres de Milan fort désagréables.

– Nous continuons, ou y a-t-il contrordre?

Le ton était neutre : celui du soldat indifférent. Pour première réponse, l'autre fit un geste vague mais très calculé. Très propre aux chancelleries et aux bureaux.

– Nous n'avons pas encore d'instructions dans un sens ou dans l'autre. Bien que, les choses étant ce qu'elles sont, la prudence conseille de tout arrêter. C'est ce que pense monsieur l'ambassadeur, et je partage son opinion. Quant au duc de Mantoue...

– Le duc de Mantoue, Richelieu ou le Grand Tamerlan, peu m'importe, l'interrompit rudement Alatriste. C'est la langue du prêtre arrêté qui m'inquiète. Le présent immédiat.

Il s'éloigna de la fenêtre pour faire quelques pas dans la pièce. Soudain, tout cela sentait le piège. Le désastre. Ce n'était pas la première fois qu'il le flairait, et il savait le reconnaître de loin, aussi familier qu'une vieille connaissance. Même l'affaire du curé uscoque pouvait ne pas être un hasard.

– Malatesta est important, résuma-t-il en tentant de clarifier les choses. À la différence du prêtre, il connaît le reste du complot.

Le secrétaire d'ambassade exprima son assentiment. Mais cet Italien, fit-il valoir après avoir un peu réfléchi ou fait semblant, ne semblait pas homme à se laisser attraper facilement. Ayant dit cela, il fit une pause, observant Alatriste avec curiosité.

– À ce que je me suis laissé dire, vous le connaissez bien.

– *Bien* n'est pas le mot exact… Jamais je ne l'emploierais.

– Vous croyez qu'il parlera, en cas d'arrestation ?

– C'est selon. S'ils le mettent à la question, il peut aussi bien se taire pendant des semaines que tout lâcher en une minute. Cela dépend de ce qu'il y gagne ou de ce qu'il y perd… Vous êtes certain qu'il est toujours libre ?

– Pour le moment, rien n'indique qu'ils en aient après lui.

Alatriste pencha la tête. C'est l'heure de penser aux autres, se dit-il. À la manière de les mettre à l'abri.

– Y a-t-il un moyen de hâter le départ des hommes que nous avons dans Venise ?

Saavedra Fajardo haussa les épaules. Voir son interlocuteur serein, formulant les questions opportunes sans perdre la tête, semblait le rassurer. À l'évidence, il avait craint un éclat aux conséquences imprévisibles.

– Je ne sais pas, répondit-il après avoir un peu réfléchi. J'essaierai que Paoluccio Malombra soit disponible avant l'heure prévue. Mais je ne suis pas sûr que ce soit possible… En tout cas, vous et les autres devez rester tranquilles et cachés.

Alatriste regardait de nouveau par la fenêtre : en bas, il y avait l'eau vert-de-gris du petit canal ; en haut, le ciel couleur de cendre et la neige qui tombait entre les cheminées en forme de cloche renversée des toits voisins. C'est étonnant, se dit-il, comme cela m'importe peu de partir ou de rester. Si je ne crève pas ici, ce sera ailleurs. Un moment, il se surprit à penser au corps nu de Livia Tagliapiera, et il dut faire un effort pour revenir au danger imminent. Troublé par sa propre indifférence.

– Quelle heure est-il ? s'enquit-il.

– L'heure de l'angélus.

– Nous avons une longue journée devant nous. – Il passa deux doigts sur sa moustache. – Quelles nouvelles de don Baltasar Toledo ?

– Je ne suis pas encore allé le voir. Je passerai au couvent tout à l'heure. J'ai cru opportun de vous aviser le premier, puisque c'est vous qui assurez maintenant le commandement effectif.

Alatriste acquiesça. Les gestes à accomplir se dessinaient dans sa tête tandis qu'il fixait les priorités selon l'habitude militaire : se tenir prêt pour les événements probables mais se garantir contre les éventualités les plus dangereuses. Dans des situations d'urgence comme celle-là, l'avantage du métier était de pouvoir s'en tenir aux vieilles règles. Cela vous dégageait la tête et facilitait les choses. Le soldat, disait-on, vit comme il peut et non comme il veut.

— On devra penser à la manière de le faire sortir de Venise. Il n'est pas en état de se débrouiller seul.

— J'en fais mon affaire, assura Saavedra Fajardo. Occupez-vous de vos hommes, cela vous fait déjà beaucoup de travail.

Alatriste continuait de caresser sa moustache en achevant de mettre ses idées au clair. Oui, la journée serait longue.

— Très bien, conclut-il. Je leur donnerai la consigne. Que personne ne bouge jusqu'à cette nuit. Aux douze coups de minuit, si rien n'est réglé avant, chacun à sa barque… Et tant pis pour le retardataire.

Tandis qu'il prononçait ces derniers mots, il lui sembla apercevoir une amorce de sourire sur le visage habituellement sévère du secrétaire d'ambassade. Celui-ci le regardait fixement, comme si, durant cette conversation, il avait découvert chez lui des aspects qu'il ne soupçonnait pas. En tout cas, décida Alatriste, il avait l'air plus assuré qu'en arrivant. Et tant mieux : tous devaient garder la tête claire. Et particulièrement ceux qui risquaient le plus de la perdre.

— Et pour vous-même, qu'en est-il ?

L'autre se composa un sourire forcé, de résignation professionnelle.

– En principe, je suis couvert. Protégé par des lettres et des sauf-conduits. Ils me feront peut-être passer un mauvais quart d'heure mais je m'en sortirai… Ce sont les aléas du métier. Quand il s'agit des affaires de son roi, un fonctionnaire doit les mener à bonnes fins de toutes les façons possibles, licites ou illicites. En changeant de langue, d'habit, de fortune et même de peau, s'il le faut.

– Eh bien, protégez-la, cette peau. Car, fonctionnaire royal ou soldat, tous saignent pareillement.

– N'ayez crainte… Et, à l'avenir, rappelez-vous que cette conversation est la dernière que nous avons directement. L'ambassade se lave les mains de l'affaire.

Le ton froid, formel, de ces derniers mots était démenti par la curieuse façon dont Saavedra Fajardo continuait d'observer Alatriste. Ce dernier acquiesça, se soumettant aux règles. Il avait toujours su qu'en pareil cas cela se passerait ainsi.

– Cela me semble juste, accorda-t-il. Si besoin est, j'utiliserai le jeune Iñigo comme messager.

– Je regrette, concéda l'autre. C'est un affreux contretemps.

Il paraissait sincère. Plus que d'autres fois, tout au moins. Compte tenu de sa position et de ses fonctions, cette réponse l'humanisait fortement. Renonçant à en approfondir les raisons, Alatriste haussa les épaules avec son calme habituel.

– Le danger est compris dans la solde. La question, maintenant, est de sortir d'ici.

L'autre hochait la tête, désolé.

– À la grâce de Dieu… Tant de risques, tant de travail et tant d'argent pour rien.

– Ainsi va la vie. Parfois on perd, parfois on gagne.

– Vous en parlez comme quelqu'un qui est habitué à perdre.

– Plus que vous ne vous le figurez.

Maintenant, enfin, l'admiration se manifestait franchement, sans dissimulation, sur le visage du secrétaire d'ambassade.

– Votre sang-froid m'étonne, monsieur Alatriste. Ce n'est que justice de vous le dire.

– Et pourquoi devriez-vous être étonné ?… J'ai une épée. Pour le reste, Dieu y pourvoira.

Cette après-midi-là, j'allai dans Venise, léger comme toujours, d'un lieu à un autre en jouant les Mercure diligents. Enveloppé dans ma cape, surveillant mes arrières au cas où quelqu'un en voudrait à mon avenir en me collant aux chausses – il n'est pas de plus sûre astrologie que la prudence –, je portais et rapportais des nouvelles entre le capitaine Alatriste et les différents groupes de camarades. Et soyez assurés

que je n'eus pas le moindre répit. Je cheminai tout
le temps par les rues et les ponts tapissés de blanc,
sous la neige qui continuait de tomber lentement,
«Que Dieu me protège» sur les lèvres et la main
droite sur la poignée de mon poignard caché, craignant à chaque instant que ceux qui me croisaient
ou marchaient derrière moi ne soient des alguazils
de la Sérénissime. Et dans un tel état d'esprit je ne
pouvais chasser de mes pensées, tout au long de ces
allers-retours et de ces alertes, certains vers de don
Miguel de Cervantès que j'avais souvent entendu
prononcer à voix haute par le capitaine Alatriste;
car ce n'est pas en vain que j'ai eu pour m'élever si
expérimenté pédagogue :

> *Le mauvais sort vient en retard*
> *Et prend de si haut le courant*
> *Qu'on doit le craindre, mais non lui pardonner.*

Toujours est-il que les ombres s'allongeaient à
mesure que le jour décroissait quand je revins à la
maison de donna Livia Tagliapiera. J'avais dépassé
la Draperie lorsque je remarquai qu'une silhouette
noire suivait le même chemin que moi, à quelques
pas de distance; et par précaution je me retournai à
demi pour l'observer du coin de l'œil. Quel que soit
l'individu, il ne paraissait pas désireux de trop se faire
voir, car il progressait de porche en porche, cherchant

l'ombre plus que la clarté. J'hésitai entre lui fausser compagnie au premier coude et continuer en faisant mine de n'avoir rien vu quand je reconnus Gualterio Malatesta. Ce fut lui qui mit fin à mes hésitations ; car, tandis que je poursuivais mon chemin, il me rejoignit à la hauteur de l'auberge de la Madonna. De sorte que nous pénétrâmes ensemble sous le passage qui menait à la maison de la Tagliapiera.

– Holà, marmouset… Méchante après-midi pour se promener.

Je ne répondis pas, orgueilleux comme un épervier. Et Malatesta, avec beaucoup de flegme et après avoir jeté un dernier coup d'œil derrière lui, entra avec moi. Nous marchâmes en silence dans le couloir en secouant la neige de nos chapeaux et de nos capes. La maison semblait déserte et nos pas résonnaient sur le plancher. Le capitaine Alatriste était toujours dans sa chambre, presque dans la même position que celle où je l'avais laissé une heure plus tôt : assis sur une chaise et les coudes sur la table où était étalé le plan de la ville. Du commerçant Pedro Tovar il ne restait plus la moindre trace : mon ancien maître avait mis son justaucorps en peau de buffle, quoique dégrafé, la dague passée dans le ceinturon. L'épée de Solingen, avec son baudrier, était accrochée au dossier, juste à portée de main. Sur la table, à côté du plan, d'une carafe de vin à demi pleine, d'un verre vide et d'un candélabre portant trois chandelles allumées, était posé le pistolet allemand. Je remarquai que le rouet était relevé, prêt à faire feu.

Je m'apprêtais à lui faire mon rapport, mais le capitaine Alatriste ne semblait pas me prêter attention. Il regardait, interrogatif, Gualterio Malatesta. Soudain, je me sentis comme un intrus dans ce dialogue muet, et je mentirais si je ne disais pas que je ressentis au cœur un pincement de jalousie. Un instant, je craignis que le capitaine ne m'ordonne de les laisser seuls, mais il ne le fit pas. Il continua de garder le silence, immobile, à part le geste qu'il fit d'écarter la main de la crosse du pistolet qu'il avait saisie en nous entendant dans le couloir.

– L'imbécile ! dit enfin Malatesta.

Je mis un moment avant de comprendre qu'il parlait du prêtre uscoque. En quelques mots, l'Italien résuma l'affaire. Un voisin de l'auberge, également prêtre, avait reconnu son collègue et l'avait dénoncé à l'Inquisition vénitienne. Il n'y avait pas d'autre chef d'accusation contre lui que d'être de nation uscoque ; c'était suffisant pour qu'on le suspecte d'être un ennemi de la République, et la visite des argousins était de simple routine : vérifier son identité et savoir ce qu'il faisait à Venise. Il y avait à cela cent réponses possibles, et l'affaire aurait pu se régler avec un peu de sang-froid et une poignée de sequins. Mais en les entendant arriver le prêtre avait perdu la tête, s'était vu découvert comme un acteur de l'expédition et, embrouillant tout, avait décidé de sauter par la fenêtre.

– Il parlera ? demanda le capitaine.

– Pour le moment, il ne l'a pas fait. Sinon je n'aurais pas pu déambuler ainsi dans la ville.

– Vous êtes sûr de ne pas être suivi ?

– *Minchia*, capitaine Alatriste… On dirait que nous ne nous connaissons que d'hier.

Ils continuaient de se dévisager, comme deux tricheurs qui tiennent chacun un catéchisme de cartes truquées et savent tous deux à quoi s'en tenir sur l'autre. Finalement, du pouce de la main droite, Malatesta désigna sa poitrine.

– D'ailleurs, dit-il, je suis le seul que ce prêtre peut identifier… Ils pourraient tout au plus remonter jusqu'à moi.

– Ce n'est nullement une garantie, dis-je, me mêlant à la conversation.

Le sicaire accueillit mon intervention avec une moue sardonique, sans me regarder. Quant au capitaine Alatriste, ses yeux se tournèrent vers moi, glacés. Rougissant d'avoir trop parlé et mal à propos, je décidai de redevenir muet en mettant un bœuf sur ma langue. Car en de telles occasions, pensai-je, mieux vaut savoir se tenir à l'écart.

– Le marmouset a raison, commenta Malatesta. Tout dépend, n'est-ce pas ?… Le fait est que je suis libre et que personne ne me pose encore de questions.

Cela vous laisse à l'abri pour le moment. Vous, le garçon et tous les autres.

Le capitaine continuait de me regarder. Dis ce que tu as à dire, signifiait ce regard silencieux. Et ensuite ferme ton bec jusqu'à ce qu'on te demande de le rouvrir.

— Il n'y a pas moyen de presser les gens du contrebandier, les informai-je. Aucune embarcation ne sera prête avant minuit… Ils m'ont dit que c'est ce qui a été prévu et qu'ils ne peuvent plus rien changer.

— Comment va don Baltasar Toledo ?

— Il a de fortes fièvres, avec des pierres dans l'urine et des jurons dans la bouche. On doute qu'il puisse bouger, et il restera donc aux bons soins des frères.

Je rapportai encore quelques détails supplé-mentaires, épargnant au capitaine Alatriste ceux qu'il n'avait aucun mal à imaginer : la résignation professionnelle de Sebastián Copons, l'indifférence du Maure Gurriato, la frustration et la déception des autres camarades – qui n'allaient pas chez certains sans quelque soulagement – en apprenant que tout était arrêté et que nous devrions quitter Venise la queue entre les jambes.

— Je vois que vous faites vos bagages, dit Mala-testa quand j'eus achevé mon rapport.

Il regardait le justaucorps en peau de buffle que portait le capitaine et le sac à demi fait sur le lit.

– Quel dommage, en vérité, ajouta-t-il. Si près du but.

Il avait ôté son chapeau et dégrafé sa cape, comme s'il avait trop chaud. Il les posa sur le lit, à côté des affaires du capitaine. Ce faisant, la lumière des chandelles sur la table fit luire la garde de son épée et la poignée de la dague qu'il portait à la ceinture. Elle sembla aussi creuser les marques de petite vérole sur son visage et la cicatrice qui fermait légèrement sa paupière droite.

– Cette porte que nous avons vue ensemble. Vous vous souvenez?… Tout juste vingt pas jusqu'au prie-Dieu du doge.

Le sicaire regardait très fixement Diego Alatriste. On eût dit qu'il tentait d'explorer les pensées de l'homme qu'il avait devant lui, ou de lui transmettre les siennes.

– Nous n'avons plus le prêtre, dit le capitaine.

– Non, bien sûr. – Malatesta découvrit ses incisives ébréchées, dans un rictus cruel. – Celui qui ferait ça…

Il laissa la phrase en suspens, comme s'il attendait qu'on la complète. J'observai que mon ancien maître hochait la tête, impassible.

– Il n'y a personne pour le faire, dit-il, semblant s'adresser à lui-même. Non, à coup sûr, personne pour se suicider de la sorte.

L'autre siffla entre ses dents sa vieille et sinistre musique : *tiruri-ta-ta*. Puis survint un long silence. Le capitaine Alatriste étudiait le plan déployé sur la table, comme si la conversation avec l'Italien avait cessé de l'intéresser.

– Vous n'êtes jamais fatigué d'errer et de courir, capitaine ?... D'être un homme que l'on achète et que l'on vend ?

– Parfois.

Mon ancien maître avait répondu sans lever les yeux du plan. Le rictus de Malatesta se transforma en un sourire las.

– Quelle coïncidence, dit-il. Moi aussi j'en suis fatigué.

Il s'était un peu rapproché de la table et, songeur, regardait lui aussi le plan de Venise. Au bout d'un moment, il posa un doigt sur la place Saint-Marc.

– Je n'ai jamais tué de doge... Et vous ?

– Moi non plus.

– Ça ne doit pourtant pas manquer d'intérêt, je suppose. Ni de charme.

Il prit la carafe de vin avec beaucoup de désinvolture et se servit dans le verre du capitaine. Le suivant du regard, ce dernier le laissait faire.

– Jurez-moi que vous n'êtes pas tenté, murmura Malatesta en levant ironiquement son verre à notre santé. Comme je le suis moi-même.

Il but une brève gorgée, fit claquer sa langue, en avala ensuite une autre plus longue et, finalement, reposa le verre vide sur la table en passant une main sur sa bouche pour essuyer sa moustache.

– Nous avons engagé notre honneur, alors autant en cueillir les dividendes. Envers et contre tous. Vous ne pensez pas ?... Vingt pas et quelques coups de poignard. – Il désigna le puffer sur la table. – Ou quinze et un tir de ce pistolet.

– Vous êtes fou, Malatesta.

Le rire grinçant du sicaire croassa.

– Non. J'ai seulement envie de rire, capitaine Alatriste... Un éclat de rire qui fasse trembler les rois, les doges et les papes.

Mon ancien maître s'était laissé aller contre le dossier de sa chaise. Les deux hommes se regardaient dans les yeux, l'un sardonique et l'autre serein.

– Et ensuite ? demanda le capitaine.

– Ensuite, que le diable nous emporte.

Pour un coup de théâtre, c'en était un. En entendant cela, je restai bouche bée, la gorge si sèche que je fus sur le point d'aller à la carafe et de finir pour mon compte ce qui restait de vin. À cet instant, le capitaine Alatriste m'adressa un bref regard. Puis il se leva. Il le fit très lentement, comme si son corps était rouillé et avait du mal à se mouvoir.

– Qu'en est-il de votre parent, le capitaine Faliero ?

– Je viens de lui parler. Comme le reste des conjurés, il est prêt à poursuivre si quelqu'un tue le doge cette nuit.

– Si quelqu'un le tue, dites-vous.

– C'est bien ça.

Ils étaient face à face, près de la table. Le candélabre éclairait leurs visages par en dessous, accentuant la dureté de leurs traits. D'où je me trouvais – j'avais reculé jusqu'au mur, conscient d'être de trop dans cette discussion –, je crus voir le capitaine sourire.

– Et qui est le chat qui tirera les marrons du feu ? demanda-t-il.

– Moi.

Suivit un autre silence – il dura la moitié d'un Credo –, au cours duquel, stupéfait, n'osant le rompre, je cessai même de respirer. Puis Malatesta parla à voix basse, très calme, exposant son plan avec le même naturel que s'il décrivait une bataille de boules de neige dans la rue. Pour ces vingt pas qui séparaient la chapelle Saint-Pierre du prie-Dieu du doge, il pouvait être dix fois plus rapide et plus efficace que le prêtre uscoque, expliqua-t-il en désignant le pistolet posé sur la table. Il suffirait pour cela que le capitaine se charge du garde de la porte, lui passe l'arme et, de là où il était, le couvre ensuite le temps nécessaire.

– Au cas, conclut-il, où j'aurais le loisir de m'enfuir.

– Et si vous ne l'avez pas ?... Ou si nous ne l'avons pas ?

– Je ferai face aussi longtemps que je pourrai. Tout comme vous, je suppose.

Le capitaine se tourna pour me regarder comme si j'avais quelque chose à dire de cette folie ; mais je gardai la bouche close. J'essayais de digérer, sans y parvenir, tout ce que je venais d'entendre. J'espère bien qu'ils ne le feront pas, pensai-je. Une telle entreprise serait un défi au bon sens. J'observai alors que mon ancien maître levait lentement une main pour passer deux doigts sur sa moustache ; et ce geste, que je connaissais si bien, m'alarma plus que tout ce qu'avait dit Malatesta.

– Villes et chevaux de bois, capitaine Alatriste, rappela le sicaire. Vous et moi. Et qu'ils aillent tous au diable.

– Qui ?

– Qu'importe ! Les autres.

Je vis le capitaine Alatriste s'habiller très lentement, en y mettant l'application rituelle qui m'était depuis toujours familière, avec la gravité d'un prêtre qui s'apprête à exercer son ministère. Après s'être lavé le visage et le torse dans une cuvette, avoir chaussé ses bottes montant jusqu'au-dessous des genoux,

enfilé ses culottes et ajusté sur une chemise blanche
son épais justaucorps en peau de buffle – marqué
par les innombrables traces de vieilles éraflures –,
mon ancien maître ceignit le baudrier de son épée
au côté gauche et sa dague dans le dos, en travers de
la ceinture, la poignée à portée de main. Après avoir
accroché aussi le pistolet, il promena autour de lui ses
yeux glauques et froids pour vérifier qu'il n'oubliait
rien. Et il termina en les posant sur moi.

– Nous n'avons guère parlé, dit-il.

C'était vrai. Venise, entre inquiétudes et
embûches, n'avait pas été propice aux expansions
entre camarades; et l'affaire de Luzietta pesait sur
mes pensées, exacerbant les rancœurs. Mais l'attitude du capitaine n'aidait pas non plus à combler la
distance qui, depuis longtemps, se creusait de plus en
plus entre nous. Cela ne faisait pas de doute qu'à mes
yeux, le passage des ans et l'insolence de ma jeunesse
aidant, son image de père s'était estompée. Je me
débattais maintenant entre la vieille admiration que
je lui gardais malgré tout – il ne pouvait en être autrement devant un homme d'un tel tempérament et d'un
tel courage – et la certitude que les tréfonds obscurs,
les ombres tourmentées qui peuplaient son regard et
sa mémoire l'éloignaient toujours plus de moi et de
tout ce qui avait constitué notre monde. Cela faisait
qu'il me voyait douloureusement en marge, témoin
gênant de tant de solitude croissante et délibérée. De

sorte que, même si, s'agissant de me servir de mon épée, j'aurais suivi le capitaine sans poser de questions ni hausser un sourcil jusque dans la gueule de l'enfer – et, de fait, nous y étions –, je me sentais reculer en le voyant penché sur le bord du puits sinistre de la mélancolie et de la désespérance, de cette obscurité où je ne voulais pas l'accompagner. Plus tard, avec le temps et les cheveux gris, j'ai souvent approché la margelle de ce même puits et vécu en compagnie d'identiques fantômes. Mais en cette nuit de Noël, à Venise, j'avais à peine dix-huit ans.

– Non, confirmai-je. Nous n'avons pas beaucoup parlé.

– Je suppose que tu sais parfaitement où est ton devoir.

Je me tus, le visage fermé, comme si je me sentais offensé par ce qui n'était, pour le capitaine, qu'une supposition et non une absolue certitude. En réalité, ses paroles avaient les accents d'un regret voilé, comme si cela le privait d'un prétexte pour converser un peu avant de nous séparer. Il semblait que, à part tout ce qui nous occupait les mains et la tête, il n'y eût rien d'autre que nous puissions nous dire.

– Ça va être difficile, dit-il.

Il me regardait, bien que le ton fût songeur. Intime. C'était comme si ma présence accentuait chez lui la certitude de cette difficulté, et que j'étais le seul obstacle entre lui et sa totale indifférence devant le Destin. Ses yeux de vieux soldat me passaient en revue : justaucorps de daim épais, guêtres de cuir, gants et épée – j'avais choisi une lame de Bilbao à coquille, courte et effilée –, poignard et ma bonne dague de miséricorde. Je portais à la ceinture plus de fer que toute la Biscaye. J'avais aussi rassemblé mes cheveux, que j'avais noirs et abondants, dans un foulard noué derrière la nuque, à la mode des galères, habitude acquise à Naples et en faisant la course au Levant. Je les coiffais toujours ainsi pour combattre, sinon je me serais senti comme un médecin sans gants ni bague, un apothicaire sans jeu d'échecs ou un barbier sans guitare.

– Sebastián est un brave homme, ajouta le capitaine.

Je le connaissais si bien que je pus quasiment suivre le fil de ses pensées. Sebastián Copons était, en effet, un brave homme, soldat sec et dur, autant que le capitaine Alatriste lui-même. Nul mieux que l'Aragonais ne saurait veiller sur moi si les choses tournaient mal. En dehors du capitaine, le meilleur compagnon au cas où pleuvraient balles de mousquet et coups d'épée.

– Le Maure aussi, ajoutai-je.

– Oui, admit-il. Gurriato l'est aussi.

– Et les autres sont de braves gens. Des hommes entendus et de bon sens.

Il acquiesça de nouveau, l'air préoccupé. Il semblait penser à lui et aux camarades, jouets de ses propres incertitudes et de ses propres ambitions, chair à couteau dans les intrigues des rois et des puissants.

— Oui, répéta-t-il. De bon sens éprouvé.

Il avait sorti des papiers qu'il portait pliés sous son justaucorps et les contemplait, dubitatif. Je reconnus le plan de Venise et le croquis de l'Arsenal que nous avait fait parvenir le capitaine Maffio Sagodino.

— Si quelque chose tournait mal… commença-t-il en me tendant le plan.

— Rien ne tournera mal, lui répondis-je en le refusant.

Il m'étudia un instant avec une extrême attention, et je crus deviner un début de sourire mélancolique. Puis il alla au poêle, en ouvrit la porte et jeta tout dedans.

— En tout cas, tâche d'arriver aux barques. Et à cette île.

— Ce ne sera pas nécessaire, capitaine… Nous nous retrouverons au palais du doge, les mains plongées dans des sacs d'or.

Les papiers et le plan n'étaient plus que cendres. Il referma la porte du poêle et nous restâmes silencieux, l'un en face de l'autre. Je m'impatientais. C'était l'heure de partir.

– Iñigo.

– Dites-moi, je vous prie.

Il hésita un moment avant de parler.

– Parfois, quand tu étais gamin, je te regardais dormir.

Je demeurai immobile. Je ne m'attendais pas à cela. Mon ancien maître était toujours debout près du poêle, une main posée sur la garde de son épée qui pendait à son côté.

– Je passais des heures à te regarder, poursuivit-il. À me faire du souci… Je maudissais ma responsabilité.

Moi aussi je te regardais de loin, pensai-je soudain. En train de t'armer sans dire mot pour aller gagner quelques maravédis qui nous procureraient de quoi manger. Noyant ensuite tes remords en buvant en silence, dans la pénombre de notre pauvre chambre. Je t'entendais marcher toutes les nuits, éveillé comme un fantôme dans l'obscurité. Tu faisais grincer le plancher avec tes pas interminables, chantonnant ou récitant des vers entre tes dents pour apaiser la douleur des vieilles blessures.

Tout cela, je le pensai en un instant. J'aurais voulu le dire à voix haute, mais je me retins. Car si la maturité est froide et sèche, la jeunesse est chaude et humide ; je craignis que ma voix ne trahisse la tendresse inattendue qui m'agitait soudain intérieurement. Ce fut le capitaine qui y mit fin, en haussant les épaules.

– Mais ce sont les règles, dit-il.

Il s'éloigna du poêle pour se diriger vers le lit où reposaient nos capes et nos chapeaux – j'observai qu'il avait échangé son castor contre son habituel chapeau à large bord. En passant à côté de moi, il s'arrêta, tout près.

– N'oublie jamais les règles. Les nôtres… Chez des gens comme nous, c'est la seule chose à quoi se tenir quand tout fout le camp.

Ses pupilles étaient deux points noirs au centre de ces iris glauques et tranquilles qui évoquaient la froideur des canaux de Venise.

– Je n'oublie pas, répliquai-je. C'est la première chose que j'ai apprise de vous.

Une subite gratitude adoucit son regard. De nouveau j'entrevis l'esquisse de sourire mélancolique sous la moustache.

– Avec toi je n'ai pas toujours su… Bon. Chacun est comme il est.

Pour ne pas me trahir – je sentais fléchir ma résolution et je ne voulais pas que le capitaine s'en aperçoive –, je pris ma cape et l'endossai, couvrant ainsi toute ma ferraille. Il suivait chacun de mes mouvements.

– J'ai fait du mieux que j'ai pu, dit-il soudain.

Malgré sa brusquerie délibérée, le ton m'émut. Maudit sois-tu, pensai-je. Nous allons finir par nous embrasser comme des vieilles duègnes.

– Vous avez fait comme il fallait, capitaine… La Lebrijana aussi. – Je tâtai mon côté gauche en faisant tinter l'acier. – J'ai eu un foyer et une dague. Je connais l'escrime, la grammaire, les quatre règles et un peu de latin. Je sais écrire convenablement, je lis parfois des livres et j'ai vu le monde… Que pouvait demander de plus l'orphelin d'un soldat des Flandres ?

– Ton père voulait un autre métier pour toi. Un métier de plume et d'encrier. Le licencié Calzas, le magister Pérez et don Francisco t'auraient conduit dans cette direction… Loin de tout ça.

J'agrafai ma cape et enfonçai mon chapeau par-dessus le foulard, crânement incliné sur un œil.

– Cette nuit, mon père serait fier de moi, j'ima-gine.

– Sûrement. Ce que je dis c'est que…

– Cela me suffit.

Je regardai vers la porte, tentant de paraître impassible. J'étais sur le point d'enfiler mes gants quand le capitaine tendit sa main nue.

– Fais attention, quand tu seras là-bas, fils.

Le souvenir récent de sa dague sur ma gorge me fit hésiter un instant. J'observai cette main rêche, rude, les phalanges et le dos marqués d'autant de cicatrices que la coquille de sa vieille épée. Puis, n'hésitant plus, je serrai cette main dans la mienne. Nous devions encore nous revoir dans la taverne du pont des Assassins avant que tout commence, mais, là-bas, nous n'aurions plus guère l'occasion de nous parler.

– Vous aussi prenez garde, capitaine.

Je quittai la chambre et, en traversant le couloir, j'entrevis au bout, se découpant sur la lueur de la chandelle accrochée près de la porte des gondoles, la silhouette noire et immobile de Gualterio Malatesta qui attendait le capitaine Alatriste comme le mauvais ange de la nuit. Le loup est dans la bergerie, me dis-je en prenant pitié des brebis. Terribles seraient les coups de faux que donneraient ces deux lames jointes quand ils les dégaineraient. Je passai devant l'Italien sans lui adresser la parole et sortis dans la rue, sur la piazzetta couverte de neige où s'ouvrait le passage voûté. La nuit était humide comme le mouchoir d'une jeune mariée, et le froid condensait mon haleine. À l'extrémité de la voûte, devant l'auberge de la Madonna, je regardai à droite et à gauche pour m'assurer qu'il n'y avait pas de présences indésirables. Puis je serrai ma cape, assurai mieux mon chapeau et partis d'un bon pas vers le Rialto, pour gagner l'autre côté du Grand Canal. Je croisais parfois des petits groupes d'habitants ou des passants isolés, mais la plupart des rues étaient presque désertes. Il faisait nuit noire, mais la neige qui couvrait le sol, amortissant le bruit de mes pas, détachait par contraste les maisons, les objets et les ombres. Certaines fenêtres étaient éclairées, et j'entrevis à travers les carreaux des gens réunis autour de cheminées et de tables couvertes de plats. C'était le moment du souper familial dans les foyers vénitiens ; et moi qui savais d'expérience que l'on ne doit pas risquer d'être blessé la panse pleine – je me souvenais de grands gaillards atteints au ventre se tordant de douleur –, je n'avais rien avalé d'autre qu'un bol d'un breuvage noir, fait avec des grains orientaux moulus, que l'on nommait kahavé, qui rendait le regard plus perçant et faisait fuir le sommeil. D'avoir ainsi l'estomac vide aviva ma mélancolie en passant devant des maisons, cabarets et tavernes dont j'entendais, venant de l'intérieur, les bruits des voix et des chants joyeux qui commençaient à célébrer Noël. Nuit de paix, disaient-ils. Nuit de l'Enfant Jésus, nuit de Dieu. Je pensai à ma mère et à mes petites sœurs soupant au coin du feu dans notre humble maison d'Oñate en cette dernière nuit de Noël que, tout petit, j'avais passée là-bas avec mon père, avant que celui-ci ne parte à la rencontre de son noir destin devant les murs de Jülich. Marchant ainsi vers le pont des Assassins, je me sentais seul, affamé et apeuré. Sous la cape, le métal de mes armes me glaçait le flanc. Il faisait un froid de luthériens, et je pensai que, peut-être, je ne verrais pas se lever le jour.

IX

LA MESSE DE MINUIT

Il n'y avait pas eu de souper de Noël dans la maison de donna Livia Tagliapiera. La courtisane était debout près de la fenêtre du grand salon, contemplant la nuit. La seule lumière de la pièce était celle du feu qui crépitait dans la cheminée de marbre.

— C'est l'heure, dit Diego Alatriste.

Elle ne se retourna pas. Vêtue de sa longue simarre, un châle de laine sur les épaules, ses cheveux étaient rassemblés dans la coiffe garnie de dentelle. Alatriste fit quelques pas sur le tapis pour se rapprocher d'elle. Il était monté à l'étage afin de lui faire ses adieux. Cape pliée sur le bras et chapeau dans la main gauche.

— Il est peut-être dangereux de rester ici, dit-il.

La femme ne parut pas entendre l'avertissement, car elle demeura immobile, tournée vers la
fenêtre. Malgré la lumière rougeâtre et changeante
qui l'éclairait de côté, sa peau semblait toujours aussi
lisse et blanche.

– On ne sait pas comment ça peut tourner,
insista-t-il.

Il n'aimait pas du tout l'imaginer aux mains
du bourreau. Et si l'affaire ne se passait pas comme
prévu, tôt ou tard quelqu'un pouvait finir par parler.
On avait conseillé à la courtisane de quitter la ville
pendant quelques jours, pour attendre la suite des
événements ; mais elle avait accueilli la proposition
avec indifférence. J'ai de quoi voir venir, avait-elle dit.
Mes protections. Les moyens de composer avec les
uns ou avec les autres.

Alatriste admira une fois de plus le profil vénitien de donna Livia, et aussi ses formes épanouies
sous la soie de la robe coupée en tunique. Le souvenir
de ce beau corps, parcouru jusque dans ses secrets les
plus intimes, lui causait une sensation de profonde
nostalgie : chair douce, délicieuse, hors de portée
désormais ; et, à sa place, une distance glaciale et
irrémédiable. Ce désarroi rendait l'urgence de sortir
dans le froid de la nuit difficile à supporter.

– Je voulais vous dire adieu.

Il se sentait confus. Presque gauche. Un zeste de
gracieuseté arrange tout, disaient les gentilshommes.

Mais ce n'était pas son cas, et la grâce n'était pas vraiment son fort. Sa vie et son métier s'accommodaient mal de ce genre de désinvolture. Et son humeur pas davantage. Il en était là de ses réflexions quand il s'aperçut que la femme s'était tournée à demi, tête penchée sur le côté, et le regardait.

– Bonne chance, dit-elle, inexpressive.

– Tout a été… – Alatriste hésita de nouveau, cherchant ses mots. – Je veux dire que je vous suis reconnaissant… Que je vous remercie.

– Pour quoi ?

Les yeux en amande, marrons et grands, restaient fixés sur lui. Qui finit par froncer les sourcils, mal à l'aise. Son instant de faiblesse et de mélancolie s'était complètement évanoui. Soudain il souhaitait être loin, à faire des choses qui mobiliseraient sa volonté. Des choses de toujours. En matière de tendresse, pour des hommes comme lui, toute nouveauté équivalait à un suicide.

– Vous avez raison, admit-il.

La Tagliapiera avait levé légèrement une main. Alatriste la prit un moment dans la sienne, inclina la tête et y posa un baiser rapide, l'effleurant à peine de sa moustache. Ce faisant, le manche de sa dague tinta contre la coquille de son épée. Et quand il releva la tête, la femme le regardait toujours. Elle ne le quitta pas des yeux pendant le temps qu'il mit à faire demi-tour et à traverser le salon, se dirigeant vers la porte en mettant sa cape sur ses épaules. Une idée subite le fit s'arrêter sur le seuil.

– Mon nom n'est pas Pedro Tovar, dit-il, le chapeau encore à la main.

– Lo so, répondit-elle.

– Je m'appelle Diego.

La courtisane se tenait toujours près de la fenêtre. De loin, à la lueur indécise de la cheminée, Alatriste crut la voir sourire.

– Grazie, don Diego.

– Il n'y a pas de quoi, madame.

Impatient, Gualterio Malatesta l'accueillit avec un grognement de mauvaise humeur. Diego Alatriste passa près de lui et, calant l'épée entre ses jambes, s'installa dans la gondole qui attendait dans l'ombre du canal avec la forme obscure d'un rameur à la poupe. Une fois là, il se couvrit de sa cape du mieux qu'il put tandis que l'Italien occupait le siège à côté de lui et que le gondolier écartait l'embarcation des marches d'une poussée de rame. La gondole se balança doucement sur l'eau tranquille et glissa ensuite avec lenteur en direction du Grand Canal, entre les escaliers de pierre, les palines de bois et les quais couverts de neige. Quelques petits fanaux de barques bougeaient lentement comme des lucioles sur la surface large et noire de l'eau, s'y reflétant conjointement aux lumières des fenêtres allumées et aux halos des torches qui éclairaient le pont du Rialto. Laissant celui-ci derrière elle, la gondole alla vers l'autre rive pour prendre un canal plus étroit et plus sombre qui longeait l'église San Lucas. Les lents coups de rame ne produisaient aucun son sur l'eau calme. Juste, par moments, en doublant un coin, le frôlement du pied du gondolier s'appuyant au mur pour faciliter la manœuvre, le bruit de la rame contre la pierre et la brique rompaient ce silence absolu et lugubre. Alatriste et Malatesta se taisaient. Parfois, le premier écartait son regard des ombres qui peuplaient le canal pour observer à la dérobée le profil noir de l'Italien. Et dans ces ténèbres qui lui semblaient presque harmonieuses, suspendu entre l'eau, la nuit et le Destin, Diego Alatriste eut l'impression de naviguer sur la lagune des morts, conduit par un Charon invisible qui ramait à la poupe, en compagnie d'un autre passager qui n'avait guère plus d'espoir de retour que lui.

Frottement sourd du bois contre un quai de pierre. Puis silence total. L'embarcation s'était arrêtée.

– À partir d'ici nous continuerons à pied, dit Malatesta en se levant. Le pont des Assassins est à trente pas.

De la voûte où j'attendais adossé au mur, près de la porte de la taverne, je les vis arriver : deux silhouettes avec cape et chapeau marchant dans la lumière brumeuse de la torche qui éclairait à demi les lieux. Par ordonnance municipale, en vertu des festivités de Noël, il n'y avait pas de femmes en l'attente de clients ; l'étroite ruelle était vide de leurs chairs offertes. Malatesta resta sur le pont et le capitaine Alatriste s'avança jusqu'à ma hauteur. Il s'arrêta un moment, sans me regarder, et écarta le rideau lourd de crasse. Ses yeux étudiaient l'intérieur du bacaro.

– Ils sont tous là ? demanda-t-il à voix basse, atone.

– Presque.

Il franchit le seuil et je lui emboîtai le pas. L'intérieur était en ébullition, car chacun, dans la population, fêtait Noël à sa façon. Il n'y avait pas une table ni un banc de libre ; tout était occupé par des hommes qui expédiaient le vin comme on court la poste, arrosant dûment tripes de mouton et morceaux de poisson cuits dans une huile si noire qu'on l'eût prise pour le fond d'une lampe. Il régnait une âpre odeur de fumée de friture et de tabac, de vêtements humides et de sciure mouillée. Deux cents âmes au moins se pressaient, entre valets, barquarols, gens de mer, étrangers de passage, chevaliers

d'industrie et autre truanderie des canaux, du port
et de la lagune. Il y avait aussi des putains corsaires
qui, empêchées cette nuit par le barigel et ses argousins d'arpenter les rues et d'exhiber leur nombril,
lançaient ici leurs grappins d'abordage, corsages
délacés et jupes retroussées, voletant dans la fumée
des pipes et le brouillard résineux des torches de
poix qui enfumaient les poutres du plafond et les
grosses barriques de vin. Rien d'étrange, dans cette
ambiance et ce vacarme, à ce que notre troupe,
répartie en petits groupes pour ne pas attirer l'attention, passe suffisamment inaperçue. Roque Paredes
et les quatre Espagnols qui devaient avec lui incendier le quartier juif étaient assis ensemble, faisant
comme s'ils jouaient aux cartes, en un endroit d'où
ils pouvaient surveiller la porte ; et leurs faces rudes
n'auraient rien eu de remarquable au milieu des
clients n'eussent été les moustaches de soldats et les
barbes taillées, ainsi que les capes qu'ils conservaient
sur leurs épaules – dissimulant justaucorps de cuir
et ferraille professionnelle – malgré une température
qui aurait suffoqué Belzébuth et sa putain de mère.

– Je ne vois pas le Portugais, observa le capitaine.

C'était vrai. Martinho de Arcada n'était pas là,
bien qu'une partie du contingent avec lequel il devait
attaquer le palais ducal fût présent. Dans un groupe
de six hommes attablés à l'autre bout de la salle,

ayant gardé aussi leurs capes et capotes, je reconnus les quatre qui avaient débarqué la veille sur le quai des Mendiants. Non loin d'eux, les cinq artificiers suédois, dont les yeux clairs et les cheveux blonds ou roux ne détonnaient pas dans la Babel de voix et de figures qu'était le bacaro, demeuraient immobiles, telles des statues de chair, disciplinés et patients comme de bons Scandinaves, attendant l'ordre de partir et de faire sauter l'Arsenal de Venise ou tout ce qu'on leur ordonnerait. Je m'inquiétai un peu d'observer que, périodiquement, presque chacun son tour, l'un d'eux levait la main pour se verser dans le gosier une cruche de quelque chose qui, sacredieu, ne devait pas être de l'eau ; mais il faut bien dire que, vin ou alcool, cela ne semblait pas les troubler le moins du monde. Leurs corps puissants semblaient rester maîtres d'eux-mêmes. Habitués, de toute antiquité et par les coutumes de leur nation, à absorber n'importe quelles quantités de spiritueux, comme des éponges impassibles.

Je suivis le capitaine Alatriste quand il traversa la salle en contournant tables, bancs et gens pour se diriger vers l'endroit où était assis Sebastián Copons. L'Aragonais se tenait devant une fiasque de vin en compagnie du Maure Gurriato et de Juan Zenarruzabeitia, à une table voisine de celle qu'occupaient le Catalan Quartanet et les Andalous Pimienta et Jaqueta. Tous, bien entendu, également couverts de leurs capes, manteaux et capotes, comme mon ancien maître et moi-même – il semblait vraiment que, cette nuit, tous les Espagnols de Venise avaient froid. Copons, le Maure et le Biscayen nous firent une place sur leur banc, et le capitaine Alatriste posa ses mains sur la table crasseuse, indifférent à la fiasque et au verre qu'ils poussèrent vers lui.

– Que se passe-t-il avec Martinho ? demanda-t-il à voix basse sans toucher au vin.

Pour toute réponse, Copons jeta un regard significatif vers la porte où, au même instant, le Portugais faisait son apparition accompagné de deux individus moustachus, visages bruns et tannés, qui sentaient le soldat et l'Espagnol à une demi-lieue. Sans prêter attention à personne, Manuel Martinho de Arcada traversa la salle avec ses compagnons et alla s'installer à proximité du reste de ses hommes.

– Au complet et prêts pour la revue, résuma Copons.

L'Aragonais observait mon ancien maître avec une curiosité professionnelle résignée et légèrement amusée ; complice, me sembla-t-il, en vrai vétéran. Il le regardait comme il l'avait fait des douzaines de fois dans les moments précédant l'un des innombrables assauts qu'ils avaient donnés ensemble au cours de leur vie. C'était comme s'il lui disait encore une fois : là sont la tranchée, le ravin ou le bastion ; les hommes respirent déjà profondément avant de serrer les dents, de traverser le glacis balayé par la mousqueterie et de passer le fossé ; et c'est à toi qu'il revient de dire « Saint Jacques, en avant ! Et merde au dernier ! » Ou ce que tu voudras.

Le capitaine Alatriste contempla son vieux camarade comme s'il pénétrait sa pensée, et un sourire de compréhension réciproque affleura dans ses yeux plus que sur ses lèvres. Il passa ensuite deux doigts sur sa moustache, observa le visage impénétrable du Maure Gurriato dont le crâne rasé luisait à la lumière graisseuse de la taverne, et adressa de la tête un léger signe de reconnaissance à Juan Zenarruzabeitia et aux trois camarades de la table voisine, qui répondirent de même. Finalement, il posa sur mon bras une main gantée, et ses yeux sur les miens. Un instant je crus deviner une étincelle de chaleur. Je répondis comme les autres ; mais tout de suite ce scintillement, s'il avait vraiment existé, disparut de son regard tranquille tandis qu'il retirait sa main en se levant. Et il partit ainsi, sans dire bonne chance à personne ni desserrer les lèvres.

Notre groupe de l'Arsenal fut le dernier à sortir de cette tanière. Une fois le capitaine disparu, ce qui était le signal convenu, nos gens commencèrent à quitter discrètement les lieux, par deux ou par petits groupes. S'en allèrent d'abord Roque Paredes et ses quatre crocodiles, suivis des huit qui composaient le groupe de Martinho de Arcada. Les Suédois, la mine stupide et indifférente, se levèrent tous comme un seul homme dès que celui qui semblait être à la tête du troupeau le fit, et sortirent ensemble, à quelques pas de Pimienta, Jaqueta et Quartanet. Copons et Zenarruzabeitia les imitèrent, et le Maure Gurriato et moi fermâmes le défilé en gagnant la rue où le froid nous mordit de nouveau. Laissant derrière nous le pont des Assassins, nous prîmes une longue rue étroite et sombre avant de traverser plusieurs canaux à droite puis à gauche : un itinéraire que nous avions étudié vingt fois pour ne pas nous perdre en pleine nuit dans ses tours et détours. Les rues et les gondoles immobiles sur les canaux étaient toujours tapissées de neige ; laquelle, piétinée comme elle l'était sur les ponts et dans les passages étroits, se transformait en verglas. Le sol blanc craquait sous mes bottes munies de guêtres et sous les pas du Maure Gurriato, qui marchait drapé dans sa tunique bleue, le capuchon rabattu sur la tête. Je pensai à la croix azouaoui qu'il portait tatouée sur la figure et me demandai quelles étaient en ce moment ses pensées sur nos probabilités de vie ou de mort. Puis je passai à mes propres pensées, enviant le fatalisme avec lequel le mogatace affrontait l'existence qu'il avait choisi de mener avec nous.

– Tout va bien, Maure?

– *Uah.*

J'aurais aimé parler un peu plus, ne fût-ce qu'à voix basse, pour apaiser le picotement qui parcourait mes entrailles; mais dans notre métier les silences sont souvent préférables aux paroles. Parle, a dit le philosophe, pour que l'on te connaisse. De sorte que je retins ma langue, par crainte de faire mauvaise figure. L'homme fait pire impression par ce qu'il dit que par ce qu'il tait, et il lui faut ressembler au bon cheval de selle, qui doit montrer ses brillantes qualités dans la course et, hors d'elle, rester discret et tranquille. Aussi marchions-nous, Gurriato et moi, l'un contre l'autre mais chacun retranché dans ses pensées. Pour me distraire du moment présent, je pensais tantôt à Angélica d'Alquézar – c'était une de ces nuits où elle me semblait être véritablement dans un autre monde, loin à tout jamais de ma vie –, tantôt au sort de la pauvre petite Luzietta. Par moments, le lion de Venise faisait une apparition menaçante dans mon imagination, préparant ses griffes pour me recevoir; j'avais fait ce rêve à plusieurs reprises au cours des dernières nuits, et maintenant il hantait presque physiquement mes pensées. Comme je n'avais pas le choix, je décidai de me consoler avec le vieux dicton militaire: la mort poursuit celui qui la fuit et oublie celui qui l'affronte. Lorsque nous passions sur les canaux, le froid et l'humidité me faisaient grelotter,

et parfois même claquer des dents ; aussi essayai-je
de mieux m'envelopper dans ma cape, craignant
que le mogatace n'interprète mal cette défaillance.
À d'autres moments, en franchissant un pont ou en
enfilant une longue rue éclairée par la torche d'une
porte, une lanterne ou une fenêtre allumée, je parve-
nais à distinguer, se détachant dans la pénombre sur
le sol enneigé, les silhouettes noires des camarades
qui, à distance les uns des autres, me précédaient.

Les cloches de Saint-Marc sonnèrent dans la
nuit, à quelques rues de là.

— Encore une demi-heure, commenta Malatesta.

Les rues voisines des Merceries étaient peu
passantes à cette heure, bien que la neige sur le sol
fût piétinée et glissante. Une torche éclairait une
voûte très étroite sous laquelle l'Italien s'engagea
sans hésiter. Diego Alatriste, qui cheminait vide de
pensées, le suivit. Dans l'obscurité, il faillit trébu-
cher contre la forme noire de son compagnon qui
frappait discrètement à une porte. Celle-ci s'ouvrit,
découvrant la lueur de la chandelle que portait une
vieille en deuil. La pièce était une arrière-boutique
de saumures, remplie de sacs et de barils, avec des
saucissons et des salaisons pendus au plafond. Après

quelques mots en italien, la vieille planta la lumière dans un chandelier et s'éloigna dans le couloir, les laissant seuls. Malatesta, qui avait ôté sa cape, son chapeau et son pourpoint, écarta quelques sacs, mettant au jour une caisse qui contenait des habits, des armes et deux gorgerins dont le métal luisait.

– Soyons vénitiens, dit-il.

Il sifflotait *tiruri-ta-ta* pendant qu'il s'habillait en officier, et Diego Alatriste se demanda s'il était réellement indifférent ou s'il paradait seulement en son honneur. Pour sa part, il se borna à échanger sa cape de drap brun contre une verte, couleur de la garde ducale. Après une brève hésitation, il renonça à mettre le pourpoint brodé distinguant les officiers, conservant le justaucorps en peau de buffle qui lui serait sûrement plus utile. Il disposa la bande verte en travers de sa poitrine et, au cou, le gorgerin d'acier bruni avec le lion de la Sérénissime, propre aux officiers en service ; et en plus du puffer allemand qu'il portait à la ceinture, dont il fit tourner le rouet pour armer le ressort, il se munit de deux autres pistolets à pierre, après avoir vérifié qu'ils étaient graissés et en bon état, les passant dans son ceinturon, dissimulés sous la cape. Tout ce poids était difficile à porter, pensa-t-il. Mais il le rassurait.

– Nous y sommes ? demanda Malatesta.

Le sicaire souriait, avec une expression distraite. Son sourire était machinal et il avait cessé de siffloter.

On eût dit que ses pensées, quelles qu'elles fussent, partaient d'un côté et ce sourire de l'autre. Alatriste remarqua que, pour la première fois, il ne le voyait pas, comme à son habitude, vêtu de noir de pied en cap. Maintenant il semblait être réellement un capitaine de la garde du doge, jusqu'au détail d'une plume verte au chapeau sous lequel brillaient ses yeux très noirs de serpent. Cet accoutrement, conclut Alatriste, comme le sien propre – avec la cape, le gorgerin, et le changement de plume du chapeau qui lui donnaient également une apparence crédible –, suffirait, dans la chapelle Saint-Pierre, pour gagner le temps des vingt pas nécessaires avant que ceux qui, à ce moment, seraient encore vivants et à proximité puissent réagir.

– Nous y sommes, répondit-il.

À la lueur indécise de la chandelle, la figure de l'Italien ravagée de cicatrices ressemblait à une surface lunaire. Le sourire sardonique s'était effacé de sa bouche. Celle-ci n'était plus qu'un trou noir, crispé.

– Tout est clair ?

Diego Alatriste acquiesça sans desserrer les lèvres, curieux. C'était donc ainsi, conclut-il en étudiant son vieil ennemi, que le sicaire affrontait ce genre d'épreuves. Il voyait son expression tendue, il entendait le ton rauque de sa voix, de si près que ses pensées en devenaient presque palpables. Rien de différent, pour autant. Rien qu'il ne connaisse lui-même. Juste, chez l'autre, une certaine propension à trop parler, et ce sourire qui, peu avant encore, avait été comme un masque : détails accessoires du personnage. Gualterio Malatesta lui aussi voulait vivre, comme tous, mais il se résignait à mourir, comme quelques-uns. Par instinct, Alatriste enregistra cette information qui pouvait lui être utile à l'avenir – à supposer qu'il y eût un avenir au-delà de la prochaine heure –, puis cessa d'y penser. Ce n'était pas le moment de se laisser affaiblir par autre chose que le présent immédiat. Par une vieille habitude du métier, son esprit se concentrait sur celui-ci : terrain, menace, défense, précautions, itinéraire de fuite. Passé un certain point sans retour possible, il convenait seulement de s'en remettre au protocole de toujours. Le calcul froid. Les gestes rigoureux de vieux soldat.

– Allons-y, dit Malatesta.

Ils ressortirent dans la rue enneigée, épaule contre épaule, enveloppés dans leurs capes vertes. Une brise glacée soufflait de la lagune, et le froid les mordit de nouveau cruellement ; mais c'était désormais sans importance, car Diego Alatriste, concentré sur les alentours et attentif à chaque détail, tâtait sous la cape le premier pistolet qu'il sortirait, vérifiait du coude que le manche de la dague était bien libre et qu'il pouvait dégainer rapidement sans aucune entrave. Et ainsi, guettant l'imprévu ou les menaces inattendues, prêt à faire face à tout ce qui se présenterait à chaque pas qui le rapprochait de Saint-Marc, il déboucha avec son compagnon sur la piazzetta della Canonica : le sol tapissé de blanc, les lions de marbre à droite avec leurs crinières de neige, la façade énorme et sombre de Saint-Marc devant lui, juste éclairée par deux torches qui, passées dans des anneaux, brûlaient en donnant une lumière brumeuse. Quoi qu'il se passe là-bas, conclut-il avec un fatalisme professionnel, c'est par ici que je battrai en retraite. Exposé, peut-être, en traversant de nouveau la piazzetta ; mais sauf, si j'atteins les rues que nous laissons derrière nous. Avec Malatesta ou sans lui. Ensuite, cinq ponts sur la gauche, jusqu'au canal. Si j'arrive de l'autre côté, les possibilités augmenteront un peu. Je crois. Ou mieux vaut le croire. Quoi qu'il en soit, je saurai me battre sans fléchir.

Il avait la bouche si âcre et si sèche qu'il aurait vidé un demi-azumbre sans reprendre son souffle, s'il l'avait eu à portée de main. Il regarda du coin de l'œil Malatesta qui marchait à son côté d'un pas décidé : le visage sombre sous le bord du chapeau, silhouette obscure se découpant sur la lumière des torches et sur le sol enneigé qui craquait doucement sous leurs pas. L'Italien avait sorti des plis de son vêtement une grosse clef. Ils étaient déjà devant la grille de fer de la petite porte, à côté de la construction adossée au transept nord, quand les cloches de l'église sonnèrent de nouveau, proches et assourdissantes, faisant fuir une volée de pigeons qui traversèrent la pénombre jaunâtre dans toutes les directions depuis les balustres et les corniches de l'édifice. À Saint-Marc, la messe de minuit venait de commencer.

Douze ombres se déplaçaient avec précaution dans l'obscurité, collées aux façades des maisons voisines des murs de Saint-Martin, entre l'église et le canal. J'étais l'une d'elles et je marchais entre le Maure Gurriato et le Catalan Quartanet avec le reste du détachement d'assaut, suivis de près par les artificiers suédois. Nous étions à une centaine de pas de la porte de terre de l'Arsenal. Grâce à la réverbé-ration du sol enneigé, nous parvenions à distinguer le contour obscur du bâtiment du corps de garde connu sous le nom de quartier Saint-Marc, à droite, et le grand mât situé sur la piazzetta, qui, à cette heure, était sans drapeau. En forçant un peu plus la vue, on pouvait apercevoir aussi une des tours de la porte de mer – celle située de ce côté du canal d'entrée des chantiers – et la façade où se trouvait l'accès principal à l'enceinte.

– On y va, dit Sebastián Copons.

Je dégainai ma demoiselle, comme mes camarades, et avançai en recherchant toujours l'abri du mur et de l'obscurité. Pour me battre plus librement, j'avais replié ma cape sur mon épaule gauche, en l'attachant avec les cordons. La grille de fer du portail de l'Arsenal était maintenant visible, noir sur blanc sous le fronton triangulaire de l'entrée. Elle était ouverte, comme nous l'espérions, et un fanal allumé à l'intérieur éclairait une demi-douzaine d'ombres immobiles, enveloppée dans leurs capes. Le plan était que Maffio Sagodino, capitaine de la compagnie de mercenaires dalmates, nous attendrait avec ses hommes pour nous guider à l'intérieur de l'enceinte. Et il avait tenu parole, car, après quelques pas, je pus le reconnaître parmi ceux qui stationnaient à la lumière du fanal. Nous sortîmes de notre refuge avec moins de précaution, en nous dépêchant de traverser la piazzetta. La tension de l'instant me fit m'avancer un peu plus, rejoignant Sebastián Copons. Le Maure Gurriato marchait sur mes talons : j'entendais derrière moi sa respiration forte et tranquille. Pour ma part, j'avais le corps tendu comme une baliste, prêt pour l'action imminente, et mon pouls battait de plus en plus vite aux poignets, au cœur et aux tempes. Même ainsi, en garçon aguerri que j'étais, je gardais mon calme, scrutant tout ce qui m'entourait, au cas où quelqu'un nous guetterait pour nous tomber sur le râble. Car on ne perd jamais rien à regarder où l'on pose les pieds, et certains se fient tant à leur courage qu'ils en oublient la prudence. C'est peut-être pour cette raison qu'au moment où j'allais franchir la grille je remarquai que quelque chose ne tournait pas rond. Tout semblait bien se passer, et le capitaine Sagodino était de garde à l'heure et au lieu convenus ; mais, soudain, un détail m'inquiéta : il était sans chapeau ni armes, tandis que les hommes qui se tenaient autour de lui portaient des épées, des pertuisanes et des arquebuses, mèches allumées. Maintenant, je pouvais mieux voir la face barbue de Maffio Sagodino, et, manifestement, ce n'était pas celle d'un homme heureux. Son visage était crispé et son expression ne se modifia pas en nous voyant approcher de la porte. Un frisson me parcourut.

– C'est un piège. On nous a vendus, chuchotai-je.

Je le fis sans m'arrêter, à voix très basse. En le pensant en même temps que je le disais. Copons fit encore deux pas, digérant l'avertissement.

– Foutredieu, dit-il en s'arrêtant.

Je regardai derrière, sur la gauche. La rive du canal qui entourait les chantiers se perdait dans le noir, offrant une possibilité de nous mettre à couvert. J'hésitai un instant, me forçant à réfléchir ; car, en cas d'alerte, c'est grande sagesse que de ne pas se laisser démonter. Mon dilemme était de savoir si je devais crier pour prévenir mes compagnons ou les laisser deviner seuls, quand je me mettrais à courir : qui se déplace, Dieu lui fait grâce. Ce qui me décida fut le grincement d'un portail qui s'ouvrait de l'autre côté de la piazzetta, dans le corps de garde du quartier San Marco, et l'apparition d'une foule de soldats portant lanternes et armes dans un grand tumulte de voix. À leur tour, ceux qui se tenaient à la porte, tirant Sagodino en arrière, se jetèrent sur nous en dévalant les marches, suivis d'un autre essaim qui sortit de l'Arsenal. À ce moment-là, j'étais déjà en train de recommander mon âme à Dieu et, sans demander mon reste, je courais comme un lièvre sur le bord du canal pour trouver refuge dans l'obscurité, suivi de Copons, du Maure Gurriato et de Jorge Quartanet, lesquels ne se l'étaient pas fait dire deux fois. Au dernier regard que je jetai par-dessus mon épaule, je pus voir, dans la danse des lanternes et les reflets des lames nues, les Suédois se faire tailler en quartiers comme des animaux, Juan Zenarruzabeitia pressé de toute part et lardé de blessures, et Pimienta et Jaqueta se battre entourés d'ennemis, vendant cher leur vie.

Pan. Pan. Bzzz. Les balles d'arquebuse vrombissaient au-dessus de nos têtes ou crépitaient contre les briques des maisons, et, entre les tirs, on entendait seulement le bruit de notre galopade sur la neige. Nous courions, les quatre qui avions pu nous échapper, sans un mot, silencieux, réservant notre souffle pour nos efforts. Nous le faisions pour sauver notre peau, oubliant tout ce qui n'était pas nous mettre le plus vite possible à l'abri. Et, de tous, c'était moi qui fuyais le premier, épée à la main, sûr que si je suivais ce canal jusqu'au bout, sans m'en écarter, j'atteindrais les quais du nord de la ville ; tandis que dévier de cette route serait nous perdre dans un labyrinthe de ruelles d'où nous ne ressortirions jamais. C'était avec cette unique idée que j'allais, ou courais, lorsque je vis des ombres se détacher de l'obscurité contre le sol blanc de neige, tout près, sur le pont qui enjambait le canal en cet endroit.

Ils étaient une demi-douzaine : des hommes placés là pour nous couper la retraite, ou une ronde accourue au bruit des tirs et ne s'attendant pas à nous recevoir de plein fouet. Toujours est-il que nous fondîmes sur eux sans crier gare ni presque nous arrêter, comme des taureaux du Jarama sortant du toril. Autour de moi, mes camarades taillaient en pleines chairs, au milieu du cliquetis des lames qui se croisaient, des gémissements, des jurons et du scintillement des épées. Au passage, j'expédiai un coup de lame à l'ennemi le plus proche, ce premier coup s'enfonça dans quelque chose de mou et me déséquilibra au point que j'en eus presque l'épaule démise. Je ramenai mon bras endolori en arrière et de l'autre libérai ma téméraire ; et l'homme, quel qu'il fût – je ne vis rien de plus qu'une forme obscure et le reflet du fer qu'il avait en main –, tomba dans le canal, criant comme un verrat qu'on égorge, avec une telle violence que cet enfant de putain faillit m'entraîner avec lui. Je récupérai ma lame, me tournant vers un autre qui s'agrippait à moi en voulant me planter je ne sais quoi dans le corps, mais de si près et si maladroitement que Dieu n'eut guère de mal à me venir en aide : celui-là donnait ses coups dans l'épaisseur de la cape que je portais pliée sur l'épaule. Avec la garde de mon épée, je le frappai de toute mon âme en plein visage, jusqu'à ce qu'au troisième ou au quatrième coup j'entende un craquement d'os ou de dents brisés ; sur quoi mon adversaire s'affaissa comme un sac de riz, haletant, ruisselant et s'étranglant comme s'il allait vomir. Je lui donnai encore d'en haut un gentil coup d'estoc, pour ne rien laisser au hasard – il émit un long gémissement, comme vidé, et je suppose qu'il rendait l'âme –, puis je sautai par-dessus son corps et continuai à courir sur la bande blanche qui bordait l'eau noire du canal, tout en frottant de l'autre main mon bras maltraité. Mes poumons me brûlaient, comme si l'air glacé allait les arracher. Mes camarades venaient derrière, toujours trico- tant des jambes, toujours aussi silencieux, excepté Jorge Quartanet, qui devait avoir reçu sur le pont un fameux coup d'épée et allait les tripes à l'air en trébuchant ou glissant sur la neige.

– Estic foutut, l'entendions-nous marmonner.

Le Maure Gurriato tenta de l'aider, mais sans y réussir : le Catalan avançait avec de plus en plus de difficultés, perdant irrémédiablement son sang, ahanant comme un soufflet de forge, et le Maure dut s'occuper de sa propre personne. Telles sont les règles de la margaille et du sauve-qui-peut. Quartanet, soldat de longue date, le savait mieux que quiconque. Aussi n'émit-il aucun reproche. Il ne nous demanda même pas de l'attendre. La dernière chose que j'entendis fut un gémissement de douleur et un « mare de Deu » résigné, prononcé dents serrées. Puis le son de ses pas de plus en plus lents resta en arrière et nous ne l'avons jamais revu.

Passé la grille, Gualterio Malatesta fit jouer une clef dans une seconde serrure. Puis il poussa la porte qui s'ouvrit silencieusement sur des gonds bien huilés et, devant eux, apparut le blond sourire du capitaine Lorenzo Faliero.

– Benvenuti, dit-il.

Il tenait une épée et, de l'autre main, portait une lanterne sourde allumée, dont la faible lumière faisait luire derrière lui un grand concours de lames : les armes de la vingtaine de soldats qui attendaient là, occupant la pièce.

– Arrendetevi, ajouta le Vénitien, et consignate
le armi.

Diego Alatriste ne tenta même pas de réfléchir :
quand la vie et la mort sont en jeu, c'est un luxe qui
vous coûte la peau. Instinctivement, rapide comme
l'éclair, il mit la main à la dague dont ses doigts
frôlaient le manche depuis un moment et, par-dessus
l'épaule de Gualterio Malatesta, en expédia un coup
latéral, de gauche à droite, dans la gorge de Faliero.
Presque du même mouvement, il saisit le pistolet à
rouet qu'il portait armé, tira sans viser vers l'intérieur
de la pièce – au bruit si proche de la détonation,
Malatesta rentra la tête dans les épaules –, fit demi-
tour et se mit à courir. La dernière chose qu'il vit,
dans l'éclair du coup de feu, fut le sourire de Faliero
se transformant en grimace de stupéfaction, ses yeux
épouvantés, et le jet de sang que l'entaille à la gorge
projetait sur le visage de Malatesta.

– *Cazzo di Dio!* entendit-il jurer le sicaire dans
son dos.

Alatriste ne s'amusa pas à se demander de quel
bord était le sicaire, avec les autres ou avec lui. Il
aurait bien le temps, plus tard, de se poser la question, s'il parvenait à rester vivant. Pour l'heure, il
courait sur la piazzetta della Canonica, cherchant un
refuge dans l'obscurité des rues voisines. Il avait jeté
le pistolet déchargé et, pour courir plus vite, il coupa
avec sa dague les cordons qui retenaient sa cape,

laissant celle-ci derrière lui. Il entendait dans son dos des cris et des pas précipités : il ne savait pas s'il s'agissait des hommes de Faliero ou si c'était Malatesta, ni si ce dernier fuyait comme lui ou s'il faisait partie de la meute à ses trousses. En tout cas, il écarta l'idée d'empoigner un des deux pistolets qu'il portait encore à la ceinture, de se retourner et de tirer de nouveau. Cela lui ferait perdre un temps précieux, et le principal était de s'abriter dans l'ombre en tentant de semer son ou ses poursuivants. Au moment où il atteignait la première ruelle, il perçut des bruits lointains de voix et des détonations d'arquebuse, de l'autre côté de Saint-Marc : le pauvre Manuel Martinho de Arcada et ses gens – il eut une pensée fugace pour eux, avant de les oublier – se faisaient exterminer à la porte même du palais ducal.

Il s'arrêta un instant de l'autre côté du passage voûté, regardant les alentours tout en essayant de garder son calme et de s'orienter. Il rengaina sa dague, pensant au plus urgent. Il avait le plan de Venise gravé dans sa mémoire, même si, dans cette ville compliquée, et dans l'obscurité, cela ne lui garantissait rien. Son idée était de rester à l'orient de la place Saint-Marc, en marchant toujours vers la gauche : cinq ponts sur cinq petits canaux avant d'arriver au Grand Canal ; à l'endroit où, en principe – il n'était plus sûr de rien –, devait les attendre une gondole pour les mener, Malatesta et lui, sur l'autre berge ; à l'escuero où – autre supposition hasardeuse, cette nuit – le contrebandier Paoluccio Malombra devait les embarquer.

Il se retourna brusquement, alerté par un bruit de pas rapides à l'autre bout du passage. Il ne vit personne, mais il importait de tenir le ou les arrivants en respect, quels qu'ils soient. Aussi empoigna-t-il un des pistolets, visa dans cette direction, ferma les yeux pour ne pas être aveuglé par la fulgurance du coup de feu et tira. Puis, sans vérifier le résultat, il laissa tomber son arme et se remit à courir. En franchissant le pont pour prendre la rue qui s'ouvrait à gauche, il vit apparaître à une fenêtre éclairée le visage d'un habitant effrayé par la détonation, qui se retira tout de suite en le voyant passer comme un fantôme. Alatriste courait en soldat, d'un pas léger, en essayant de garder un rythme supportable et sans trop forcer, attentif à ne pas être une cible fixe pour les balles et à ne pas glisser sur la neige piétinée, au risque de se casser le cou. Au-dessus des corniches des toits qui se touchaient presque dans les rues étroites, le ciel était toujours noir et fermé, sans trace de lune. Par chance, le tapis blanc du sol, en faisant ressortir les objets et les contours, l'aidait à s'orienter. Passé le deuxième pont, il s'arrêta de nouveau pour reprendre haleine, guettant de possibles poursuivants ; mais cette fois le silence était total. À l'abri des maisons, l'air était immobile, sans un souffle de brise. Il enleva de son cou le gorgerin d'acier pour le jeter à l'eau, et attendit que les battements accélérés de son cœur s'apaisent un peu. Bien qu'il ne portât plus de cape – il avait également perdu son chapeau dans la course –, l'effort le faisait transpirer : il sentait que sa chemise était trempée sous le justaucorps en peau de buffle. Le froid condensait son haleine en une buée si dense que l'on eût dit de la fumée de tabac.

Il franchit encore deux ponts, toujours sur sa gauche, et suivit la berge d'un canal étroit où de nombreuses gondoles étaient amarrées à leurs palines. Finalement, en passant entre une église et une demeure d'aspect patricien, dont il tâcha d'éviter les fenêtres éclairées, il entrevit à l'extrémité d'une piazzetta l'embouchure noire du Grand Canal, d'où arrivait un petit vent froid qui gela la sueur sur ses vêtements. Il était entendu que le gondolier prévu attendrait près du ponton de San Moisè, de l'autre côté du canal du même nom. En restant le plus possible dans l'ombre, Alatriste laissa l'église derrière lui, vérifiant que personne ne le suivait, puis franchit le dernier pont et prit la première rue à gauche. Plus il approchait du ponton et plus il redoublait de prudence, comme un loup méfiant : toujours lentement, tâchant de poser le talon de ses bottes avant la pointe, afin de faire le moins de bruit possible. Il s'arrêta quelques pas plus loin, tout près du Grand Canal. Le ponton était désert : pas trace de gondole ni de gondolier. Une fois passé l'effort, le froid le faisait grelotter ; et pour la première fois il regretta la cape abandonnée sur la Canonica. Merde du Christ, se dit-il. Finalement, ce ne seront pas les Vénitiens qui me tueront, mais une pleurésie. Ses sens, cependant, restaient concentrés sur ce qu'il avait derrière lui. Et maintenant il entendait un bruit de pas qui approchait. Quelqu'un venait.

Au diable tout, conclut-il. Il était trop fatigué pour courir encore, et, en dehors du ponton de San Moisè, il n'avait nulle part où aller. Simple passant ou ennemi sur sa trace, quel que soit l'arrivant il était de trop. Et s'ils étaient plusieurs, le premier qui pointerait son museau paierait pour tous. Que Dieu ou le diable y pourvoient. Il chercha donc l'abri d'une voûte en dégainant la dague de la main gauche et en empoignant le pistolet de la droite, après avoir étouffé le déclic du chien entre ses cuisses. Il respirait lentement et profondément, pour que les battements de son pouls dans ses tempes ne perturbent pas le silence indispensable. La neige craquait doucement près de l'entrée de la voûte. Un pas. Un autre. Et quand, au troisième, une ombre se détacha de l'obscurité et que la lame de l'épée que tenait cette ombre s'allongea nettement au-dessus du sol blanc, Alatriste tendit le bras et lui posa le canon du pistolet à bout portant contre la tête. Sur ce, il entendit le rire grinçant de Gualterio Malatesta.

– *Minchia*, capitaine Alatriste… Gardez vos plaisanteries pour vous. Le bruit d'un coup de feu serait fort malvenu en ce moment.

Les murs et le campanile de San Francesco della Vigna se dressaient, noirs, dans la nuit, au-delà des ombres enchevêtrées des branches nues des arbres. De Roque Paredes et des hommes du quartier juif, personne ne s'était présenté. Il n'y avait que Sebastián Copons, le Maure Gurriato et moi, tapis contre l'enceinte du couvent, recouvrant à grandes goulées notre souffle tout en étudiant la manière la plus sûre de parcourir la dernière partie du trajet : un muret avec une petite porte menant à une plage caillouteuse qui, ouverte sur la lagune, formait en rétrécissant la pointe dite de la Celestia. De là où nous étions, on ne pouvait rien voir d'autre que la ligne sombre du muret et la porte. Nous avions préalablement étudié l'endroit, de jour comme de nuit. Nous savions qu'il était gardé, car c'était là que de nombreuses marchandises venant de la terre ferme passaient la douane ; et la garde habituelle était composée de cinq ou six gabelous plus attentifs à se servir sur les mariniers qu'à surveiller leurs arrières. Ce que, cette nuit-là, nous ignorions, c'était si les événements avaient modifié les choses ; si la garde de la porte était en alerte ou renforcée, et si la barque promise par Paoluccio Malombra attendait comme prévu au bout de la petite plage, ou bien si nous ne trouverions en y arrivant que les galets, l'eau et la nuit. Trois doutes que nous ne pouvions lever qu'en bougeant.

– À Dieu vat! dit Copons.

Nous nous écartâmes précautionneusement de l'enceinte, chacun tenant son arme nue à la main. Nous avions convenu que je m'avancerais seul quand nous serions à proximité de la porte : j'étais celui qui parlait le mieux italien, et deux paroles opportunes nous laisseraient le temps de nous rapprocher et d'ouvrir le bal. Qu'une seule sentinelle en sorte vivante, clamant notre présence, et nous serions faits comme des rats.

– Ils sont là, chuchotai-je.

Deux formes debout, adossées au mur, et deux autres par terre, noires sur le blanc du sol neigeux, autour d'un petit brasero auquel le vent de la lagune arrachait des étincelles. Je déployai ma cape pliée sur l'épaule pour qu'en flottant elle dissimule mes armes : épée au fourreau – je pouvais me blesser en me battant de près et dans l'obscurité – et dague dans la main droite. Puis je sortis à découvert, marchant vers la petite porte, très calme. Ou affectant de l'être. Car, comme avait écrit ou écrirait bientôt Calderón de la Barca :

Ces actions ne sont pas
Filles de la bizarrerie ;
Mourir n'est pas courage,
Mais refus d'espérer.

À chaque pas que je faisais, le sang battait dans mes oreilles, m'assourdissant au point de masquer le bruit du vent et le clapotement des vagues sur la rive de la lagune proche. Silence, me répétait mon corps. Tu joues ta vie. Tout doit se passer avec le moins de tapage possible.

— Buonanotte, saluai-je, sur un ton désinvolte.

— Cosa vuo… commença, hargneux, une des sentinelles en se détachant du mur.

Je tâtonnai de la main gauche, calculant emplacement et distance, et presque du même mouvement je lui plantai ma dague dans la gorge jusqu'à la garde. La voix se brisa dans un gargouillement, comme si elle expulsait un air liquide ; et l'homme était encore debout, grognant et titubant comme un ivrogne, quand, sur ma droite et sur ma gauche, les ombres de Copons et du Maure Gurriato se jetèrent sur les autres. On entendit des froissements de chairs ouvertes et des gémissements sourds tandis que je récupérais ma dague et que la sentinelle égorgée s'écroulait à mes pieds. Je sautai par-dessus son corps et fonçai devant moi, en pleine bagarre, sur une forme qui se levait dans la lueur des tisons du brasero. Je rejoignis Gurriato qui avait dépêché une autre sentinelle comme on court la poste. À nous deux, nous attrapâmes l'homme qui tentait de se lever, l'immobilisâmes à terre pendant que je m'efforçais de le bâillonner avec ma cape pour étouffer ses cris et que, fort diligemment, le mogatace le lardait de coups de poignard. Tchac, tchac, tchac, tchac, tchac, les coups répétés semblaient ne devoir jamais finir. Le malheureux ne cessa de se débattre qu'au spasme final, sans avoir réussi à prononcer un mot. Tout était de nouveau silencieux, à part le léger bruissement du vent et le clapotis de l'eau sur le rivage proche, de l'autre côté du muret et de la porte. Nous demeurâmes un moment sans bouger, reprenant notre souffle. Puis j'essuyai du mieux que je pus mes mains couvertes de sang – encore chaud et visqueux – sur les vêtements du mort et me relevai. Sebastián Copons éteignait le brasero en jetant de la neige dessus.

– Tout le monde va bien ? demanda-t-il.

Un bref gémissement de Gurriato en se relevant révéla que ce n'était pas le cas. Avant de mourir, son premier adversaire, plus rapide que les autres, avait réussi à planter une demi-paume d'acier dans les côtes du Maure au moment où celui-ci se jetait sur lui. Simple égratignure, nous rassura le mogatace en grinçant des dents, tandis qu'il mettait un doigt dans les dégâts pour en estimer la profondeur. Mais gênante. Nous improvisâmes un pansement avec nos mouchoirs, en serrant fort pour arrêter l'hémorragie. Il se tenait très droit, faisant bonne figure, et ne demanda pas notre aide quand nous passâmes la petite porte pour nous diriger vers la plage de galets enneigée.

– Dépêchons-nous, nom de Dieu ! nous pressait Copons.

L'air froid et salé – il sentait le moisi, la vase et les algues – me dégagea les yeux et la cervelle, gelant sur mes vêtements la neige fondue et le sang de la sentinelle qui, mêlé à celui du Maure Gurriato, restait sur mes mains. Devant nous, la lagune ressemblait à une vaste plaine déserte et noire, sans une seule lumière, dont le bord venait mourir sur la plage dans une écume phosphorescente. La ligne de la côte, perceptible dans l'obscurité grâce au manteau de neige, se perdait en décrivant une courbe vers la masse sombre des murs de l'Arsenal. Je regardai pour la dernière fois San Francisco della Vigna, au cas où je verrais apparaître les gens de Roque Paredes ; mais je sus que personne ne viendrait.

– Plus vite !… Plus vite !

Nous courûmes de nouveau, cette fois sur les galets blanchis qui crissaient sous nos bottes. J'avançais, la dague encore à la main, crispé par la tension et l'incertitude, me demandant si les gens de Paoluccio Malombra avaient tenu parole. Apeuré, je l'avoue, à l'idée de nous voir sans retraite possible, livrés à notre sort dans cette ville ennemie que nous avions jalonnée de cadavres avec une telle profusion.

— Merde à mon saint! entendis-je s'exclamer Copons.

Il semblait quelque peu ému, et le ton m'étonna, car il ne lui était pas habituel. Je regardai les alentours, ne sachant pas si je devais m'alarmer davantage ou reprendre espoir. La Celestia se rétrécissait à son extrémité en une pointe rocheuse qui faisait office de jetée. Et là, au bout de la plage enneigée, je parvins à apercevoir la forme obscure d'une embarcation sans lumières qui se balançait dans la faible houle.

— Ce sont les nôtres? demandai-je.

— Et qui, sinon?… Dépêche-toi plutôt.

Soulagé, heureux, j'attrapai le bras du Maure Gurriato pour l'aider à parcourir le dernier tronçon. Et alors, avec l'égoïsme du survivant, je pensai pour la première fois au danger que devait courir le capitaine Alatriste.

— Voilà ce que je crois, conclut Gualterio Malatesta. Faliero nous a tous vendus. Ils l'ont peut-être découvert et il a changé de cheval à mi-course, ou alors il était avec eux depuis le début.

— Je pensais qu'il était votre parent.

– Oui… Mais vous voyez. Les familles ne sont plus ce qu'elles étaient.

Diego Alatriste ébaucha un sourire dans l'obscurité. Le sicaire était, comme lui-même, une ombre collée au mur, près du pont de San Moisè.

– Il y a des choses, ajouta Malatesta, que nous ne saurons peut-être jamais.

Devant eux, au-delà du quai désert et des palines de bois coiffées de neige qui se dressaient, verticales, au-dessus de l'eau, le Grand Canal était une large entaille noire, fendant la masse obscure des édifices qui le bordaient.

– J'ai aussi douté de vous, avoua Alatriste.

Un croassement guttural. C'était le rire, grinçant mais tranquille, du Sicilien.

– Avec raison, je suppose… À un certain moment, ça ne m'aurait pas gêné de changer de camp si quelqu'un m'avait fait une offre consistante. C'est l'erreur qu'a commise le pauvre Lorenzaccio : ne pas me faire confiance… Il a dû me croire plus fidèle à mes principes que je ne le suis.

– J'espère que ce scélérat est mort.

– Ah, de ça je n'ai pas le moindre doute… Ce coup que vous lui avez donné lui a ouvert la gorge d'une paume, sous mon nez… J'ai encore sur la figure le sang du jet qui en est sorti.

Risquant un pas hors du porche où ils s'abritaient, Malatesta scruta les alentours. Diego Alatriste le suivit, étudiant la berge du canal. À part quelques fenêtres éclairées d'un côté et de l'autre, tout semblait désert. Calme.

– Vous avez bien réagi, poursuivit l'Italien. Même moi je n'aurais pas été aussi rapide de la dague… Et le coup de pistolet a été fort bienvenu. Il a tenu en respect ceux qui étaient à l'intérieur le temps suffisant pour que nous tirions notre révérence. Mon seul reproche est que la détonation a claqué à deux doigts de mes oreilles, me prenant par surprise. *Giurraddio !*… J'ai le tympan de l'oreille droite comme une peau de tambour ramollie.

Ils marchaient maintenant très près l'un de l'autre en cherchant les coins les plus obscurs, leurs épaules se touchant presque, attentifs au moindre bruit qui surgirait derrière eux. Le vent glacial qui soufflait le long du canal renouvela le regret d'Alatriste d'avoir laissé tomber sa cape durant la fuite. Il avait de nouveau froid, après la transpiration de la course, et il grelottait par moments sous le justaucorps en peau de buffle. Mais, conclut-il, résigné, c'était irréparable. Et de toute manière, se dit-il, mieux valait sentir le froid qu'être couché sur la neige les tripes à l'air et ne plus rien sentir du tout.

– J'ai entendu ce qui arrivait aux gens du palais ducal, commenta-t-il. À Martinho de Arcada et aux siens.

– Oui, moi aussi j'ai entendu… Ils n'ont pas eu de chance.

Un pincement amer. Alatriste fit un effort pour éloigner les pensées qui lui venaient à l'esprit. Des visages amis dont il ignorait le sort. Il se fit violence pour chasser tout de suite cette idée. Ce n'était pas bon que des sentiments de cet ordre viennent altérer son pouls et sa vue. Pas en de telles circonstances, près de Gualterio Malatesta, à qui, malgré la situation présente, il ne parvenait pas à faire entièrement confiance.

– Les autres aussi ont dû tomber, dit-il, songeur. Ceux de l'Arsenal et du ghetto.

Malatesta manifesta son accord avec beaucoup d'indifférence et de détachement. À Venise, exprima-t-il, on ne faisait jamais les choses à moitié. Si l'un d'eux était encore vivant à cette heure, à part Diego Alatriste et lui-même, il devait passer un sale moment.

– Je n'ai aucune envie de connaître la prison des Plombs, conclut-il. En matière de jeux de corde, je m'estime suffisamment servi par mes dernières expériences à Madrid.

Il s'était arrêté juste sur le ponton, silhouette noire sur le sol blanc, tandis que Diego Alatriste surveillait les alentours. Il n'y avait là ni gondole ni gondolier, et le canal qui s'élargissait devant eux était infranchissable. Le seul pont pour le traverser

était celui du Rialto, qui se trouvait loin et sûrement
surveillé. Observant les demeures dans l'ombre,
Alatriste pensa à donna Livia Tagliapiera. Il aurait
aimé savoir ce qu'elle faisait à ce moment. Il se
demanda également si la courtisane était dans le
camp des traîtres ou dans celui des trahis.

– Demain, tout bourdonnera comme une ruche,
dit Malatesta en revenant du ponton. Imaginez la
scène : les Vénitiens se frottant les mains en demandant des explications à l'ambassadeur d'Espagne, et
vos compatriotes exposés au public, pendus entre
les colonnes de Saint-Marc, ou crachant le morceau
devant le bourreau. – Il promena autour de lui un
regard perçant. – Essayons de ne pas en faire partie.

– Les choses peuvent aussi se passer autrement,
dit Alatriste.

– C'est-à-dire ?

– Ils peuvent vouloir étouffer l'affaire.

– Qu'est-ce qui vous fait penser ça ?

– Rien en particulier. Mais il est certain que
tout a été mené dans la plus grande discrétion. Vous
ne trouvez pas ?... La ville entière devrait être sens
dessus dessous, et voyez plutôt. Le doge est sauf, si
tant est qu'il ait été un instant réellement en danger.
Venise semble calme. Nous devrions avoir, vous et
moi, cent hommes à nos trousses, or ce n'est pas le
cas. Ils nous sont tombés dessus juste ce qu'il fallait.
Comme si nous n'étions pas vraiment dangereux.

Un bref silence. Malatesta considérait le raisonnement en détail.

– Ou comme s'ils ne voulaient pas faire trop de tapage ?

– Quelque chose dans ce genre.

– Hum… Intéressant.

Ils s'éloignaient de San Moisè, passant prudemment par des voies étroites, essayant de prendre toujours vers la gauche pour ne pas s'écarter du Grand Canal.

– L'autre jour, quelqu'un a émis une idée qui prend maintenant un sens, dit Alatriste pendant qu'ils franchissaient un pont. Le duc Vincent Gonzague est mourant, sans fils pour lui succéder… Il se peut que les troupes espagnoles envahissent Mantoue et le Montferrato depuis Milan.

– *Cazzo*… Cela risquerait de déclencher une guerre avec la Savoie et la France, non ?… Et la colère du pape.

– C'est possible.

Malatesta siffla très bas son *tiruri-ta-ta* et ne dit rien pendant quelques pas. À l'évidence, cela lui donnait à réfléchir.

– Ce qui, du coup, relègue l'affaire de Venise au second plan, résuma-t-il finalement. Et la rend même gênante.

– C'est ainsi que je vois la chose… L'intervention ici détournerait des forces nécessaires ailleurs.

Tout en même temps, ce serait un trop gros morceau à digérer… Trop de scandale pour l'Italie et pour toute l'Europe.

Le sicaire s'était arrêté, comme s'il avait du mal à l'admettre.

– Vous voulez dire que les Espagnols eux-mêmes pourraient nous avoir trahis?… Le comte et duc? L'ambassadeur?… Qu'à cette heure il n'y a, croisant au large, ni bateaux ni troupes du roi catholique?

– Je ne dis rien… En matière de trahisons, c'est vous l'expert.

Il y eut un silence, suivi d'un bruit de liquide. Malatesta urinait sur la neige.

– Ça se tient. *Porca Madonna*, ça se tient.

Ils repartirent, s'enfonçant dans une ruelle si étroite que l'un devait précéder l'autre, car il était impossible de marcher de front. Alatriste s'écarta pour céder le passage. Même dans la situation présente, il ne souhaitait pas avoir l'Italien dans son dos.

– Vous me surprenez, capitaine, dit celui-ci sans se retourner, tandis qu'il marchait devant. Je ne vous savais pas aussi habile à démêler les affaires de chancellerie.

– Eh bien, vous voyez: à force, l'occasion fait le larron.

L'autre eut un rire sinistre.

– Vous devez avoir raison, admit-il. Le coup peut venir de là… D'ailleurs, le prix en est négligeable.

Pour que les Vénitiens leur fichent la paix, ils arrêtent tout, en sacrifiant une vingtaine de soldats dont nul ne se soucie… Une conspiration d'aventuriers. Point.

Ils étaient revenus sur la berge du Grand Canal, après avoir passé deux ponts. Cette fois, ce fut Alatriste qui s'avança en éclaireur pour jeter un coup d'œil précautionneux. Si le souvenir du plan qu'il avait appris par cœur ne le trompait pas, ils devaient se trouver près du ponton de Santa Maria Zobenigo. L'église était derrière lui, à l'autre bout de la piazzetta rectangulaire et blanche comme un drap de lit.

— La maladie de don Baltasar Toledo, à supposer qu'elle soit vraie, ne pouvait être plus opportune, dit-il tout en regardant de part et d'autre. Elle laisse à l'écart de la conjuration la seule personne de rang et de qualité qui y était mêlée. Et nous met, vous et moi, à la tête de tout. Simple gibier de potence.

Le rire de Malatesta, contenu, grinça de nouveau.

— Des gens dont on se débarrasse comme on se gratte de la gale.

— Exact.

— Un obscur soldat et un sicaire.

Diego Alatriste leva un doigt pour préciser :

— Qui a déjà voulu tuer un roi.

— Mais oui. Bien vu… Deux jolies têtes de Turcs.

Ces paroles aux lèvres, Malatesta rejoignit Alatriste, inspectant lui aussi les alentours. Avec le pâle reflet de la neige, les traits de l'Italien étaient presque nettement visibles. Les yeux brillaient sous le bord du chapeau comme s'ils brûlaient d'un feu intérieur, quasi amusés de la situation. Toi et moi, semblaient-ils dire. Au bout de tant d'années passées à nous battre, on se retrouve ensemble dans la même merde.

– Bon. Et alors ?… Quand ce ne sont pas les uns qui nous trahissent, ce sont les autres.

Après avoir mis ainsi les points sur les i avec une superbe indifférence, le sicaire fit quelques pas vers le ponton.

– Toujours est-il que, vous et moi, nous sommes vivants et libres, pour le moment, ajouta-t-il. Et si mes yeux et la nuit ne me jouent pas de tours, je vois là une barque qui ne demande qu'à ce que l'on monte dedans.

Diego Alatriste regarda dans la direction indiquée, reprenant espoir.

– Serait-ce notre gondole ?

– Je ne crois pas. C'est plutôt un sandalo, et je ne vois personne à proximité. Mais il peut faire notre affaire… Vous savez manier la rame et la forcole ? Moi non plus. Mais c'est le moment ou jamais d'apprendre.

– Il y a peut-être un barquarol endormi dedans, sous les couvertures.

– Si oui, je suis désolé pour lui… Ce n'est pas une nuit à laisser des témoins.

— Vous faites peu de cas de la vie d'un chrétien, lança ironiquement Alatriste. Un ancien enfant de chœur comme vous. Et une nuit de Noël.

— Foutez-moi la paix, capitaine.

Il n'y avait personne dans la barque, ni près d'elle. Et, à partir de cet instant, tout se passa en silence. Ou presque. Longtemps après, Alatriste devait se rappeler avec netteté le son que fit la rame quand Malatesta écarta du ponton le sandalo couvert de neige. Et aussi le froid intense, les reflets de lumières isolées et lointaines sur l'eau noire, le balancement tandis qu'ils s'éloignaient sur le canal à coups de rame maladroits, avec des zigzags qui, après un certain temps et beaucoup d'efforts, les menèrent jusqu'à l'autre rive. Il y eut même un moment de tension quand une grande caorline, éclairée par la lumière jaunâtre d'un fanal, faillit les aborder au milieu des cris furieux de ses rameurs qui les insultèrent en dialecte vénitien – «Ehi, ciò, fioi de cani!» criaient-ils. Et, enfin, le choc du sandalo contre la pierre de l'autre bord, la mousse sur laquelle Alatriste manqua glisser en passant sur la terre ferme, la berge enneigée et déserte du canal qui, après qu'ils eurent laissé derrière eux deux ponts, toujours sur leur gauche, les conduisit en ligne directe à l'escuero, sous le toit de bois noir duquel ils entrèrent subrepticement comme deux ombres assassines, épée et dague à la main, pour y trouver Paoluccio

Malombra paisiblement assis près d'un brasero entre des gondoles à moitié assemblées, avec un coutelas passé dans la ceinture, un sourire allant d'une épaisse patte à l'autre, et une outre de vin à portée de main. Fumant une pipe en terre dont l'odeur de tabac se mêlait à celles de la peinture, de la colle et du goudron de calfatage.

Après tout, pensa Alatriste en rengainant ses armes, ce n'est peut-être pas dans cette ville que je mourrai.

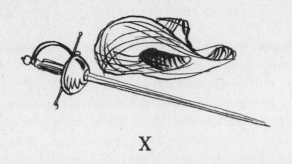

X

L'ÎLE DES SQUELETTES

L'embarcation – un de ces bateaux de pêche à deux voiles latines que les Vénitiens appellent des bragasses – s'approchait lentement dans le chenal, poussée par la brise d'ouest qui dissipait les derniers lambeaux de brouillard. Seule restait maintenant une vapeur ténue et basse, accrochée aux rives de l'île où la bruine glacée, les nuages et la lumière cendreuse de l'aube créaient une atmosphère grise, spectrale. Les murs dénudés de l'ancien couvent en ruine et les ossements à demi enterrés que l'on voyait de tous côtés, entre les pierres, les arbustes et les roseaux ruisselants de neige fondue, accentuaient l'aspect lugubre du paysage. La seule note humaine, en dehors de la double voile qui arrivait en contournant les îlots et les bancs de sable, c'étaient nous trois, qui attendions à l'abri d'un mur à demi écroulé, trempés et grelottant de froid.

– C'est Diego, dit Sebastián Copons.

Je rengainai l'épée que j'avais empoignée en voyant apparaître les voiles, serrai mieux ma cape et allai au rivage ; le cœur battant de joie. Jusqu'à ce moment, durant le voyage en barque depuis la pointe de la Celestia et l'attente glaciale sur l'île San Ariano, tandis que montait la lumière sale de l'aube sur la lagune, j'avais eu la certitude que je ne reverrais jamais le capitaine Alatriste. Mais mon ancien maître était là, sans cape ni chapeau, avec son vieux justau-corps de peau de buffle luisant d'humidité, pistolet, dague et épée à la ceinture, sautant de la barque sur le ponton de planches à demi pourries, à peine les voiles carguées par les matelots.

– Iñigo, dit-il.

Il y avait de la surprise dans sa voix rauque, comme si, en réalité, il ne s'attendait pas à me voir ici. Je m'étais arrêté face à lui, regardant son visage marqué par la fatigue : les cernes violacés sous les paupières rougies et la moustache en berne sous l'effet de l'humidité qui plaquait ses cheveux sur son front. Il se déplaçait avec difficulté, recouvrant l'usage de ses membres tuméfiés par le froid et l'immobilité de la traversée. Cela sautait aux yeux qu'il avait vécu, comme nous, une nuit de chien. Et je supposai que, malgré mon jeune âge, je devais avoir le même aspect.

– Combien êtes-vous ici ? demanda-t-il pendant que nous nous étreignions et que je respirais l'odeur de son corps pas lavé, mêlée à celles du cuir, du métal et des vêtements mouillés.

– Il y a moi, Sebastián et le Maure, répondis-je.

Nous avions déjà cessé de nous étreindre, mais il me sembla le sentir frissonner.

– Personne d'autre ?

– Personne.

Il donna une accolade à Sebastián, qui était venu derrière moi, et regarda le Maure Gurriato étendu à l'abri du mur en ruine.

– C'est grave ? s'enquit-il.

– Rien de sérieux, dit l'Aragonais. Si on nous tire vite d'ici.

Tous deux s'en furent vers le Maure, et je restai à regarder le second passager de la barque. Gualterio Malatesta, couvert de la cape verte et du chapeau de la garde ducale, était debout sur le ponton. Derrière lui, les hommes du bragasse s'écartaient à la rame, puis ils hissèrent les voiles et s'éloignèrent dans le chenal.

– Eh bien, marmouset… Je vois que tu as sauvé ta peau.

– Il n'y a que le capitaine et vous ?

– Oui. Seulement lui et moi.

– Et les autres ?

– Je ne sais pas. Ils sont restés là-bas, je suppose… Nous étions les derniers.

La nouvelle me consterna. Je pensais à Roque Paredes et aux gens de son groupe ; au Portugais Manuel Martinho de Arcada et aux siens ; à Quartanet, Pimienta et Jaqueta. Et aux cinq artificiers suédois avec qui je n'avais même pas échangé un mot. Trop de camarades perdus pour une seule nuit, conclus-je. Trop de trahison et trop de déroute.

– Et vous-même ? demandai-je, soupçonneux.

Il me regardait d'un air amusé, rivant sur moi ses yeux dangereux.

– Eh bien quoi, moi ?

J'hésitai. Un léger sourire affleurait sous sa moustache taillée, sur le visage semé de marques et de cicatrices qui aurait eu besoin d'un bon coup de rasoir.

– Je parle du hasard qui fait que vous êtes toujours vivant et libre, précisai-je méchamment.

– Bien sûr.

Il continuait à m'observer, mi-sérieux, mi-moqueur. Puis, du menton, il désigna le capitaine Alatriste.

– Aussi vivant et libre que lui, ajouta-t-il.

Les planches grincèrent quand il marcha sur le ponton en nous quittant, le rivage et moi. Je le suivis et vis qu'il inspectait les alentours, contemplant les ruines de l'ancien couvent, le sol brumeux où la neige fondue distillée par les nuages bas et plombés ne parvenait pas à geler, les crânes et les ossements qui affleuraient sur la terre détrempée.

— Charmant endroit, dit-il.

Je le laissai en train d'étudier l'île et allai rejoindre le capitaine Alatriste et Sebastián Copons. Ils recousaient avec du fil et une aiguille — le capitaine en avait toujours une provision sur lui — la blessure du Maure Gurriato, tout en se contant à voix basse, avec beaucoup de calme, les détails des événements : le piège tendu par Lorenzo Faliero à Saint-Marc et au palais ducal, l'embuscade qui nous attendait à l'Arsenal, le sort identique qu'avaient connu les gens chargés d'incendier le quartier juif. En les écoutant, je sentis se renforcer ma certitude d'une trahison et de notre abandon par ceux qui nous avaient envoyés à Venise. Je fus pris d'une colère aveugle, au point de me faire insulter rois, ministres et ambassadeurs ; et jusqu'à don Francisco de Quevedo, le maudissant, lui et son amitié, pour nous avoir, bon gré mal gré, embarqués, le capitaine et moi, dans une si douteuse aventure. Ce qui me retint quelque peu, néanmoins, fut le flegme de vieux soldat avec lequel Copons et mon ancien maître prenaient ce désastre, parfaitement résignés au sort que leur réservaient les aléas et les nécessités de la vie, de la guerre et de la politique. Convaincus par habitude de leur rôle d'humbles pions dans une partie d'échecs jouée par d'autres, ils ne se rebellaient pas contre l'ingratitude, à laquelle ils étaient faits de longue date, et la fortune contraire, compagne ordinaire de leurs mésaventures, ne les abattait pas. Sobres, fatalistes, sans prononcer un mot plus haut que l'autre, comme ils l'avaient été au terme de tant d'expéditions nocturnes et de coups de main vécus dans les Flandres et en Méditerranée, les deux vétérans se bornaient à faire le décompte routinier des pertes, à panser les blessures et à remercier, sans verbiage inutile, Dieu ou le diable de les avoir gardés vivants. Ce qui, en fin de compte, est la véritable victoire d'un soldat.

— Que pensez-vous de lui ? questionnai-je le capitaine en désignant Malatesta.

Nous étions assis avec Sebastián Copons, le dos contre le mur en ruine, autour du Maure Gurriato. Les yeux glauques de mon ancien maître, si froids qu'ils semblaient faire partie du paysage, suivirent mon regard. Indifférent à notre groupe, l'Italien marchait près du rivage, observant tout.

— Ce que j'en pense ? répéta-t-il, songeur.

Je lui demandai si, à son avis, Malatesta avait à voir avec la trahison. Il prit son temps pour répondre, sans écarter son regard du sicaire. Puis il secoua légèrement la tête.

— Je ne crois pas.

Il continuait de le regarder, sourcils froncés. Un moment plus tard, il passa deux doigts sur sa moustache, essuyant la neige fondue sur ses lèvres crevassées.

– Mais c'est vrai qu'on ne sait jamais, ajouta-t-il à voix très basse.

Je me tournai vers Gurriato, allongé contre le mur et couvert de sa cape bleue trempée. Le froid et la douleur lui donnaient un teint cendreux mais son regard était vif. La fièvre n'avait pas encore fait son apparition et son pouls, qui battait régulièrement, était convenable. En sentant ma main sur son poignet, il tordit sa bouche dans un sourire. Je regardai la croix azouaouie tatouée sur sa joue.

– Tout va bien, Maure?

– *Uah*… Je n'ai pas vraiment mal… Mais j'ai froid.

– Très froid?

– Suffisamment pour trembler de tous mes membres.

J'ôtai ma cape pour en recouvrir la sienne afin de l'abriter un peu plus.

– Tu t'en sortiras.

– Bien sûr… On s'en sortira tous.

Je me relevai, n'ayant plus pour me couvrir que mon justaucorps, serrant les dents qui claquaient sous l'effet de l'humidité pénétrante, et je contemplai découragé l'horizon, vers la partie de la lagune qui s'ouvrait sur l'Adriatique, où des mouettes aussi grises que le ciel planaient ou plongeaient entre les bancs de vase et de sable. Je ne vis aucune trace de la voile salvatrice qui devait nous sortir de là avant que les hommes qui sillonnaient la lagune ne nous découvrent. Et, pour tout dire, nous ne pouvions même pas être certains de voir apparaître le bateau chargé de nous emporter vers les eaux libres de la mer ouverte. La trahison, l'abandon dont nous avions été victimes pouvaient inclure que nous soyons laissés à notre sort, échoués sur cette île jusqu'à ce que le froid et la faim, pour ne pas parler des sbires de la Sérénissime, nous achèvent.

— Toujours rien? s'enquit Copons derrière moi, interprétant ce qu'il lisait sur mon visage.

— Rien… Pas la moindre trace. Juste la mer et la neige qui tombe.

— Merde de merde.

Quand je revins m'asseoir, les yeux du capitaine Alatriste demeuraient rivés sur Malatesta. Il l'observait avec beaucoup d'attention, toujours aussi impassible, sans que ses traits laissent deviner ses pensées. Mais je connaissais mon ancien maître, et cette façon de regarder m'alerta.

— Tout va bien, capitaine?

Il ne répondit pas. Il fixait l'Italien et avait de nouveau passé deux doigts sur sa moustache. Je les regardai l'un et l'autre, essayant de comprendre.

– Vraiment, il ne nous a pas trahis ? insistai-je.

Après une très longue pause, durant laquelle il garda une immobilité totale, le capitaine fit non de la tête. Très lentement.

– Non, murmura-t-il au bout d'un instant.

Il se tut, comme s'il examinait le bien-fondé de ce qu'il venait d'exprimer, puis il secoua encore la tête, convaincu.

– Pas cette fois, trancha-t-il.

Je me tournai, interrogateur, vers Sebastián Copons, au cas où celui-ci pourrait m'éclairer un peu ; mais il haussa les épaules, fataliste. Il était soldat d'infanterie, et se creuser la cervelle était bon pour les autres. Les silences et les pensées de son cama- rade Alatriste lui étaient encore plus hermétiques qu'à moi.

– S'il dit non, se borna-t-il à commenter, c'est que c'est non.

Je croisai les bras et me couvris du mieux que je pus, recroquevillé, faisant appel à tout ce qui me restait de forces pour supporter le froid. Le capitaine demeurait immobile, surveillant les allées et venues de l'Italien, tandis que la neige fondue gouttait sur son épaisse moustache de soldat et son nez fort, légèrement busqué, qui accentuait son profil d'aigle impassible. C'est alors, que, pour un bref instant, il me sembla voir son air grave s'éclairer d'une ébauche de sourire. S'il sourit vraiment – mais je n'en suis pas sûr –, ce fut, je l'ai dit, très brièvement. Il pencha ensuite un peu la tête, contemplant ses mains que le froid bleuissait, frotta celles-ci vigoureusement pour les réchauffer. Puis il sortit le pistolet qu'il portait à la ceinture, se mit debout, l'air endolori comme si cet effort lui coûtait énormément, et marcha vers Gualterio Malatesta.

La neige continuait de tomber sans geler : une infinité de gouttelettes blanches fondaient en imbibant le chapeau et la cape de Malatesta, qui se découpaient sur les nuages plombés et la brume basse. Les limites du ciel et de l'eau se confondaient sur les chenaux avoisinants, sur les bancs de vase et de sable découverts pas la marée. Tandis qu'il s'approchait de l'Italien, Diego Alatriste sentit que ce paysage désolé lui glaçait encore plus le cœur, s'infiltrant dans ses vêtements et sa chair. Imprégnant son esprit, sa volonté, d'une grise mélancolie.

– Ils tardent à venir nous chercher, commenta le sicaire.

Il le dit d'un ton léger, l'accompagnant de la mimique de rigueur. Il regardait la partie de la lagune qui donnait sur le sud et vers le large. Puis il se courba pour ramasser par terre un os à demi découvert qu'il grattait depuis un moment avec la pointe de ses bottes. Il se releva en le tenant à la main, l'observant d'un œil curieux. C'était une clavicule humaine.

– Tel que tu me vois ici, tu te verras un jour, dit-il d'un ton philosophique.

Il lança l'os dans l'eau du rivage et reprit sa contemplation de l'horizon diffus et plombé.

– Vraiment, ils tardent, répéta-t-il.

– Nous avons tout notre temps.

Les yeux noirs de l'Italien restèrent un moment immobiles, toujours fixés sur l'horizon. On eût dit qu'il n'avait pas entendu la réflexion du capitaine. Finalement, son regard sombre se posa sur Alatriste. Très lentement, presque avec curiosité. Puis il descendit, toujours sans hâte, jusqu'à la main que celui-ci tenait sur le pommeau de son épée.

– Tout notre temps pour quoi faire ?

– Pour nous mettre à jour.

L'Italien ébaucha un sourire, qui ne parvint pas à se matérialiser vraiment. Ce fut une tentative vaine, qui s'acheva en grimace d'incrédulité. Il semblait déconcerté, comme un homme aux limites de la fatigue à qui l'on demanderait une soudaine attention pour quelque chose d'inattendu. Mais je ne sais pas pourquoi il s'étonne, pensa Alatriste. Puisque nous sommes entre nous, ici et maintenant. Suspendus entre ciel et mer, entre vie et mort. Toute chose a son heure, et allez savoir s'il y en aura une autre.

– Vous plaisantez, dit Malatesta.

– En ai-je l'air?

– *Minchia*… Nous sommes…

– Camarades?

– Quelque chose comme ça.

Alatriste soutenait son regard, résolu, sentant goutter la neige fondue sur ses cheveux, sa moustache et sa figure.

– Plus maintenant, répliqua-t-il d'une voix douce. La trêve est terminée.

Il avait cessé d'avoir froid et le monde lui apparaissait de nouveau étonnamment simple. Le poids de l'épée qu'il portait à la ceinture, en l'affrontant au présent immédiat, effaçait le passé récent et supprimait l'avenir. La vie était redevenue ce qu'elle était.

– Diable, murmura le sicaire.

Il ne semblait pas irrité. Son étonnement s'éteignit finalement, remplacé par un rire contenu, sec, qu'Alatriste connaissait bien. Il y avait une pointe d'admiration, nota-t-il, dans cette façon de rire.

– Ici même? demanda Malatesta finalement.

– Si cela ne vous gêne pas.

Un dernier regard. Sérieux. Grave. Résigné, peut-être. Un instant ironique, avant de s'obscurcir de nouveau.

– Non, capitaine. Certes non. Cela ne me gêne pas.

Alatriste acquiesça, approuvant ce que ces paroles avaient de raisonnable. Puis il passa une main sur son visage pour essuyer les gouttes de neige fondue, recula de trois pas et tira son épée.

Je ne pouvais y croire, et mes compagnons non plus. Le Maure Gurriato regardait, stupéfait, tandis que Sebastián Copons et moi nous levions prestement afin d'observer la scène : le capitaine Alatriste, fers à la main, épée et dague, tandis que Gualterio Malatesta se débarrassait de sa cape et de son chapeau, sortait ses armes et se mettait en garde face à lui. La fine neige qui continuait de tomber et la brume au ras du rivage accentuaient ce que cette scène avait d'irréel, car elles semblaient suspendre leurs silhouettes dans l'air. Comme s'ils se battaient tous deux dans un décor de fin du monde.

– C'est une folie ! s'exclama Copons.

Il fit mine d'aller les séparer, mais je le retins par le bras. Soudain je comprenais. Et, dans mon for intérieur, je me désolais de ne pas avoir su interpréter à temps les regards du capitaine, ni sa décision de se lever pour provoquer Malatesta. Je maudis ma maladresse, pour n'avoir pas été capable de devancer son intention. C'est moi qui devrais être en train de me battre, pensai-je. Réglant nos vieux comptes, si l'avenir ne me réserve pas de meilleure occasion. Ou s'il n'y a pas d'avenir.

– Non, ce n'est pas vraiment une folie, répliquai-je calmement, me faisant une raison. Juste une longue et vieille histoire.

Cela n'avait rien à voir avec une séance d'escrime, faite de mouvements et de figures. Les adversaires demeuraient immobiles, s'étudiant, leurs épées tendues et ne se frôlant même pas. Chacun attendant l'adversaire, fixant ses yeux et non la pointe de son épée. Guettant l'intention de l'autre. Je ne savais que trop – pardieu, c'était aussi mon métier – qu'entre spadassins de leur carrure on ne devait s'attendre ni à des jeux de pieds, ni à des battements prolongés de tolédanes et de biscaïennes, ni à des passes ingénieuses. Ici, tout était dans la manière d'entrer et de conclure, en deux temps trois mouvements, d'un coup d'estoc rapide ou de tranchant fulgurant comme un éclair. Aucun des deux ne prendrait de risques sans une certitude absolue. Et ils étaient là, aux aguets, silencieux, se tenant de profil et se surveillant comme deux éperviers, dans l'attente de l'instant où l'autre relâcherait sa garde. Cherchant l'ouverture par où enfoncer leur épée jusqu'à l'âme.

Malatesta s'anima le premier. Il ne fit qu'allonger le bras, en tâtant délicatement la pointe du capitaine Alatriste : un cling-clang métallique, léger, qui n'engageait absolument rien. Simple jeu de poignet. L'Italien s'était un peu penché en avant – c'était une position que je lui connaissais bien –, pointant son épée et se couvrant le ventre et le flanc gauche de sa biscaïenne en travers de la poitrine. Le capitaine se tenait plus droit, également à sa manière, maintenant toujours sa garde naturelle en tierce. Après s'être touchées, les lames se séparèrent de nouveau, toutes deux immobiles et alignées. Alors Malatesta répéta le mouvement, l'acier tinta et, à l'instant où il semblait que tout revenait à la distance antérieure, du même élan il exécuta une contre-volte, pointa son épée et lança un coup de dague, non au corps mais au bras du capitaine. Lequel bras, si ce dernier ne l'avait pas retiré en lisant le coup dans les yeux de l'autre, aurait été percé de part en part, rendant inutile toute tentative de porter une botte définitive. Le capitaine écarta la dague avec son épée, lança un coup de taille rapide vers le visage, et les deux lames finirent dans le vide, les adversaires reprenant leurs distances. De nouveau immobiles et aux aguets comme si rien ne s'était passé.

– Les fils de pute ! entendis-je marmonner Copons, admiratif.

Malatesta et le capitaine Alatriste restaient impavides, se tenant toujours de profil, de nouveau leurs pointes se frôlant à peine. Ni l'un ni l'autre ne se dépensait en vaines paroles ou en mimiques et postures. Ils respiraient lentement et profondément, en alerte, sans se quitter des yeux. À ce moment, je me fis cette réflexion qu'il serait très simple d'armer le pistolet que le capitaine avait laissé derrière lui, de me rapprocher de l'Italien et, d'une balle, de lui faire sauter la cervelle. De toute manière, décidai-je, je le ferai si les choses tournent mal et si mon ancien maître est grièvement blessé. Sinon, que j'aille brûler en enfer.

Les fers tintèrent de nouveau. Tout juste un léger froissement des pointes ; mais Diego devina, dans le changement de vibrations, l'intention de son adversaire. Même ainsi, il n'eut que très peu de marge pour se garder. Tout se passa si rapidement qu'il n'eut pas le temps de réfléchir et dut faire confiance à son instinct et à son habitude. Avec rapidité et sans se laisser démonter, il répondit immédiatement avec son épée et sa dague par une suite de coups, l'un sur l'autre : trois de l'une et quatre de l'autre, dans une contre-attaque à fond qui le porta si près de Malatesta que, un instant, il sentit son haleine. Il rompit en changeant de face, avec un rude revers qui arracha un lambeau de vêtement et un cri de douleur et de colère à son ennemi. Se retournant, il se remit en garde, vit que Malatesta, de nouveau l'épée pointée devant lui et la biscaïenne en travers de la poitrine, sans écarter son regard du sien, tâtai du coude une déchirure ouverte au côté droit de son pourpoint. Et qu'il en sortait la vapeur chaude d'une tache de sang.

C'est le moment, se dit-il. Profitons de sa confusion et concluons. Il n'eut pas le temps d'aller jusqu'au bout de sa pensée, car, alors qu'il s'apprêtait à se fendre pour porter une botte puis reculer aussitôt, jouant son va-tout sur cette carte, l'Italien le surprit par une attaque inattendue, franche, si directe et si simple qu'Alatriste la prit pour une feinte et se borna à attendre le coup d'estoc définitif ; à cette différence près que la feinte n'en était pas une : elle était vraiment ce coup, ou tentait de l'être ; et soudain il se vit avec la pointe de l'autre lame à trois pouces de sa poitrine et le fil de la biscaïenne ennemie glissant le long de son épée en en déviant la garde. N'ayant d'autre solution, il rompit comme il put, sans savoir comment, parvenant à se dégager suffisamment pour que la pointe ne fasse qu'entailler l'épaisse peau de buffle du justaucorps et qu'il s'en sorte avec un coup amorti du tranchant de la dague à la mâchoire, sous l'oreille – il sentit comme une brûlure subite –, qui, s'il avait réussi à monter un peu plus haut, la lui aurait coupée pour de bon.

– Presque à égalité, cracha Malatesta en le voyant essuyer le sang du dos de la main qui tenait la dague.

Ce furent ses seuls mots. Ils étaient de nouveau l'un en face de l'autre, épées tendues et dagues en

travers, en garde, les yeux dans les yeux. Attentifs à
prévenir, un instant avant qu'ils ne se produisent,
les mouvements de l'adversaire. Ses intentions, qui
traceraient les lignes de vie ou de mort. L'expression
de Malatesta était maintenant impénétrable, constata
Alatriste : plus rien n'y restait de l'habituelle ironie,
et ses lèvres étaient un mince trait qu'il entrouvrait
seulement pour respirer. Plus de sarcasmes ni de
sifflements musicaux. Sérieux comme la mort. Rien
d'autre qu'une concentration absolue : une crispation
professionnelle où le corps aux aguets, maître de soi,
parfaitement éveillé malgré la fatigue qui pesait sur
les deux hommes, n'était que la prolongation de la
lame de son épée et du fil de sa dague.

Tout à coup, quelque chose altéra les traits de
l'Italien. Une légère modification s'était produite
dans le ciel, derrière Alatriste, comme si un peu
de clarté s'infiltrait dans la grisaille et la fine pluie de
neige fondante. Et ce changement dans la nature
de l'air, cette atmosphère plus dégagée, ou plus lumi-
neuse, se reflétaient maintenant sur le visage grêlé
de Malatesta ; creusant les marques et les cicatrices
de sa peau, noircissant les cernes violacés sur son
visage fatigué.

– *Dio cane*, murmura-t-il.

Il regardait par-dessus l'épaule d'Alatriste,
au-delà de lui et de l'île ; mais celui-ci n'était pas né
de la veille, et il ne baissa pas la garde ni ne quitta le

sicaire des yeux. Attentif à toutes les feintes possibles. Alors l'autre fit deux pas en arrière, rompant prudemment, et esquissa un geste de la main qui tenait l'épée, comme s'il demandait une pause. Il continuait de regarder en direction de la lagune. À ce moment, Alatriste cessa de concentrer son attention sur les yeux de l'ennemi pour fixer sa bouche et constata qu'il souriait. C'était la vieille grimace de toujours : amusée, sardonique.

– Nous devrons peut-être remettre ça à un autre jour, dit Malatesta, énigmatique.

Il avait baissé les armes, l'invitant à regarder derrière lui sans risque de se faire trancher la gorge. Il recula encore d'un pas, pour l'assurer de ses intentions. Alatriste finit par accepter de tourner à demi la tête : suffisamment pour voir que le ciel de plomb commençait à se dégager vers le sud, du côté de l'Adriatique. Un arc-en-ciel y déployait ses couleurs, les deux extrémités reposant sur les bancs de sable et les îlots, tandis qu'un rayon de soleil très pur et très lumineux, presque aveuglant, semblable à celui qui avait dû éclairer le monde au jour de la Création, mettait une tache de bleu, au loin, sur l'eau de la lagune.

– Oui, soupira Alatriste. Ce sera pour un autre jour.

L'Italien rengainait son épée et sa dague, et il fit de même. Puis il porta la main à l'entaille qui le brûlait sous l'oreille, sentant y couler un mélange de neige fondue et de sang.

— Vous êtes passé tout près, commenta-t-il en s'essuyant les doigts sur son justaucorps.

Malatesta, qui comprimait sa déchirure au côté, acquiesça.

— Et vous aussi, dit-il.

Puis ils restèrent immobiles, silencieux dans la bruine, à côté l'un de l'autre, regardant vers le large. Sur la frange lointaine que le soleil teintait de bleu, le rayon de lumière qui s'ouvrait un passage entre les nuages éclairait les voiles blanches d'un bateau qui voguait vers l'île des Squelettes.

La Navata, janvier 2011

NOTE DE L'AUTEUR

Il est difficile d'établir si, comme le soutiennent les mémoires d'Iñigo Balboa Aguirre[1], il y eut réellement une conspiration pour assassiner le doge de Venise dans la nuit du 24 au 25 décembre 1627. On ne connaît pas de documents vénitiens ou espagnols qui le confirment ou le démentent, de sorte que la véracité des faits que narre *Le Pont des Assassins* reste à la discrétion du lecteur. Il est cependant intéressant de prendre en considération certains faits historiques qui peuvent éclairer la question.

Le duc Vincent II de Mantoue est mort sans laisser de descendance le 26 décembre. Un mois

---

1. *Papeles del alférez Balboa*, manuscrit de 478 pages, Madrid, Bibliothèque nationale, s.d.

plus tard, don Gonzalo Fernández de Córdoba, gouverneur de Milan, recevait de Madrid l'ordre d'envahir avec ses troupes Mantoue et le Monferrato, ce qui provoqua une grave crise diplomatique, l'intervention de la France, de la Savoie et du pape, et une longue campagne militaire qui se termina par la défaite des armes espagnoles dans le nord de l'Italie[1].

Le sénateur vénitien Riniero Zeno, qui, selon le récit d'Iñigo Balboa sur lequel se fonde la présente histoire, était celui qui devait succéder au doge Giovanni Cornari si la conjuration réussissait, a été poignardé le 30 décembre 1627 – six jours après la fameuse messe de minuit – dans une rue de la ville par un groupe de sicaires masqués[2]. Zeno, gravement blessé, en est néanmoins sorti vivant. L'enquête a révélé que l'un des fils du doge, du nom de Giorgio Cornari, était l'un des instigateurs de l'attentat. Ce fait s'inscrit dans les usages de la Sérénissime, qui savait régler ses affaires discrètement, lavant son linge sale en famille.

Quant à la présence à Milan et à Venise, en décembre 1627, du diplomate espagnol Diego de Saavedra Fajardo, à cette époque attaché

1. Manuel Fernández Álvarez, *Don Gonzalo Fernández de Córdoba y la guerra de sucesión de Mantua y del Monferrato*, Madrid, CSCI, 2003.
2. John Julius Norwich, *Historia de Venecia*, Madrid, Almed Historia, 2003.

officiellement à l'ambassade d'Espagne à Rome[1], il n'y a rien qui l'atteste. Il existe cependant un curieux document trouvé dans les archives de la bibliothèque sévillane de doña Macarena Bruner, duchesse del Nuevo Extremo, par le professeur Klaus Oldenbarnevelt, directeur de l'Institut d'Études Hispaniques de l'Université d'Utrecht : une brève lettre chiffrée en date du 20 décembre de la même année – et dont je possède une copie grâce à l'amitié et aux bons offices du professeur Diego Navarro Bonilla –, adressée par l'ambassadeur d'Espagne auprès de la Sérénissime, Cristóbal de Benavente, au marquis de Charela – espion et chef des services secrets de Philippe IV avant d'être relevé de cette charge par l'amiral Gaspar Bonifaz –, où sont mentionnés «les pertinents documents rapportés de Rome, en mains propres, par le secrétaire S. F.[2]».

Ce qui, une fois de plus, montre bien que la fiction n'est rien d'autre qu'une face insoupçonnée de la réalité. Ou vice versa.

1. Manuel Fraga Iribarne, *Don Diego de Saavedra y Fajardo y la diplomacia de su época*, Madrid, Ministerio de Asuntos Exteriores, 1956.
2. *77-A*, section « Comté de Guadalmedina », Bibliothèque des Ducs del Nuevo Extremo, Séville.

STANCE DE SON *ARAUCANA*
APPLIQUÉE AUX VÉNITIENS

e n'est qu'une couleur, une apparence vaine,
Que de vouloir montrer qu'ils eurent pour
dessein
D'étendre en tous pays la religion chrétienne,
Quand le seul intérêt guida toujours leur main ;
La convoitise est là, dans toutes leurs actions,
Et tout le reste n'est qu'une affabulation,
Car nous voyons qu'ils sont, bien plus que d'autres gens,
Adultères, voleurs et toujours insolents.

À LA BELLE PARTHÉNOPE DE SA JEUNESSE

 t me dis-je à moi-même : je ne me trompe pas ;
Je reconnais bien là cette Naples, l'illustre,
Où plus d'un an durant m'ont promené mes pas,
Gloire de l'Italie et lumière du monde,

Car on a beau compter les villes à la ronde,
Aucune ne pourrait être à ce point illustre,
Paisible dans la paix et dure dans la guerre.

☞ DE DON FRANCISCO DE QUEVEDO
Seigneur de la Torre de Juan Abad,
de l'ordre de Saint-Jacques

À ROME QUI GÎT DANS SES RUINES

herche Rome dans Rome, ô triste pèlerin,
Et dans Rome jamais tu ne la trouveras ;
Là où étaient ses murs, cadavre tu verras,
Et tombeau de lui-même est le mont Aventin.

Là où elle a régné survit le Palatin ;
Et rongées par le temps, éparses, les médailles
Ne sont plus que débris des anciennes batailles,
Inscrites autrefois sur le blason latin.

Seul le Tibre demeure, et déjà son courant,
Sépulture aujourd'hui, qui jadis la baignait,
Sur elle désormais verse des pleurs dolents.

Ô Rome ! ta grandeur, ta suprême beauté
Ont fui à tout jamais, et de tant de fierté,
Seul l'éphémère instant demeure permanent.

RAISON POLITIQUE DES AFFAIRES D'ITALIE

 oujours d'envie est rongé le Français
Qui voit l'Espagne au sein du Milanais,
Et la Sérénissime a le cœur alarmé
Par le Frioul à l'Autriche attaché.

En Flandre encor la campagne est menée
Où l'hérésie enfin sera domptée.
Et de Savoie la griffe en vain serrée
Du Monferrat toujours sera frustrée.

Le Turc pourra tenter de prendre pied
Sur Lampeduse, et Sicile attaquer,
Jetant d'Afrique à l'Europe un vrai pont ;

Mais jamais ne pourra contre l'intégrité
De notre foi le moindre assaut tenter,
Ni la briser ni abaisser son front.

☞ De Don Xavier Marías Franco
Homme de lettres, chevalier de la Jarretière
et seigneur de l'île de Redonda

AU SEIGNEUR CAPITAINE ALATRISTE

 omme de fer, il écrivait
Sa vie à coups de dur acier;
En valeur nul ne l'égalait
Et tous cédaient à son bras fier.

D'honneurs royaux il ignora la voie,
Pauvre resta, sans connaître l'argent.
Digne, expérimenté, et toujours se taisant;
En peu de mots, cet homme fut soldat.

☞ Du Signore Dottore
Francesco Ricco Manrico
De l'Accademia fiorentina della Crusca

LE CREDO DU CAPITAINE

 l'appât de la vie jamais je ne mordrai,
Trouble nom qu'à la mort Dieu a voulu donner ;
La farce de l'histoire ou farce du destin
Me cueillera portant mon masque de pantin.

Cet assassin cruel qu'on appelle Nature
De m'avoir tant pressé est devenu inerte.
Nature, Histoire et Dieu, et toi Pérez-Reverte,
Ne feront pas couler le sang de ma blessure.

En personne ne crois, en personne n'espère,
Je ne m'aime pas plus que tant de pauvres hères.
Je reste qui je suis, je regarde et je ris.

Je ne désire rien... si grand soit mon mépris :
Sinon tuer le temps dans tous ceux que j'occis,
Battant de l'aile triste, et si las du vulgaire.

Ainsi parla un capitaine, homme de raison
Puis il jeta sa coupe et replia sa cape.

☞ Du Dʀ Don Alonso Montaner
Professeur ès Humanités,
de l'ordre de Saint-Eugène

AVERTISSEMENT SUR LA MORT
ET DEVISE MORALE
POUR LE BLASON DU CAPITAINE ALATRISTE

u'est-ce naître sinon entrer en agonie ?
Qu'est-ce vivre sinon marcher au cimetière ?
Diligente, elle accourt et nous accule, amère,
Celle qui vient ailée et que rien ne dévie.

L'heure ne connaissons, puisque ignorant le jour,
Nous l'attendons pourtant, sachant qu'elle viendra,
L'horrible épouse qui soudain nous conduira
Dans son lit célébrer ses hideuses amours.

C'est la loi de mourir et de craindre sa lame ;
Prudemment pour blason prenons son crâne creux
Et n'oublions jamais celle qui nous réclame.

Si tu t'armes d'audace et sais te montrer fort,
Par la gloire porté ton nom sera fameux,
Ailes tristes seront les ailes de la mort.

☞ Du docteur ès armes et lettres
Andrés Rey de Artieda
qui fut soldat

SUR L'IMPATIENCE, LES MUTINERIES
ET LES PROTESTATIONS DES MÊMES

ites le pauvre et ses maux infinis,
Je dirai, moi, soldats et capitaines,
La triste vie que, malheureux, ils mènent.

Le premier rang de leurs files faiblit,
Meurt le premier, d'autres vont aux remparts,
Prennent alors drapeaux et étendards.

Je veux aller en Espagne à l'abri,
Ne plus jamais combattre, je le jure,
Sous peine d'être un traître et un parjure.

Ils étaient deux qui ces propos osèrent.
Voilà six jours, quatre soldes payées,
Prêts au combat et la raison gardée,

Tout juste armés de dagues et d'épées,
Ils firent, en passant à la nage un fossé,
Choses que plaise à Dieu un jour tu puisses faire.

PETIT GLOSSAIRE
DES PRINCIPAUX MOTS
VÉNITIENS EN FRANÇAIS
DE L'ÉPOQUE

❧

ALTANE : de *altana* (pluriel : *altane*), petites terrasses situées sur le haut des toits.

BACARO (diminutif : *bacareto*) : taverne populaire.

BARIGEL : chef des sbires dans diverses villes d'Italie.

BARQUAROL : de *barcarolo* (pluriel : *barcaroli*), matelot d'une barque (ne pas confondre avec gondolier).

BRAGASSE : de *bragazzo* (pluriel : *bragazzi*), barque de pêche à deux mâts et voiles latines.

BRICOLE : de *bricola* (pluriel : *bricole*), poteau ou groupe de poteaux qui délimite les canaux navigables dans la lagune.

CAORLINE : de *caorlina* (pluriel : *caorline*), grosse barque à rames.

ESCUERO : chantier de construction de petits bateaux.

FELZE : toit qui formait sur les gondoles une cabine abritée.

FORCOLE : de *forcola* (pluriel : *forcole*), fourche ou tolet qui sert de support à la rame du gondolier.

FRITOIN : friterie.

PALINE : de *palina* (pluriel : *paline*), pieu d'amarrage des gondoles, ordinairement peint aux couleurs de la famille qui les possède.

SANDALO (pluriel : *sandali*) : barque à fond plat pour plusieurs rameurs.

TABLE

Cadix, ou la diagonale du fou
Seuil, 2011
et « Points », n° P2903

Le Tango de la vieille garde
Seuil, 2013

LES AVENTURES DU CAPITAINE ALATRISTE

1. Le Capitaine Alatriste
Seuil, 1998
et « Points », n° P725

2. Les Bûchers de Bocanegra
Seuil, 1998
et « Points », n° P740

3. Le Soleil de Breda
Seuil, 1999
et « Points », n° P753

4. L'Or du roi
Seuil, 2002
et « Points », n° P1108

5. Le Gentilhomme au pourpoint jaune
Seuil, 2004
et « Points », n° P1388

6. Corsaires du Levant
Seuil, 2008
et « Points », n° P2180

Les Aventures du capitaine Alatriste
1 & 2
Point Deux, 2012

RÉALISATION : IGS-CP À L'ISLE-D'ESPAGNAC
IMPRESSION : CPI BRODARD ET TAUPIN À LA FLÈCHE
DÉPÔT LÉGAL : OCTOBRE 2013. N° 112450 (3001481)
IMPRIMÉ EN FRANCE

« LES GRANDS ROMANS » DE POINTS
DES ROMANS QUI TRAVERSENT L'HISTOIRE

Un jour de colère
Arturo Pérez-Reverte

Le 2 mai 1808, Madrid se soulève contre les troupes napoléoniennes. En quelques heures, hommes et femmes, soldats et artisans s'arment de haches et de couteaux pour affronter l'occupant. Face à l'armée la plus puissante du monde, ils déversent leur colère dans un bain de sang, durant une journée qui a marqué à jamais l'histoire de l'Espagne.

« C'est tellement fort et précis qu'on y est complètement. On tremble, on a les yeux qui saignent sous les coups de sabre. »

Le Point

Le Hussard
Arturo Pérez-Reverte

Frédéric et Michel, deux jeunes et fougueux hussards, s'apprêtent à mener leur première grande bataille. La tête pleine d'idéaux, ils rêvent de gloire et d'héroïsme. Après tout, ne se battent-ils pas aux côtés de l'empereur Bonaparte ? Ils se voient déjà vainqueurs de ce peuple espagnol d'un autre temps, encore sous le joug de l'Église et de la royauté... Un récit férocement romanesque, bariolé et savoureux.

« On ouvre le livre en pensant à Stendhal ou aux Duellistes *de Ridley Scott, et on finit sans même s'en rendre compte découpé en morceaux sur le coin de son canapé. »*

Elle

Les Bûchers de Bocanegra

Les Aventures du capitaine Alatriste II

Arturo Pérez-Reverte

Assoiffé d'aventure, le capitaine Alatriste accepte d'aider son ami Francisco de Quevedo à libérer du couvent la jeune Elvira. Lors de l'attaque, le jeune page du capitaine est arrêté par l'Église et condamné au bûcher. Le sang d'Alatriste ne fait qu'un tour : prêt à tout pour sauver son ami des griffes du sinistre père Bocanegra, il s'engage dans une fort périlleuse entreprise...

« Pérez-Reverte nous entraîne dans une Espagne en pleine décadence dirigée par des religieux fanatiques et des politiciens cupides. »

Lire

« LES GRANDS ROMANS » DE POINTS
DES ROMANS QUI TRAVERSENT L'HISTOIRE

Le Soleil de Breda
Les Aventures du capitaine Alatriste III
Arturo Pérez-Reverte

La guerre des Flandres fait rage. Au pied de la cité de Breda, un siège sanglant oppose Hollandais et Espagnols. En juin 1625, après des mois de corps à corps, les clés de la ville sont enfin remises au général espagnol Spínola. Neuf ans plus tard, Iñigo Balboa, le jeune page fidèle du grand capitaine Alatriste, se souvient de cet abominable chaos auquel il a pris part aux côtés de son maître.

« Arturo Pérez-Reverte a l'art de s'attarder sur un détail, une odeur, sans jamais ralentir ce roman à l'impeccable suspense. »

Lire